Sarah Glicker

Brooke & Luke – L.A. Love Story

Die Autorin
Sarah Glicker, geboren 1988, lebt zusammen mit ihrer Familie im schönen Münsterland. Für die gelernte Rechtsanwaltsfachangestellte gehörten Bücher von Kindesbeinen an zum Leben. Bereits in der Grundschule hat sie Geschichten geschrieben. Als Frau eines Kampfsportlers liebt sie es, Geschichten über attraktive Bad Boys zu schreiben.

Das Buch
Ein sexy Sportler mit düsterer Vergangenheit
Brooke ist die mittlere von drei Schwestern und weiß nicht recht, was sie mit ihrem Leben anfangen soll. Ihr Job als Kellnerin bringt keine Erfüllung, aber einen anderen Plan für die Zukunft hat sie nicht. Als ihre Schwestern ihr die Teilnahme an einem Selbstverteidigungskurs schenken, damit sie neue Menschen kennenlernt, ist sie zunächst alles andere als begeistert. Doch dann steht sie plötzlich Luke gegenüber, ihrem neuen Trainer, der ihr Herz sofort höherschlagen lässt. Brooke will sich gar nicht erst mit dem Frauenheld einlassen, der eine dunkle Vergangenheit zu haben scheint. Doch seinem Charme kann sie nur schwer widerstehen …

Sarah Glicker

Brooke & Luke – L.A. Love Story

Roman

FOREVER

FSC
www.fsc.org
MIX
Papier aus verantwortungsvollen Quellen
FSC® C083411

Originalausgabe bei Forever
Forever ist ein Digitalverlag
der Ullstein Buchverlage GmbH, Berlin
Februar 2018

Umschlaggestaltung: zero-media.net, München
Titelabbildung: © FinePic®
Satz: Pinkuin Satz und Datentechnik, Berlin
Druck- und Bindearbeiten: CPI books GmbH, Leck
ISBN 978-3-95818-254-7

1

»Ihr habt was gemacht?« Ungläubig starre ich meine Schwestern an, die mir gegenübersitzen. Mit den unschuldigsten Mienen, die man sich nur vorstellen kann, halten sie meinem bösen Blick stand.

Melody und Haley müssen eindeutig gewusst haben, dass ich nicht gerade begeistert sein werde.

Das kann nicht ihr Ernst sein, schießt es mir durch den Kopf. Aber sie machen nicht den Anschein, als wäre es ein Witz gewesen. Ich kenne meine Schwestern gut genug, um das einschätzen zu können.

»Ach komm, das wird bestimmt lustig. Scott kennt den Leiter des Kurses aus dem Fitnessstudio. Er hat nur Gutes darüber gehört. Außerdem machst du doch gerne Sport«, erklärt Melody, meine jüngste Schwester. Dabei sieht sie mich mit einem zufriedenen Gesichtsausdruck an. Auch Haley, meine älteste Schwester, scheint von der Idee überzeugt zu sein. Ich bin es allerdings nicht. Das hat weniger etwas damit zu tun, dass ich mich nicht darüber freue, wenn sie mich überraschen, denn das tue ich. Sondern eher mit der Tatsache, dass ich bei solchen Aktionen doch gerne vorher gefragt werden möchte, ob ich überhaupt Zeit und Lust habe.

»Und wieso macht ihr es dann nicht?«, frage ich und schaue die beiden dabei nacheinander an.

»Ich bin eh fast jeden Tag im Fitnessstudio und trainiere dort ein wenig«, antwortet Melody sofort und zuckt dabei mit den Schultern.

»Und ich bin den ganzen Tag unterwegs, wegen dem Umbau unseres Hauses. Ich bin froh darüber, wenn ich abends ein wenig Ruhe habe und die Füße hochlegen kann«, erklärt Haley und sieht mich entschuldigend an. »Sonst hätten wir den Kurs auf jeden Fall zu dritt gemacht.«

Ihre Worte sorgen dafür, dass ich leise seufze und ein schlechtes Gewissen bekomme. »Sorry«, murmle ich etwas kleinlaut. »Ich hätte es nur schön gefunden, wenn ihr mir vorher etwas gesagt hättet, oder wenigstens eine Andeutung hättet fallen lassen. Irgendetwas.«

»Wir haben doch nur gedacht, dass du so auch mal etwas anderes als deine Wohnung und deine Arbeit siehst. Du bist so wenig unterwegs, dass es dir mit Sicherheit guttut, ein bisschen Sport zu machen«, meint Melody. Am liebsten würde ich mir in den Hintern treten, weil ich ihre Gefühle nicht verletzten wollte. Ich setze einen entschuldigenden Gesichtsausdruck auf und lächle sie dabei an.

»Das weiß ich, und dafür bin ich euch auch wirklich dankbar, aber ich hätte mich auch darüber gefreut, wenn wir einfach essen gegangen wären.«

Kaum habe ich ausgesprochen, wechseln meine Schwestern einen stummen Blick untereinander, der mir zeigt, dass sie noch lange nicht mit mir fertig sind.

»Es geht doch eben darum, dass du nicht nur mit uns etwas machst, sondern auch neue Leute triffst. Die Sache ist doch die: Seitdem Melody und ich mit den Jungs zusammen sind, treffen wir andauernd neue Menschen. Dabei haben wir immer mehr das Gefühl, dass du dich hier einigelst und nichts weiter machst, als zur Arbeit zu gehen oder darauf zu warten, dass wir Zeit haben«, erklärt Haley.

Mir ist klar, dass sie recht hat, und die beiden wissen es auch, sonst hätte meine Schwester niemals dieses Argument vorgebracht.

»Schau es dir doch wenigstens einmal an. Wenn es dir dann keinen Spaß macht, brauchst du beim zweiten Mal ja nicht hinzugehen«, schlägt Melody schließlich vor und sieht mich hoffnungsvoll an.

Für einen kurzen Moment erwidere ich ihren Blick. Ich könnte es mir tatsächlich einmal anschauen. Aber wenn ich das tue, würden mich meine Schwestern vermutlich überreden, auch zu der zweiten Stunde zu gehen. Dabei ist es den beiden wahrscheinlich egal, ob es mir gefällt oder nicht.

Ein paar endlose Sekunden ist es still zwischen uns. Keiner sagt etwas oder bewegt sich. Wir schauen uns einfach gegenseitig an, während wir versuchen herauszufinden, was im Kopf der anderen vor sich geht.

Seufzend streiche ich mir meine langen braunen Haare aus dem Gesicht. Mir ist klar, dass die beiden nicht von ihrem Standpunkt zurückweichen werden, weshalb es für mich einfacher ist, zuzustimmen. Ansonsten werden wir wahrscheinlich noch die nächsten Stunden hier sitzen und uns darüber unterhalten.

»Okay«, murmle ich schließlich.

»Siehst du? War doch gar nicht so schwer. Es wird dir bestimmt Spaß machen«, sagt nun Haley mit einem glücklichen Ton in ihrer Stimme.

Langsam hebe ich meinen Kopf. Dabei entdecke ich das zufriedene Grinsen, das sich in ihr Gesicht geschlichen hat. Anstatt zu antworten, strecke ich die Zunge raus und verdrehe genervt die Augen.

»Hier, das ist die Adresse«, erklärt Melody und reicht mir in der nächsten Sekunde einen Zettel. Nachdem ich einen Blick darauf geworfen habe, stelle ich fest, dass das Studio nur ein paar Straßen entfernt liegt. »Und das ist der Name des Kursleiters, Luke Winston. Viel weiß ich nicht über ihn, aber er ist ungefähr in Scotts Alter und Polizist.« Während sie spricht, zeigt sie auf einen Namen, der unter der Anschrift steht.

Kurz betrachte ich ihn, ehe ich meine Hand ausstrecke und den Zettel entgegennehme.

Die Art und Weise, wie sie den letzten Satz ausspricht, lässt mich hellhörig werden. Jedoch schiebe ich die Vermutung, dass es vielleicht doch nicht so ein Zufall ist, dass ich den Kurs alleine machen soll, wieder zur Seite. Ich weiß, dass die beiden viel um die Ohren haben, und deswegen wäre es gemein von mir, wenn ich ihnen so etwas unterstellen würde.

»Ich hasse euch«, murmle ich. Dabei versuche ich mir nicht anmerken zu lassen, dass ich doch froh darüber bin, dass sie so sehr an mich denken. Denn eins steht fest, und das wissen meine Schwestern genauso gut wie ich selber: Ich habe keine Ahnung, was ich mit meinem Leben machen soll. Ich bin mir sogar unsicher, ob ich manche Dinge ausprobieren soll. Und aus diesem Grund brauche ich manchmal einen Tritt in den Hintern.

Es gibt zwar viele Dinge, die mich interessieren, wie zum Beispiel Sport. Aber ich kann mir nicht vorstellen, sie auch beruflich zu machen.

Ich habe nicht einmal studiert, geschweige denn eine Ausbildung gemacht, weil ich mich nicht für einen Weg entscheiden konnte. Dabei hatte ich kurzzeitig überlegt, ob ich mich für Psychologie einschreiben soll. Da ich aber keine Ahnung habe, ob es wirklich das ist, was ich machen will, habe ich es gelassen.

Man könnte also auch sagen, dass ich nicht die entscheidungsfreudigste Schwester bin.

Meine Eltern waren deswegen öfter kurz vorm Verzweifeln. Meine Oma und meine Schwestern hingegen waren immer der Meinung, dass ich schon irgendwann etwas finden werde, das mir Spaß macht. Allerdings ist dieser Fall in den letzten Jahren nicht eingetreten.

Aus diesem Grund habe ich selber schon die Hoffnung aufgegeben, dass ich den passenden Beruf für mich finden werde.

»Nein, tust du nicht. Du liebst uns, willst es gerade nur nicht zugeben«, erwidert Haley und reißt mich damit aus meinen Gedanken. Während sie spricht grinst sie mich frech an, was mir wiederum ein kleines Lachen entlockt. Schnell räuspere ich mich und werde wieder ernst, zumindest versuche ich es.

»Was sagt Travis eigentlich dazu, dass du immer recht behalten willst?«, frage ich sie, während ich kurz die Augen verdrehe.

Ich hoffe, dass ich so auch gleich das Thema wechseln kann und wir uns endlich über etwas anderes unterhalten werden. Gerade habe ich nämlich überhaupt keine Lust, über meine persönliche Situation nachzudenken. Denn in letzter Zeit ist mir immer mal wieder klargeworden, dass ich von meinem Job als Kellnerin ziemlich gelangweilt bin. Früher habe ich es geliebt, dass ich in meinem Job immer neue Menschen kennenlerne, aber genau das ist nun der Punkt, an dem ich keinen Gefallen mehr finde.

»Der hat damit kein Problem. Auf jeden Fall hat er noch nichts dazu gesagt. Und ich bin mir sicher, dass er es mir sofort mitteilen würde.« Ich schaue sie skeptisch an. Haley scheint es nicht zu bemerken, denn sie hat einen verträumten Ausdruck in den Augen, wie immer, wenn sie an Travis denkt.

»Sieh es von der positiven Seite. Falls dich nachts doch einmal jemand blöd anmachen sollte, dann kannst du dich wenigstens wehren.« »Ich weiß«, seufze ich schließlich. »Und was hält Scott von eurem Einfall?«, frage ich nun vorsichtig in die Runde. Ich habe keine Ahnung, wie ich darauf gekommen bin, aber irgendwie würde es mich schon interessieren. Dieser Luke ist ja schließlich ein Freund von ihm.

»Um ehrlich zu sein, war das Scotts Idee«, erklärt meine kleine Schwester nun in einem entschuldigenden Ton.

»Scotts?«, hake ich nach, wobei ich nicht verhindern kann, dass meine Stimme sich ein wenig verwundert anhört. Ich muss zugeben, dass ich neugierig bin, wie er auf diese Idee gekommen ist. *Aber wahrscheinlich hatte er die gleichen Beweggründe wie meine Schwestern*, denke ich. Dabei betrachte ich die beiden Frauen, die mit mir verwandt sind, aber deren Persönlichkeiten ganz anders sind als meine.

»Ja, wahrscheinlich hat er sich Gedanken gemacht, weil du die Einzige von uns bist, die abends alleine unterwegs ist. Schließlich haben Haley und ich jeweils eine starke Begleitung.«

Er meinte es nur gut, rufe ich mir ins Gedächtnis.

»Und wir waren sofort davon begeistert. Den Grund dafür kennst du ja schon.«

»Richte ihm aus, dass ich ihm dankbar bin. Aber er braucht sich um mich wirklich keine Sorgen zu machen. Ich komme schon klar.«

»Werde ich machen«, entgegnet Melody und scheint schon etwas glücklicher zu sein.

Die nächste Stunde unterhalte ich mich noch mit meinen Schwestern. Dabei kommt die Sprache auch auf den alten Wagen unserer Großmutter, den Travis, der Verlobte von Haley, ihr abgekauft hat, als unsere Oma ihn nicht mehr fahren wollte. Ich muss zugeben, dass ich ein wenig neidisch bin, da ich das Auto auch gerne gehabt hätte. Aber mir fehlt dazu der Platz und auch das Geld, so dass ich froh bin, dass der Wagen wenigstens in der Familie bleibt.

»Ich habe Travis versprochen, dass ich noch auf der Rennstrecke vorbeischaue«, verabschiedet sich Haley schließlich als Erste.

»Wie geht es eigentlich seiner Rippe?«, fragt Melody.

In den letzten Wochen haben wir es so gut es geht vermieden, dieses Thema anzusprechen. Schließlich hat sich Travis die Rippe gebrochen, als er sich wegen Haley geprügelt hat. Sie spricht nicht gerne darüber. Auch jetzt verzieht sie ein wenig das Gesicht, als würde ihr der Gedanke daran nicht gefallen. Ich muss aber sagen, dass ich es süß finde, wenn sich ein Mann für seine Frau einsetzt. Damit zeigen die Männer, in meinen Augen, dass man zu ihnen gehört und sie einen verteidigen. Und ich weiß, dass es meinen Schwestern genauso geht. Gewalt ist dabei natürlich keine besonders kluge Vorgehensweise, aber ich kann schon verstehen, dass Travis einfach die Beherrschung verloren hat.

»Sie ist gut verheilt und beeinträchtigt ihn nicht mehr. Trotzdem habe ich zwischendurch immer wieder ein schlechtes Gewissen, weil er so lange pausieren musste. Deswegen muss er zurzeit auch mehr trainieren als die anderen. Schließlich muss er fit für die nächsten Rennen sein, die zum Glück aber noch etwas hin sind. Die letzten Wochen sind schwer für ihn gewesen, auch wenn er das wahrscheinlich nicht zugeben will.« Haley verzieht ein wenig das Gesicht.

»Wie meinst du das?«, frage ich sie.

»Er betont zwar immer wieder, dass er es genossen hat, die Zeit mit mir zu verbringen und sich auf den Umbau des Hauses zu konzentrieren. Aber ich weiß, dass er es liebt, auf der Maschine zu sitzen und es ihm deswegen schon schwergefallen ist, die Füße stillzuhalten.«

»Mach dir keine Sorgen mehr. Er hat die Zeit doch gut hinter sich gebracht«, erklärt Melody und nimmt noch einen Schluck Wasser aus ihrem Glas. »Nun könnt ihr nach vorne schauen.«

»Das stimmt. Hätte er zwischendurch noch auf die Rennstrecke gemusst, wäre das Haus sicherlich nicht schon so weit, wie es ist. So hatte er auf jeden Fall Zeit, um der Baufirma ordentlich Feuer unterm Hintern zu machen. Ich habe ja gar nicht gewusst, wie viele Dinge man entscheiden muss. Unsere und seine Eltern sind mir dabei übrigens auch keine große Hilfe.«

Bei ihren Worten beginnen Melody und ich zu lachen.

»Irgendwie habe ich mir das gedacht«, flüstert Melody und sieht Haley dabei entschuldigend an.

»Ich bin auf jeden Fall gespannt, wie es aussehen wird, wenn ihr endlich fertig seid«, erkläre ich ihr. Haley macht nämlich ein Staatsgeheimnis aus den genauen Plänen für das Haus. Noch nicht einmal uns hat sie die Details erzählt, obwohl wir ihre Schwestern sind und sonst keine Geheimnisse voreinander haben. »Und ich bin gespannt, wie Travis in der nächsten Saison abschneiden wird und ob du ihn zu sehr abgelenkt hast.«

Mit meinen Worten spiele ich auf die Schlagzeilen an, die in der Zeitung standen, nachdem bekannt geworden ist, dass Travis mit einer gebrochenen Rippe pausieren muss. Aber vor allem der Grund dafür wurde in den Medien ausgeschlachtet. Dabei war auch der Name von Haley gefallen, was dafür gesorgt hatte, dass sie keine ruhige Minute mehr hatte.

Von ihren Kollegen wurde sie immerzu über Travis ausgefragt und sogar ihre Nachbarn haben sie abgefangen. Das ging so lange, bis sie kurzerhand ihre Wohnung verlassen und offiziell bei Travis eingezogen war. Die erste Zeit konnten wir abends nicht einmal etwas unternehmen, weil es überall ein paar Männer gab, die sie erkannten.

Mittlerweile hat sich aber alles wieder ein wenig beruhigt, so dass die beiden wieder durchatmen können.

Ihr genervter Gesichtsausdruck zeigt mir, dass sie genau weiß, woran ich vor wenigen Sekunden noch gedacht habe.

»Okay, ihr Süßen«, erklärt sie nun mit fester Stimme und steht dabei auf. »Ich würde mich zwar gerne noch weiter mit euch unterhalten, aber ich muss wirklich los. Wir sehen uns.« Mit diesen Worten umarmt sie jede von uns.

»Viel Spaß«, wünscht Melody ihr, und auch ich verabschiede mich von ihr.

Ein letztes Mal winkt sie uns noch zu, ehe sie sich umdreht und die kleine Wohnung verlässt.

»Ich muss auch gleich los«, sagt Melody, nachdem die Tür wieder ins Schloss gefallen ist. »Scott wollte heute eher vom Training nach Hause kommen, weil wir uns noch eine größere Wohnung ansehen wollen«, erklärt sie mir und lächelt dabei glücklich.

»Also habt ihr euch endlich dazu durchgerungen, dass ihr aus dem kleinen Loch auszieht?«

Als Antwort nickt sie nur, sieht dabei aber etwas traurig aus.

»Was ist los?«, frage ich sie vorsichtig.

»Es ist nur so, dass es zwar ein kleines Loch ist, wir dort aber in der kurzen Zeit, die wir zusammen sind, bereits so viel erlebt haben. Irgendwie fällt es mir schwer, nach etwas anderem zu suchen. Aber es ist auf jeden Fall die richtige Entscheidung.«

Ich freue mich wirklich für meine Schwestern, muss aber zugeben, dass ich doch ein wenig eifersüchtig bin. Sie haben einen Mann an der Seite, mit dem sie ihr Leben verbringen wollen, und damit sind sie mir einen Schritt voraus. Seitdem die beiden ständig dieses verliebte Grinsen auf dem Gesicht tragen, spüre ich, dass mir etwas fehlt. Es gab sogar schon Momente, in denen ich mir heimlich gewünscht habe, mich in jemanden zu verlieben.

Haley und Travis werden bald heiraten, und ich bin mir sicher, dass auch Melody und Scott sich nicht ewig Zeit damit lassen werden.

Ja, die beiden werden Familien gründen, während ich noch nicht einmal weiß, in welche Richtung mein Berufsleben gehen soll.

»Dann drücke ich euch mal die Daumen, dass die Wohnung etwas ist und ihr bald umziehen könnt«, erwidere ich dennoch und lächle sie aufmunternd an.

»Ehrlich gesagt habe ich es damit gar nicht so eilig. Ich genieße es sogar, dass unsere jetzige eindeutig zu klein ist. So sind wir immer zusammen. Obwohl ich zugeben muss, dass ich das bei meiner Mitbewohnerin ein wenig nervig fand«, erwidert Melody und steht dabei auf.

»Und wieso schaut ihr euch dann eine andere an?«, frage ich.

»Zum einen braucht Scott einen Raum, in dem er endlich seine Sportgeräte unterbringen kann. Beide Schlafzimmer sind zu klein dafür. In die beiden Räume passen ja kaum das Bett und der Kleiderschrank. Und zum anderen würde ich gerne ein größeres Bad haben, wo Dusche und Badewanne getrennt voneinander sind. Das vermisse ich wirklich.«

Bei ihren Worten muss ich lachen. Aber im Stillen gebe ich meiner Schwester recht. Das Badezimmer in ihrer Wohnung ist wirklich winzig, so dass man alleine schon kaum Platz hat, sich vernünftig umzudrehen. Ich habe keine Ahnung, wie sie und ihre ehemalige Mitbewohnerin es darin ausgehalten haben. Soweit ich weiß, hatten sie damals keine Wahl, weil die Wohnung recht günstig war. Kein Wunder, es wollte sie auch kein anderer haben.

»Sag mir Bescheid, falls ihr umzieht.«

»Du wirst es als eine der Ersten erfahren«, verspricht sie mir und umarmt mich einmal kurz. »Geh einfach hin. Vielleicht gefällt es dir ja. Ich weiß, dass Kämpfe nichts für dich sind, aber vielleicht macht es dir trotzdem Spaß. Es ist ja schließlich kein Karate oder so, sondern nur ein Selbstverteidigungskurs.« Aufmunternd schaut sie mich an.

»Ich werde hingehen, mehr kann ich dir nicht versprechen.«

»Was anderes verlange ich auch nicht von dir, nur, dass du es wenigstens einmal ausprobierst.«

Zusammen gehen wir zur Tür, wo wir uns voneinander verabschieden.

»Ich habe dich lieb, Schwesterherz«, sagt sie, als sie mich umarmt. »Wir wollen nur, dass du glücklich bist.«

»Ich dich auch. Das weiß ich, und das ist einer der Gründe dafür, dass ich euch so sehr liebe.« Kaum habe ich ausgesprochen, lächelt sie mich noch einmal an, ehe sie die Tür öffnet und mich alleine in der Wohnung zurücklässt.

Nachdem meine beiden Schwestern verschwunden sind, ist es genauso ruhig wie immer. Eigentlich habe ich genau diese Stille immer genossen. Sie war auch der Grund dafür, dass ich mir keinen Mitbewohner gesucht habe. Wenn man, so wie ich, als Kellnerin arbeitet, ist es immer laut um einen herum. Meine Familie trägt auch ihren Teil dazu bei, da meine Verwandten definitiv eher extrovertiert sind. Aus diesen Gründen habe ich meinen persönlichen Rückzugsort immer genossen. Hier konnte ich zur Ruhe kommen.

Aber in den letzten Wochen kommt es mir so vor, als würden sich die Wände auf mich zu bewegen.

Schlagartig wird mir klar, dass ich wirklich zu viel Zeit allein in diesen Räumen verbringe, weil mein Job immer andere Arbeitszeiten mit sich bringt. Haley geht morgens ins Büro und hat dort jeden Tag die gleichen Arbeitszeiten. Und auch Melody wird früher oder später sicherlich eine neue Stelle finden, wo sie morgens anfängt und nachmittags aufhört. Und danach verbringen beide Zeit mit ihren Partnern, was ich ihnen gönne.

Deswegen nehme ich mir vor, dass ich die Sache mit dem Selbstverteidigungskurs durchziehen werde.

Als ich am nächsten Tag vor dem Gebäude stehe, in dem der Kurs stattfindet, bin ich nervös, weil ich nicht weiß, was mich erwartet. Nachdem ich einen prüfenden Blick auf das Schild geworfen habe, das sich vor dem Eingang befindet, weiß ich, dass sich in diesem weitläufigen Gebäude eine Menge Firmen befinden. Von verschiedenen Arztpraxen bis zu Computerfirmen ist alles dabei. Dabei ist das Gebäude nur vier Stockwerke hoch. Was ihm aber an Höhe fehlt, macht es durch die langen Flure wieder wett.

Ich brauche nicht lange auf der Tafel zu suchen. Melody hat mir heute Morgen geschrieben, dass sich die Trainingsräume in der ersten Etage und dort im hintersten Bereich befinden. Erleichtert darüber öffne ich die Tür und trete in die große Eingangshalle. Kühle Luft schlägt mir entgegen. Während ich mich nach rechts und links umschaue, verursachen die Absätze meiner Sandalen leise Geräusche auf den dunklen Fliesen.

Menschen eilen hin und her und sehen dabei irgendwie wichtig aus. Sie tragen teure Anzüge oder Kostüme und schleppen Ordner hin und her. Ein paar von ihnen haben sich auf die Bänke gesetzt, die überall verteilt stehen und schauen auf die Bildschirme ihrer Laptops oder Handys.

Ich kann mir nicht helfen, aber irgendwie habe ich mir den Ort, an dem man eine Kampfsportschule findet, immer anders vorgestellt. Eher ein kleines Gebäude in einer dunklen und verlassenen Gegend.

Ich entdecke die Aufzüge und gehe darauf zu. Dabei weiche ich den Menschen um mich herum aus. Nachdem ich in der richtigen Ebene angekommen bin, suche ich mir einen Weg durch die Menge hindurch. Dabei halte ich Ausschau nach weiteren Schildern, die mir den Weg zeigen.

Es dauert eine Weile, doch schließlich bleibe ich vor der Eingangstür, auf der sich das bunte Logo der Kampfsportschule befindet, stehen.

Ein letztes Mal atme ich tief durch, ehe ich eintrete und mich umsehe. An den weiß gestrichenen Wänden hängen Urkunden, und die Regale, die sich auf beiden Seiten befinden, sind mit Pokalen vollgestellt. Gegenüber der Tür steht ein kleiner Empfangstisch. Das Fenster, was sich direkt dahinter befindet, lässt die Sonne herein. Rechts und links geht jeweils ein Flur ab, so dass ich unentschlossen stehen bleibe, da ich nicht genau weiß, welchen ich nehmen soll.

»Hallo?«, rufe ich. Doch niemand erscheint.

Sollte nicht jemand hier vorne sitzen?, frage ich mich.

Die Tatsache, dass ich erst jemanden suchen muss, lässt meine Laune in den Keller sinken. Jedoch halte ich mir schnell vor Augen, dass meine Schwestern es nur gut meinen. Sie wollen, dass ich ein wenig unter Menschen komme.

Also schaue ich noch einmal in beide Richtungen und spitze meine Ohren, als laute Stimmen an mein Ohr dringen.

Offenbar wird hier wohl niemand herkommen, also setze ich mich in Bewegung und folge den Stimmen. Nachdem ich eine der Türen erreicht habe, schaue ich vorsichtig in den Raum hinein. Da die Tür angelehnt ist, erkenne ich nicht all zu viel.

»Der Typ soll heiß sein«, höre ich eine Frau sagen, während eine weitere lacht.

»Das Gerücht habe ich auch schon gehört«, entgegnet die andere nun, nachdem ihr Lachen verklungen ist.

Neugierig schiebe ich die Tür auf und werfe einen Blick in den Raum. Einen Moment später sehe ich, dass ich im Umkleideraum der Frauen stehe.

»Hallo«, sage ich und mache so die beiden Frauen auf mich aufmerksam. Ruckartig drehen sie sich zu mir um und schauen mich an.

Für einige Sekunden ist es still, während ich spüre, wie sie mich ganz genau betrachten. Ich komme mir so vor, als wäre ich die Neue auf einer Schule, denn genauso abschätzend sehen sie mich an.

»Hi«, erwidert die Blonde schließlich und lächelt mich freundlich an. Ihre Freundin hingegen sieht mich noch immer so an, als wäre sie ein Fuchs auf der Jagd und ich die Beute. Sie gehört zu den Frauen, bei denen ich mir nicht sicher bin, was ich von ihnen halten soll.

»Vorne sitzt keiner, und ich weiß ehrlich gesagt nicht, wohin ich soll«, erkläre ich der Blondine und hoffe, dass sie mir helfen kann. Während ich spreche spüre ich, dass ihre Freundin mich keine Sekunde aus den Augen lässt. Ich bin eigentlich niemand, der sich schnell mit anderen streitet oder sogar laut wird. Normalerweise ist es mir egal, was andere über mich denken. Aber langsam geht sie mir wirklich auf die Nerven.

Aus diesem Grund kann ich es mir nicht verkneifen, kurz einen skeptischen Blick in ihre Richtung zu werfen. Um ihr zu verdeutlichen, dass ich weiß, dass sie mich beobachtet, ziehe ich die Augenbrauen ein Stück nach oben.

Sie reißt ein wenig die Augen auf, wobei ich mir nicht sicher bin, ob sie wirklich erschrocken ist oder nur so tut.

Zickenalarm, ist der erste Gedanke, der mir in den Sinn kommt, als ich sehe, wie sie sich schwungvoll zur Seite dreht. Ihre langen Haare wirbeln herum, als sie mir den Rücken zuwendet. Aber beeindrucken lasse ich mich davon nicht.

Kurz frage ich mich, was für ein Problem sie hat, entscheide mich dann aber dafür, dass es mir auch egal sein kann. Ich bin ja schließlich nur wegen des Kurses hier und nicht um Freundschaften zu schließen. Auch wenn ich weiß, dass es der Grundgedanke meiner Schwestern war.

»Ich bin Susan«, stellt sich die Blondine vor.

»Brooke«, entgegne ich und lächle sie an.

»Es freut mich, dich kennenzulernen«, erklärt sie mir nun. »Vorne sitzt eigentlich nie jemand. Mein Bruder trainiert hier ebenfalls, daher weiß ich das. Zieh dich einfach um, und dann komm mit in den Trainingsraum. Du bist doch wegen des Selbstverteidigungskurses hier, oder?«

Bei Susans Frage dreht sich ihre Freundin wieder ein Stück in meine Richtung und sieht mich abwartend an.

»Ja, das bin ich. Der Freund meiner Schwester hat mich angemeldet. Er und der Leiter des Kurses sind befreundet«, entgegne ich und habe schlagartig das Gefühl, als hätte ich die falsche Antwort gegeben. Ihre Freundin scheint jedenfalls nicht glücklich darüber zu sein, das erkenne ich an ihrem verbissenen Gesichtsausdruck. Ich sehe ihr an, dass sie mich warnen will, habe aber keine Ahnung wieso. Schließlich kenne ich sie nicht und sie mich genauso wenig.

Auf Susans Gesicht hingegen macht sich ein fröhliches Lächeln breit. »Je mehr wir sind, umso lustiger wird es mit Sicherheit. Wie gesagt, zieh dich einfach um«, erklärt sie mir leise lachend. Dabei schaut sie kurz in die Richtung ihrer Freundin, die mich immer noch anstarrt, als würde sie hoffen, dass ich gleich wieder verschwinde.

Ich sage nichts, als ich zu einer der Bänke gehe, um meine Tasche darauf zu legen. Ohne die beiden Frauen zu beachten, die sich mittlerweile wieder unterhalten und dabei wie kleine Mädchen tuscheln, wechsle ich schnell meine Klamotten. Nachdem ich ebenfalls in meine Turnschuhe geschlüpft bin, folge ich ihnen mit etwas Abstand.

Ich staune nicht schlecht, als ich durch die Tür trete. Die Halle ist hellerleuchtet, und an der gegenüberliegenden Wand hängt ein gigantischer Spiegel, in dem man sich bei den Übungen beobachten kann.

Männer und Frauen stehen in kleinen Gruppen zusammen und unterhalten sich. So wie es aussieht, bin ich die Einzige, die den Kurs alleine machen wird. Ein paar von ihnen machen auf jeden Fall den Eindruck, als würden sie sich kennen, und das nicht erst seit heute.

In diesem Moment verfluche ich meine Schwestern dafür, dass sie mich hierhergeschickt haben. Oder besser gesagt Scott, denn irgendwie war es ja seine Idee gewesen. Melody und Haley hätten sich wenigstens die drei Stunden, die dieser Kurs geht, frei nehmen können, um mich zu begleiten.

Da ich keine Lust habe, mich mit den anderen zu unterhalten, stelle ich mich ein wenig abseits hin und warte darauf, dass endlich unser Trainer hereinkommt.

Neugierig lasse ich meine Augen umherwandern und entdecke diverse Trainingsgeräte, die ich schon aus meinem Fitnessstudio kenne. Aber es sind auch ein paar dabei, von denen ich keine Ahnung habe, wofür sie gebraucht werden.

Doch all das tritt plötzlich in den Hintergrund, als mein Herz anfängt schneller zu schlagen. Für einen winzigen Moment vergesse ich zu atmen. Obwohl ich mich keinen Zentimeter von der Stelle gerührt habe, habe ich das Gefühl, als wäre ich einen Marathon gelaufen.

Wie von alleine drehe ich meinen Kopf in die Richtung der Tür und sehe einen großen, gutaussehenden Mann. Er trägt ein Muskelshirt, so dass seine breiten Oberarme und sein noch breiteres Kreuz zum Vorschein kommen.

Während ich meinen Blick über seinen Oberkörper wandern lasse merke ich, wie mein Mund trocken wird. Auch meine Haut beginnt zu kribbeln, was wiederum dafür sorgt, dass sich eine Gänsehaut auf meinem Körper bildet. Meine Lippen öffnen sich ein wenig, damit ich besser atmen kann, doch wirklich funktionieren tut es nicht.

Mein Kopf ist wie leergefegt, ich bin nicht mehr in der Lage, auch nur einen einzigen vernünftigen Satz zu formen, geschweige denn zu denken.

Ein paar Sekunden stehe ich wie eine Bekloppte an derselben Stelle und starre ihn einfach nur an.

Scheiße, fährt es mir schließlich durch den Kopf.

Noch bevor der Mann seinen Namen gesagt hat, weiß ich genau, wen ich da vor mir habe.

Luke. Das kann nur Luke sein.

2

Als mir klar wird, wie dämlich ich aussehen muss, versuche ich mich abzuwenden. Aber so ganz gelingen will es mir nicht, denn bereits in der nächsten Sekunde schaue ich ihn wieder an. Es ist fast so, als würde ich magisch von ihm angezogen werden.

Luke steht noch immer an derselben Stelle und sieht sich ebenfalls im Raum um.

Als seine Augen mich streifen, spüre ich es genau. In diesem kurzen Moment existiert nichts mehr. Unsere Umgebung und die Menschen, die sich um uns herum befinden, sind verschwunden. Ich höre nicht einmal mehr ihre Unterhaltungen.

Ich kann nur hoffen, dass er nichts von meiner Reaktion merkt. Aus diesem Grund versuche ich einen neutralen Gesichtsausdruck aufzusetzen, was aber gar nicht so leicht ist.

Seine Augen ruhen auf mir. Es kommt mir sogar so vor, als könnte er in mich hineinsehen. Ein paar Sekunden später legt sich ein unwiderstehliches schiefes Grinsen auf seine Lippen. Kurz sieht er mich noch an, bevor er mit geschmeidigen Bewegungen auf mich zukommt.

Unfähig mich zu bewegen schaue ich ihm dabei zu. Während er die wenigen Meter überbrückt, die sich zwischen uns befinden, lässt er mich keine Sekunde aus den Augen. Fast erscheint es mir so, als würde er befürchten, dass ich jeden Augenblick die Flucht ergreife.

Obwohl es nur Sekunden sind, kommen sie mir wie Minuten vor, bis er endlich vor mir zum Stehen kommt.

»Du musst Brooke sein«, begrüßt er mich. »Scott hat mir schon viel von dir erzählt.«

»Hi«, murmle ich ein wenig verlegen, obwohl ich das sonst nie bin. Eigentlich habe ich, genauso wie meine Schwestern, eine große Klappe. Aber Luke hat irgendetwas an sich, das dafür sorgt, dass ich in seiner Gegenwart nicht den Mund aufbekomme.

Aus dem Augenwinkel sehe ich, wie Susan und ihre Freundin mich aufmerksam mustern. Vor allem diejenige von den beiden, die vorhin schon keinen Zweifel daran gelassen hat, dass sie nichts mit mir zu tun haben will, schaut mich aus zusammengekniffenen Augen an. In diesem Moment wird mir klar, dass die beiden in der Umkleidekabine über Luke gesprochen haben, als ich dazugekommen bin. Und gleichzeitig weiß ich auch, wieso die beiden hier sind.

Es geht ihnen nicht darum, sich verteidigen zu können, sondern sie wollen sich an ihn heranmachen. Auf jeden Fall bin ich mir bei Susans Freundin in diesem Punkt sicher.

Allerdings kann ich mich nicht näher damit befassen, da Luke meine volle Aufmerksamkeit einfordert.

»Es freut mich, dass du gekommen bist. Scott war sich nicht sicher, ob du dich darauf einlässt«, fährt er nun fort und sieht mich dabei freundlich an.

»Ehrlich gesagt, war ich mir auch nicht sicher«, entgegne ich und weiche seinem Blick aus. »Kämpfen ist eigentlich gar nichts für mich.«

Für eine Weile sieht er aus, als würde er überlegen, was er darauf erwidern soll. Doch dann beugt er sich ein Stück zu mir herunter, so dass ich noch nervöser werde. Ich spüre seinen heißen Atem auf meinem Gesicht und kann mir gerade noch in letzter Sekunde ein Seufzen verkneifen.

»Dann hoffe ich mal, dass ich deine Einstellung wenigstens etwas ändern kann.« Seine Stimme ist kaum mehr als ein Flüstern, doch es reicht, damit ein Schauer über meinen Körper fährt.

Ein belustigter Ausdruck legt sich auf sein Gesicht, so dass auch ich kurz grinsen muss.

Die Nervosität, die ich vorhin noch verspürt habe, ist verschwunden. Stattdessen melden sich die Schmetterlinge in meinem Bauch, und ich werde hibbelig. »Ich lass mich gerne vom Gegenteil überzeugen.«

»Eine Frau nach meinem Geschmack. Dann wollen wir mal starten«, erklärt er und zwinkert mir einmal kurz zu, bevor er sich den anderen zuwendet.

Seine Worte verschlagen mir die Sprache. Es dauert einen Moment, bis ich merke, dass er bereits das Wort an die restlichen Kursteilnehmer gerichtet hat.

Während er spricht, bleibt er neben mir stehen. Auf diese Weise bringt er mich aus meinem inneren Gleichgewicht, obwohl ich mir sicher bin, dass er es überhaupt nicht darauf angelegt hat.

Luke teilt uns in Zweiergruppen ein und zeigt uns ein paar Schläge, mit denen wir uns Angreifer vom Hals halten können. Während wir sie üben, wandert er von Gruppe zu Gruppe und schaut es sich an. Zwischendurch gibt er Ratschläge und Hilfestellungen, wie wir es besser machen können, bevor er weitergeht und es bei dem nächsten Paar wiederholt.

»Brooke, versuch deine ganze Kraft in den Schlag zu stecken. Halt dich nicht zurück«, erklärt er mir, nachdem er bei meinem Trainingspartner und mir angekommen ist. Während er spricht tritt er hinter mich, umgreift mit der linken Hand meine Hüfte und unterstützt mit der anderen meinen Arm bei dem Schlag.

Eine Gänsehaut bildet sich auf meinem Körper bei der sanften Berührung, und mein Herz setzt für ein paar Schläge aus. Obwohl es nicht zu übersehen ist, wie ich auf ihn reagiere hoffe ich, dass er nicht darauf achtet.

Im nächsten Moment ist er mir so nah, dass ich seinen Atem auf meiner Haut spüren kann. Er streicht mir über die feinen Härchen in meinen Nacken, so dass ich zu Wachs in seinen Fingern werde. Meine Knie werden weich, weswegen ich meine ganze Kraft aufbringen muss, damit ich mich nicht an ihn lehne.

Luke wiederholt diese Bewegung ein paarmal, bis er sich von

mir trennt. Dabei gleiten seine Finger kurz über meine Haut, die zwischen meinem Oberteil und dem Bund meiner Sporthose frei liegt. Automatisch ziehe ich scharf die Luft ein.

Als ich zu meinem Trainingspartner schaue, sehe ich, dass er uns aufmerksam beobachtet. Schlagartig wird mir klar, dass Luke es zwar nicht gemerkt hat, er aber schon. Automatisch werde ich rot im Gesicht und mache einen Schritt von Luke weg, um etwas Abstand zwischen uns zu bringen. Aber es ändert nichts daran, dass sich auf das Gesicht des Mannes ein wissender Gesichtsausdruck geschlichen hat.

Schnell sehe ich weg und begegne dabei dem Blick von Luke. Doch das ist auch nicht besser.

Ausdruckslos sieht dieser mich an und entfernt sich dann von uns, um zur nächsten Gruppe zu gehen. Für ein paar Sekunden bleibe ich wie festgeklebt an Ort und Stelle stehen und schaue ihm nach. Doch dann schüttle ich leicht den Kopf und konzentriere mich wieder auf das, weshalb ich hier bin.

Selbstverteidigung zu lernen.

Noch in der gleichen Sekunde, in der meine Wohnungstür ins Schloss fällt, greife ich in meine Tasche und ziehe mein Handy heraus. Mit einer geübten Handbewegung entferne ich die Sperre auf meinem Display, ehe ich das Telefonbuch öffne.

Ich kenne die Nummer zwar auswendig, gerade bin ich mir aber nicht sicher, ob ich sie fehlerfrei beim ersten Versuch auf die Reihe bekomme. Ich bin viel zu sehr durch den Wind, um mich auf irgendetwas konzentrieren zu können.

»Wieso hast du mir nicht gesagt, dass Luke kein fetter Streifencop ist, sondern …«, beginne ich, nachdem sie das Gespräch entgegengenommen hat.

Oh Mann, werd erwachsen. Luke ist nicht einmal mehr in deiner Nähe und hat dich voll im Griff, ermahne ich mich selber. Doch wirklich etwas bringen tut es nicht.

»Sondern was?«, hakt Melody sofort nach, nachdem ich auch nach wenigen Sekunden keinen Ton von mir gegeben habe. Auch wenn ich sie gerade nicht sehen kann, kann ich mir doch vorstellen, wie sie ihre Augenbrauen nach oben zieht. Aber vor allem haben sich ihre Ohren gespitzt, was mir aber egal ist.

So sehr ich es auch versuche, ich finde einfach nicht die richtigen Worte, um einen Mann wie Luke zu beschreiben.

»Keine Ahnung«, seufze ich schließlich, nachdem mir kein passender Vergleich eingefallen ist. »Das komplette Gegenteil halt.«

»Das komplette Gegenteil?«

»Melody, du weißt genau, was ich meine.«

Ihr leises Lachen dringt durch die Leitung. Ich verdrehe nur die Augen, obwohl sie das natürlich nicht sehen kann, aber in diesem Fall ist das definitiv ein Vorteil.

»Also, um deine Frage zu beantworten, ich kann dir nur sagen, dass ich ihn noch nie gesehen habe. Wirklich! Bis jetzt kenne ich nur die Geschichten von Scott über ihn, aber er scheint ganz nett zu sein.« Während Melody spricht, lasse ich mich auf meine Couch sinken und ziehe die Beine an meinen Oberkörper. »Sorry, ich habe ganz vergessen, dass ich einmal kurz mit ihm telefoniert habe, als er mit Scott sprechen wollte. Aber da war ich damit beschäftigt, nicht das Essen anbrennen zu lassen, und ich habe ihn ja auch nicht gesehen, sondern nur seine Stimme gehört.«

»Ehrlich?«, frage ich nach, da ich mir das nicht vorstellen kann. Sie und Scott sind schon so lange zusammen, da wird sie doch sicherlich seine Freunde kennen. Vor allem dann, wenn beide anscheinend gerne kämpfen.

»Sonst würde ich es dir nicht sagen. Ich weiß nicht viel über ihn, aber ich kann dir sagen, dass er immer arbeitet und deswegen kaum Zeit hat. Das ist auch der Grund dafür, dass ich ihn noch nicht kenne. Zwischendurch sieht Scott ihn beim Training, aber auch da sitze ich schließlich nicht immer daneben.«

Kurz lasse ich mir ihre Worte durch den Kopf gehen. Doch noch bevor ich einen klaren Gedanken fassen kann, redet sie bereits weiter.

»Aber jetzt erzähl doch mal wie es war. Hast du viel gelernt? Oder war es wirklich so schlimm, wie du es dir vorgestellt hast?«

Kaum hat Melody ihre Fragen ausgesprochen, spüre ich wieder seine Hände auf meiner Haut und mein Herz beginnt schneller zu schlagen. Aber nicht nur mein Puls schießt in die Höhe, sondern auch die Schmetterlinge in meinem Bauch werden erneut wach.

Beruhig dich, du wirst diesen Kurs machen und ihn dann wahrscheinlich nie wiedersehen. Und wenn, dann ist es Zufall, weil ihr beide gerade gleichzeitig bei Melody und Scott seid, ermahne ich mich selber.

Aber auch das ändert nichts daran, dass er sich in meinem Kopf festgesetzt hat. Dieser Mann hat eine Art, die mich nicht kaltlässt. Und das, obwohl ich mir eigentlich genau das wünsche. Luke ist ein Frauenheld, daran habe ich keinen Zweifel, und eigentlich habe ich um diese Männer immer einen riesigen Bogen gemacht.

»Gelernt habe ich, vor allem, dass es ganz schön weh tut, wenn man zu Boden geschmissen wird«, gebe ich zerknirscht zurück und betaste dabei meine Hüfte. Ich bin mir sicher, dass sie morgen in allen Farben leuchten wird.

»Das hört sich schmerzhaft an«, erklärt Melody. Ich kann förmlich vor mir sehen, wie sie das Gesicht verzieht.

»So kann man es auch ausdrücken.«

Wie sich herausgestellt hat, hatte mein Trainingspartner etwas mehr Kraft, als ich es für möglich gehalten habe. Aber wer kann schon ahnen, dass so ein dürrer Mann so eine Energie hat? Ich auf jeden Fall nicht.

Melody reißt mich aus meinen Erinnerungen, als erneutes Lachen an meine Ohren dringt. Ich beschließe, dass ich nicht darauf eingehen werde und ignoriere es einfach.

»Wirst du denn die nächsten Male auch dorthin gehen?«

Bei ihrer Frage macht sich die Vorfreude darüber in mir breit, dass ich Luke schon übermorgen wiedersehen werde. Diesen Punkt würde ich aber niemals vor meinen Schwestern zugeben. Die beiden brauchen nicht zu wissen, wie ich auf ihn reagiere.

»Da ich den Kurs nun schon begonnen habe, kann ich ihn

auch zu Ende bringen«, antworte ich ihr deswegen und sehe vor meinem geistigen Auge ihren zufriedenen Gesichtsausdruck.

»Siehst du? Ist doch nicht so schlimm, wie du es dir vorgestellt hast. Ich habe so etwas Ähnliches in dem Sportstudio gemacht, in dem Scott trainiert. Das war auf jeden Fall sehr lustig. Aber vor allem kann ich ein paar der Griffe anwenden, um meinen Freund flachzulegen.«

»Okay, Schwesterherz. Ich möchte die Details eures Privatlebens überhaupt nicht hören«, fahre ich ihr dazwischen, bevor sie noch mehr sagen kann.

»Du bist ja nur neidisch. Aber ich muss eh auflegen. Wir haben gleich noch einen Termin. Musst du heute nicht arbeiten?«, fragt Melody mich.

»Heute habe ich meinen freien Tag. Dafür habe ich das Vergnügen, dass ich am Sonntag arbeiten muss, worauf ich eindeutig noch weniger Lust habe. Von daher wäre ich froh, wenn ich jetzt auf der Arbeit sein könnte.«

Kaum habe ich ausgesprochen ist es ruhig in der Leitung. Ich weiß, was ihr gerade durch den Kopf geht und bin mir sicher, dass sie es auch gleich sagen wird.

»Und deshalb solltest du etwas finden, was dir Spaß macht«, erklärt sie schließlich und bestätigt damit meine Vermutung.

Ich weiß, dass sie recht hat, und würde sie wissen, dass ich in den letzten Wochen selber schon mehrmals diesen Gedanken hatte, würde sie noch mehr dazu sagen. Aber irgendwie habe ich noch keine Lust mit ihnen darüber zu sprechen, obwohl ich sonst über alles mit meinen Schwestern sprechen kann.

»Aber das hat noch so lange Zeit, bis ich mich wieder besser bewegen kann«, erwidere ich und versuche dem Thema so auszuweichen.

»Ja, ich glaube, die paar Tage wirst du dir noch nehmen können. Wir sehen uns am Samstag beim Essen. Ich hab dich lieb, Schwesterherz.«

»Ich dich auch.«

Nachdem ich mich ebenfalls von ihr verabschiedet habe lege

ich auf und lasse mich in die dicken Kissen sinken, die auf meinem Bett verteilt liegen. Mein Handy schmeiße ich in einiger Entfernung neben mich und ignoriere das Blinken, das mir anzeigt, dass ich noch ein paar unbeantwortete Nachrichten habe. Aber ich bin mir sicher, dass sie von meinen Eltern stammen, und die beiden können auch noch ein paar Minuten warten. Denn gerade bin ich nicht in der Lage, mich mit ihnen zu beschäftigen.

Mit meinen Gedanken bin ich bei Luke und den Gefühlen, die er mühelos in mir freigesetzt hat. Wobei mühelos nicht einmal das richtige Wort ist.

Es war einfacher als mühelos.

Noch bevor ich ihn gesehen habe, hat er mich in seinen Bann gezogen. Bis jetzt habe ich noch nicht einen einzigen Mann getroffen, dem das gelungen ist. Es gab nicht einmal einen, der da nah dran gewesen wäre.

Aus genau diesem Grund könnte ich nicht einmal beschreiben, was er in mir freisetzt. Mit den Gefühlen, die ich kenne, hat das auf jeden Fall nichts zu tun.

Und das ist ein Punkt, der mich ein wenig handlungsunfähig macht.

Als ich zwei Tage später auf der Arbeit auftauche, herrscht bereits Hochbetrieb, obwohl es noch nicht einmal Mittag ist. Es dauert eigentlich noch zwei Stunden, bis es so weit ist, aber bereits jetzt sind alle Tische besetzt. Sogar die nicht so beliebten.

Für einen kurzen Moment bleibe ich in der Tür stehen und beobachte meine Kollegen, wie sie hin und her laufen. Alle sehen gestresst und verschwitzt aus. Mir ist klar, dass ich auch gleich so aussehen werde, und das gefällt mir überhaupt nicht.

Noch ein Grund, wieso ich mir dringend etwas Vernünftiges suchen sollte.

In diesem einen Fall ist es aber egal, da ich nach der Arbeit eh zu dem Kurs muss und dann erst recht aussehen werde, als hätte ich mich seit Tagen nicht mehr geduscht. In dem Punkt bin ich mir sicher.

Da ich heute bis vier Uhr in dem Restaurant arbeiten muss, habe ich meine Sportsachen mitgenommen, um danach direkt zum Kurs gehen zu können.

Alleine der Gedanke daran lässt ein Bild von Luke vor meinem inneren Auge aufblitzen. Damit es sich nicht festsetzen kann, gehe ich an den Tischen vorbei in den hinteren Bereich, der nur für Angestellte ist.

Der Andrang auf den Laden wird auch in den nächsten Stunden nicht weniger, was aber auch dafür sorgt, dass meine Arbeitszeit nur so an mir vorbeifliegt. Ich habe kaum Zeit um einmal durchzuatmen, weswegen ich keine Sekunde finde, über Luke nachzudenken, worüber ich froh bin.

Ich komme erst zur Ruhe, als meine Kollegin Ava auftaucht, um mich abzulösen. Mit schmerzenden Füßen lasse ich mich auf einen der Stühle sinken, die in dem kleinen Aufenthaltsraum stehen, und schließe kurz die Augen.

Leise seufzend streiche ich mir über meinen Nacken, um meine verspannten Muskeln zu lockern. Aber so ganz funktioniert das nicht.

Nach ein paar Sekunden öffne ich schließlich meine Augen und beobachte sie, wie sie ihre Sachen zusammensucht.

»Du siehst müde aus«, erklärt sie mir, nachdem sie mich kurz betrachtet hat.

»Das bin ich auch«, erwidere ich und greife dabei nach der Wasserflasche, die vor mir auf dem Tisch steht.

In den letzten beiden Nächten habe ich nicht allzu gut geschlafen, da ich immerzu an Luke denken musste. Dabei habe ich mich in meine Arbeit gestürzt und sogar meine kleine Wohnung auf Hochglanz poliert, nur um mich abzulenken. Trotzdem ist er mir nicht aus dem Kopf gegangen. Ich hatte eher das Gefühl, als würde es das nur noch schlimmer machen.

Langsam komme ich mir schon lächerlich deswegen vor, weil ich mir sicher bin, dass es ihm wahrscheinlich nicht so ging.

Wieso sollte das auch der Fall sein?

»Geh nach Hause und leg dich noch für zwei oder drei Stunden ins Bett, dann wird es dir sicher bessergehen«, fordert sie mich nun auf, doch ich schüttle nur den Kopf.

Ich weiß, dass sie es nur gut meint, und wenn ich nicht vorher noch einen Termin haben würde, würde ich diesen Rat auch sofort befolgen. »Das geht nicht. Meine Schwestern haben mich zu einem Selbstverteidigungskurs angemeldet, und der ist in einer Stunde, so dass der Schlaf noch ein wenig warten muss.«

»Echt? Macht das Spaß?« Mit hochgezogenen Augenbrauen sieht sie mich an. Ich sehe die Überraschung in ihrem Gesicht, kann es ihr aber nicht vorhalten. Sie weiß genau, dass ich mich nie für so etwas angemeldet hätte.

»Ja, sonst würde ich das auch nicht machen.« In den letzten Stunden habe ich es geschafft, das Gesicht von Luke aus meinem Kopf zu verbannen. Doch jetzt, wo wir über den Kurs sprechen, erscheint es wieder vor meinen Augen und lässt mich leise seufzen.

»Dann hoffe ich, dass du den Kurs heil überstehst und danach endlich ins Bett kannst. Schlafen solltest du wirklich auf jeden Fall«, sagt sie grinsend, wofür ich ihr bloß die Zunge rausstrecke.

»Das war mein Plan«, erkläre ich ihr.

Ein leises Lachen dringt über ihre Lippen, als sie sich die Schürze anlegt und ihr Handy wieder in der Tasche verstaut, um sie in den Spind zu legen.

»Ich wünsche dir auf jeden Fall viel Spaß und später schöne Träume. Man sieht sich«, ruft sie mir zu, bevor sie in der nächsten Sekunde auch schon die Tür hinter sich schließt.

Ava verschwindet so schnell, dass ich keine Chance habe, mich ebenfalls von ihr zu verabschieden, aber so war sie schon immer, hektisch.

Einen kleinen Augenblick bleibe ich noch sitzen und versuche meine Gedanken zu sortieren. Aber genauso wie es in den letzten Tagen der Fall gewesen war, habe ich auch jetzt keine Chance, gegen das Chaos anzukommen, das in mir herrscht. Aus diesem Grund stehe ich auf und greife nach meiner Tasche.

Das Letzte, was mir jetzt noch fehlt, ist dass ich zu spät komme und ich so auch noch die Aufmerksamkeit von Susan und ihrer Freundin auf mich ziehe. Auf jeden Fall mehr, als es eh schon der Fall ist. Mein Plan ist es, den beiden während der restlichen Stunden lieber aus dem Weg zu gehen.

Eine Stunde später gehe ich durch den langen Flur, der zu der Kampfsportschule führt, in der der Kurs stattfindet.

»Hi, Brooke, richtig?«, ertönt eine männliche Stimme neben mir. Erschrocken, da ich gerade in Gedanken versunken war, zucke ich zusammen.

Ruckartig drehe ich mich in die Richtung und erkenne einen der Männer, die mit mir zusammen den Kurs besuchen. Er läuft direkt neben mir und lächelt mich freundlich an, als ich mich ein Stück zu ihm drehe.

»Ja«, erwidere ich nur.

»Ich bin Jim«, stellt er sich mir vor und grinst dabei von einem Ohr zum anderen.

Kurz betrachte ich ihn etwas genauer. Er scheint in meinem Alter zu sein, vielleicht ein oder zwei Jahre jünger. Jim ist genauso groß und breit gebaut wie Luke.

Er sieht gut aus, ja, aber er weckt keinerlei Gefühle in mir.

Auf jeden Fall nicht so, wie Luke es tut, überlege ich, schiebe diesen Gedanken allerdings schnell wieder zur Seite. Da ich die nächste Stunde irgendwie überleben muss, ist es nicht sehr hilfreich, wenn ich an so etwas denke.

Stattdessen konzentriere ich mich wieder auf Jim. Seine Statur sorgt dafür, dass ich mich frage, wieso er überhaupt in diesem Kurs ist. Er scheint mir nicht der Mann zu sein, der lernen muss, sich zu verteidigen. Jeder, der auch nur einigermaßen klar bei Verstand ist, würde um ihn einen großen Bogen machen.

Da ich aber nicht weiß, wie er darauf reagieren würde, wenn ich ihn danach frage, schlucke ich die Worte hinunter und erwidere sein Lächeln. »Freut mich.«

»Ich glaube, wir sind die einzigen beiden Personen, die den Kurs alleine machen«, erklärt er mir grinsend.

Bei seinen Worten wird mir klar, dass er mit mir flirtet. *Wahrscheinlich macht er den Kurs nur, damit er Frauen kennenlernt*, überlege ich. Auch die Tatsache, dass er seinen Blick über meinen Körper wandern lässt, bestätigt diese Vermutung.

Ich bin mir sicher, dass es Jim im Alltag nicht an weiblichen Bewunderinnen fehlt. Ich habe aber überhaupt kein Interesse, ihn näher kennenzulernen. Vor allem nicht vor dem Hintergrund, dass ich gleich Luke wiedersehen werde.

Aber auch, wenn ich nicht so auf den Freund meines Schwagers reagieren würde, wäre ich gerade viel zu müde, um mich mit Jim auseinanderzusetzen.

Aber wenn ich nicht so auf Luke reagieren würde, dann wäre ich auch nicht müde. Diese Erkenntnis lässt mich leise seufzen.

Um Jim irgendwie klarzumachen, dass ich kein Interesse an ihm habe, schaue ich wieder nach vorne und damit in die Richtung, in die wir laufen. Aus dem Augenwinkel sehe ich, dass er gerade den Mund öffnen will, um noch etwas zu sagen, doch da erreichen wir schon die Eingangstür. Obwohl ich deswegen ein schlechtes Gewissen habe, bin ich doch ein wenig erleichtert.

Da ich dieses Mal keine Lust habe, mit Susan und ihrer Freundin alleine in der Umkleidekabine zu sein, habe ich mich bereits auf der Angestelltentoilette im Restaurant umgezogen. Nun kann ich also den Weg nach links einschlagen und in Richtung des Trainingsraumes gehen, nachdem ich das Studio betreten habe.

»Wir sehen uns gleich«, ruft Jim mir noch über seine Schulter hinweg zu, wobei er schon auf die Umkleidekabine für die Männer zusteuert.

Ich reagiere nicht darauf. Nicht, weil ich es nicht will, sondern eher, weil ich keinen Ton herausbekomme. In meinem Hals hat sich ein dicker Kloß gebildet, wie ich ihn noch nie zuvor gespürt habe. So ruhig wie möglich versuche ich weiter zu atmen, aber auch das bringt nichts.

Mit jedem Schritt, denn ich hinter mich bringe, werde ich nervöser. Obwohl meine Knie zittern, versuche ich es mir nicht anmerken zu lassen und gehe mit so festen Schritten wie möglich auf die Tür zu, hinter der sich der Trainingsraum befindet.

3

Obwohl ich noch nicht durch die Tür hindurch getreten bin und diese auch verschlossen ist, höre ich bereits die tiefe Stimme von Luke. Sie schallt durch die ansonsten ruhigen Räume und sorgt dafür, dass ich von Vorfreude erfasst werde. Mein Herz beginnt zu rasen und die Schmetterlinge in meinem Bauch fliegen wild durcheinander.

Meine Güte, du bist doch kein Teenager mehr, ermahne ich mich selber, da diese Reaktion auf ihn total daneben ist. Zumal ich nicht einmal weiß, wieso ich so auf ihn reagiere. Schließlich weiß ich nichts von ihm, mal abgesehen davon, dass er verboten gut aussieht und Polizist ist. Eigentlich hatte ich immer gehofft, dass ich nicht zu den Frauen gehöre, die sich nur für das Aussehen eines Mannes interessieren. Allerdings ist genau das gerade der Fall, obwohl ich mir sicher bin, dass noch andere Faktoren dabei eine Rolle spielen. Nur leider kann ich nicht so genau sagen, welche das sind.

Doch nun ist auch nicht der geeignete Zeitpunkt, um mich damit auseinanderzusetzen.

Um meine Nerven zu beruhigen, atme ich ein letztes Mal tief durch. Erst als ich mir sicher bin, dass man mir nicht sofort ansieht, wie es mir geht, gehe ich die letzten Schritte auf die Tür zu und betrete den Raum. Kurz schaue ich mich um und sehe, dass die meisten Kursteilnehmer bereits da sind. Sie stehen in kleinen Gruppen zusammen und unterhalten sich leise, während ein paar andere in ihren Taschen herumwühlen oder auf ihre Handys schauen.

In einer Ecke kann ich auch die beiden Frauen entdecken, mit denen ich eigentlich nichts zu tun haben will. Ich habe keine Chance mehr, mich von ihnen abzuwenden, da mich Susan bereits gesehen hat und nun auf mich zukommt.

»Hi«, begrüßt sie mich mit einem freundlichen Lächeln auf den Lippen, das aber nicht ihre Augen erreicht.

»Wie geht's?«, frage ich sie.

»Amber und mir ist aufgefallen, dass du dich in der letzten Stunde mit Luke unterhalten hast«, fährt sie fort, ohne meine Frage zu beantworten.

Ich hätte wissen müssen, dass sie mich nur deswegen anspricht. Aber wenigstens habe ich nun auch einen Namen zu dem Gesicht ihrer Freundin.

»Ja, er ist ein Freund meines Schwagers«, berichte ich ihr abweisend. Das hatte ich ihr ja eigentlich schon gesagt. Ich habe keine Lust mich mit den beiden über diesen Mann zu unterhalten.

»Oh, dann kennst du ihn doch sicherlich besser.«

»Nein, das würde ich nicht unbedingt sagen«, gebe ich zurück, während ich mich umsehe. Unbewusst halte ich nach Luke Ausschau, den ich aber nirgends entdecken kann.

Als ich nun wieder zu Amber und Susan schaue, sehe ich, dass sich Enttäuschung auf ihren Gesichtern breitgemacht hat. Ich setze eine entschuldigende Miene auf, bin mir jedoch nicht sicher, ob es mir gelingt.

Ein paar Sekunden ist es still zwischen uns, während ich fieberhaft überlege, wie ich dieser mehr oder weniger peinlichen Situation entkommen kann. Aber es bleibt mir nichts anderes übrig, als die Flucht nach vorne anzutreten.

»Entschuldigt mich, ich muss meine Tasche wegbringen.« Nun bin ich diejenige, die einfach verschwindet. Noch bevor die beiden etwas erwidern können, drehe ich mich um und gehe zu den Bänken, die an einer Seite stehen.

»Ich konnte dich also überzeugen, den ganzen Kurs mitzumachen«, dringt plötzlich die Stimme von Luke an meine Ohren.

Bei dem Klang drehe ich mich in seine Richtung und sehe, dass er dicht vor mir steht und mich aufmerksam ansieht. Ich war so in Gedanken vertieft, dass ich überhaupt nicht gemerkt habe, dass er mir so nahegekommen ist.

Doch nun verschlägt es mir die Sprache, so dass ich einige Sekunden brauche, um mich wieder zu fangen.

»Hi, ich habe dich gar nicht gesehen«, gebe ich zurück und schaue ihn dabei mit großen Augen an.

»Ich war kurz im Nebenraum«, antwortet Luke und zeigt dabei auf eine Tür, die sich in einer Ecke befindet. Sie steht ein Stück auf, aber aus meiner Position kann ich leider nicht erkennen, was sich darin befindet.

»Hat Scott dir das nicht gesagt, also dass ich weitermache?«, frage ich und komme somit auch seine eigentliche Bemerkung zurück. Ich weiß nicht, ob es besser ist, wenn ich mich auf dieses Thema konzentriere, aber gerade will ich das Risiko eingehen.

Während ich spreche, weiche ich einen Schritt zurück, um etwas Abstand zwischen uns zu bringen. Wenn er so dicht vor mir steht, kann ich nicht klar denken und mich auf unsere Unterhaltung konzentrieren. Aber genau das ist es, was ich gerade will, denn aus dem Augenwinkel sehe ich, dass wir von Susan und ihrer Freundin aufmerksam beobachtet werden. *Wahrscheinlich versuchen sie herauszufinden, ob wir uns nicht doch näherstehen, als ich vorhin noch behauptet habe.*

»Gestern habe ich noch mit ihm gesprochen, aber er meinte, dass er mir nicht verrät, ob du noch einmal kommst oder nicht. Nun bekomme ich aber den Verdacht, dass er es selber nicht so genau wusste.«

Seine Worte lassen mich hellhörig werden. Aber nicht nur die Worte sorgen dafür, dass ich ihn aufmerksam beobachte. Auch die Art und Weise, wie er es sagt, lässt mich neugierig werden.

Er hört sich beinahe so an, als wäre er traurig darüber, dass sein Freund kein Wort verloren hatte. Und wieso hat Scott es ihm nicht einfach gesagt? Oder hat Melody ihn nicht in Kenntnis gesetzt? Obwohl ich mir letzteres nicht vorstellen kann.

Doch bevor ich näher über diese Fragen nachdenken kann und möglicherweise irgendetwas hineininterpretiere, was nicht da ist, schiebe ich sie wieder zur Seite. Wenn mir Melody das nächste Mal über den Weg läuft, kann ich sie noch immer fragen, aber ehrlich gesagt finde ich das auch gar nicht so wichtig.

»Woher kennst du ihn?«, versuche ich nun das Thema zu wechseln.

»Du weißt doch sicherlich, dass er Anwalt war, bevor er deine Schwester kennengelernt hat, oder?«

»Daran erinnere ich mich noch. Allerdings hat er den Job nicht gerne gemacht«, erwidere ich. Mir kommt wieder das Gespräch mit Melody in den Sinn, als sie uns davon berichtet hat, dass sein Vater ihn mehr oder weniger dazu gezwungen hatte, in seine Fußstapfen zu treten. Sie war sauer gewesen, wobei das noch leicht untertrieben ist. Wütend ist eher das richtige Wort. Aber das wäre ich an ihrer Stelle auch gewesen.

»Ich habe ein paar der Ermittlungen gegen seine Mandanten geführt. Wir haben schnell gemerkt, dass wir gar nicht so unterschiedlich sind, schließlich treiben wir beide gerne Sport und kämpfen für das, was uns wichtig ist. Wie sich herausgestellt hat, haben wir in dem gleichen Sportstudio trainiert, ohne dass wir uns dort jemals über den Weg gelaufen sind.«

»Das klingt ein wenig wie eine Liebesgeschichte«, erkläre ich Luke und kann dabei den belustigten Unterton nicht aus meiner Stimme halten.

»Als Liebesgeschichte würde ich es nicht bezeichnen, ich bin ja nicht schwul. Aber es war der Anfang einer Freundschaft.«

»Boxt du auch?«, hake ich neugierig nach.

»Nur während des Trainings. So professionell, wie Scott es macht, würde ich das wohl niemals durchhalten.« Ein vorsichtiges Grinsen legt sich auf seine Gesichtszüge. »Er hat ein gutes Durchhaltevermögen, und jetzt, wo er Melody hat, wird ihm mit Sicherheit nichts mehr im Weg stehen, um es an die Spitze zu schaffen.«

»Ja, ich glaube für so etwas muss man geboren worden sein. Ich glaube aber auch, dass es nicht einfach ist, Polizist zu sein.«

Auf diese Worte erwidert Luke nichts. Stattdessen sieht er mich plötzlich nachdenklich an, so dass ich das Gefühl bekomme, als hätte ich etwas Falsches gesagt. Als ich schon überlege, wie ich die Worte am besten zurücknehmen kann, falls das überhaupt geht, räuspert er sich.

»Einfach ist es sicherlich nicht. Man muss aufpassen, dass man manche Dinge nicht an sich heran lässt, da sie einen sonst auch außerhalb des Dienstes beschäftigen.«

Während er spricht weicht er mir aus. Luke sieht so aus, als wäre er gerade mit seinen Gedanken ganz woanders. Ich traue mich nicht einmal, ihn anzusprechen. Als ich schon überlege, wie ich seine Aufmerksamkeit wieder auf mich ziehen kann, schaut er mir wieder in die Augen und lässt mich nervös werden.

»Und was machst du beruflich?«, richtet er sich im nächsten Moment wieder an mich. Dabei sieht er so aus, als wäre nichts gewesen. Nichts lässt mehr auf sein seltsames Verhalten schließen.

Da ich so schnell nicht hinterherkomme, dauert es ein wenig, bis seine Frage bei mir angekommen ist. Doch dann zucke ich unwillkürlich ein wenig zusammen. Bis zu diesem Zeitpunkt hat es mich nie interessiert, ob es jemand gefällt wie ich lebe, oder nicht. Aber gerade kommt mir zum ersten Mal der Gedanke, dass Luke meine Lebensweise vielleicht nicht so toll findet. Aber auch die Tatsache, dass ich in der letzten Zeit selber viel über meinen Job nachgedacht habe, lässt mich ein wenig unruhig werden.

Und das sind die beiden Hauptgründe dafür, wieso ich mit meiner Antwort zögere. Klar, ich habe in der Vergangenheit schon öfter Leute getroffen, die nicht so angetan davon waren. Allerdings war mir ihre Meinung immer egal gewesen. Luke hat jedoch etwas an sich, das mir sagt, dass es mich bei ihm nicht so kalt lassen würde, wie es normalerweise der Fall ist.

Doch schließlich entscheide ich mich dafür, dass ich ihm auch die Wahrheit sagen kann. *Was habe ich schon zu verlieren?*

»Ich bin Kellnerin«, erkläre ich ihm deswegen und schaue ihn gespannt an. Obwohl ich nichts Abwertendes in seinem Gesicht erkennen kann, kommen mir die nächsten Sekunden doch wie Minuten vor.

»Kellnerin? Heißt das, du musst immer freundlich zu mir sein, auch wenn ich mich wie ein Arsch aufführe?«, hakt Luke nach. Während er spricht bildet sich ein schiefes und zugleich höllisch sexy Grinsen auf seinen Gesichtszügen.

Ein wenig verblüfft über seine Reaktion schaue ich ihn an. Ich habe mit allen möglichen Kommentaren gerechnet, aber nicht damit. »Nur, wenn ich auf der Arbeit bin. In meinem Privatleben gilt das nicht«, entgegne ich deswegen und lasse mich auf den Flirtversuch ein. Bei Jim hatte ich vorhin keine Lust und wollte eigentlich nur noch in mein Bett. Doch die Müdigkeit, die mich da noch fest im Griff hatte, ist nun schlagartig verschwunden. Stattdessen konzentrieren sich nun alle meine Sinne auf den Mann, der vor mir steht und mich herausfordernd ansieht.

Luke beugt sich ein Stück zu mir, so dass ich seinen heißen Atem auf meiner Haut spüre, was mir eine Gänsehaut beschert. In diesem Moment nehme ich nichts mehr wahr, obwohl ich verzweifelt versuche, wieder in die Realität zu kommen. Es ist gefährlich, dass ich so auf ihn reagiere, vor allem da ich noch immer im Hinterkopf habe, dass wir nicht alleine sind.

Ich bin mir vor allem der Blicke von zwei Frauen bewusst, obwohl ich glaube, dass wir heimlich auch schon von ein paar anderen beobachtet werden. Aber trotzdem kann ich es nicht ändern.

»Das muss ich mir merken«, flüstert Luke so leise in mein Ohr, dass ich mir sicher bin, dass kein anderer seine Worte hören kann. Und das lässt es noch geheimnisvoller wirken.

Überrascht schnappe ich hörbar nach Luft und hebe meinen Kopf, um ihn ansehen zu können. Fieberhaft suche ich nach etwas, dass ich entgegnen kann, aber mir fällt nichts ein. Dabei habe ich sonst immer eine Antwort parat. Aber in diesem Moment ist mein Kopf wie leergefegt, was Luke anscheinend auch weiß, wenn ich sein Grinsen richtig deute. Trotzdem wartet er noch ein paar Sekunden bevor er sich wieder ein Stück von mir entfernt und mich ein letztes Mal ansieht. Dann geht er in die Mitte des Raumes und beginnt die Stunde.

Wenn ich schon dachte, dass es mir in der letzten Stunde schwergefallen ist, mich zu konzentrieren, so werde ich heute eines Besseren belehrt. Denn es ist noch schwieriger, die Augen von ihm zu lassen. Ich gebe mir wirklich Mühe, mich auf meinen Trainingspartner zu konzentrieren, damit er nicht wieder die Chance hat, mich auf die Matte zu befördern. Aber ich kann nicht verhindern, dass meine Augen immer wieder durch den Raum schweifen, um zu schauen, wo sich Luke gerade aufhält. Vor allem, als er neben Susan und Amber steht und die beiden aufmerksam beobachtet, schaue ich ein paar Sekunden zu lange in seine Richtung.

»Ihr drei seid nicht die einzigen, die ihn beobachten«, erklärt mein Trainingspartner nun und nickt dabei in die Richtung, in der zwei weitere Frauen trainieren.

Ich folge seinen Augen und betrachte für einige Sekunden die beiden, die mehr damit beschäftigt sind, Luke anzusehen, als zu üben. Doch dann drehe ich mich wieder dem Mann zu, mit dem ich heute trainiere.

»Oh nein«, erwidere ich und schüttle dabei so energisch wie möglich den Kopf. Er braucht gar nicht erst zu denken, dass ich ein Auge auf Luke geworfen habe. Egal, ob es stimmt oder nicht. Die Art und Weise, wie er mich nun ansieht, zeigt mir, dass er es nicht glaubt.

»Lukes bester Freund ist mit meiner Schwester zusammen, daher kennen wir uns.« Ich hoffe, dass ihm das als Erklärung reicht, aber er sieht mich so an, als würde er sagen wollen, dass er mir kein Wort glaubt.

Aber das Problem ist nicht, dass er es mir nicht glaubt, sondern dass ich es mir selber nicht einmal glaube. Und dabei meine ich nicht die Worte, die ich gesagt habe, denn die sind wahr. Es ist eher die versteckte Botschaft, dass er deswegen tabu für mich ist, die ich damit vermitteln wollte. Denn dass das kein Grund ist, haben Travis und Haley genug bewiesen. Der Verlobte meiner Schwester ist ja schließlich auch mit Scott befreundet.

Mein Trainingspartner schaut mich ein wenig skeptisch an, bevor er sich wieder in Position bringt. Ohne darauf einzugehen mache ich weiter und versuche, Luke so gut es geht dabei auszublenden. Während der nächsten Stunde kommt er dreimal zu uns und gibt uns Tipps, wie wir uns besser aus dem festen Griff unseres Angreifers befreien können. Jedes Mal schlägt mein Herz in dreifacher Geschwindigkeit weiter, bis er wieder verschwunden ist. Das ändert aber nichts daran, dass es dann eine Ewigkeit dauert, bis ich mich wieder beruhigt habe. Allerdings spüre ich auch dazwischen seinen prüfenden Blick auf mir.

Wahrscheinlich kommt es mir nur so vor, aber ich habe das Gefühl, als würde er mich öfter beobachten, als es bei den anderen der Fall ist. Auch wenn ich weiß, dass es eher unwahrscheinlich ist, gefällt mir der Gedanke. Er sorgt dafür, dass mir ein paar Grad wärmer wird.

»Okay, das war's für heute. Ich hoffe, dass wir uns alle zur letzten Stunde am Samstag sehen«, ertönt irgendwann seine Stimme und beendet den Unterricht.

Erleichtert darüber entspannen sich in der gleichen Sekunde meine Muskeln und ich atme aus. Eigentlich habe ich gedacht, dass ich in einer guten körperlichen Verfassung bin. Aber die letzten beiden Stunden haben mir gezeigt, dass es Muskeln gibt, die ich eindeutig öfter benutzen sollte.

»Man sieht sich«, ruft Ben mir zu, ehe er sich umdreht und verschwindet.

Völlig verschwitzt drehe ich mich in die Richtung, in der meine Tasche steht und setze mich in Bewegung. Aus dem Augenwinkel sehe ich, wie Luke auf mich zukommen will. Doch in dem Moment, in dem ich ihn bemerke, treten meine beiden besten Freundinnen auf ihn zu und verwickeln ihn in ein Gespräch.

Luke wirft mir einen Blick zu, der beinahe schon verzweifelt ist, doch ich bin mir sicher, dass er das auch ohne meine Hilfe schaffen wird.

Entschuldigend zucke ich deswegen mit meinen Schultern, kann dabei aber nicht verhindern, dass sich eine gewisse Traurigkeit in meine Augen schummelt. Gerne hätte ich mich noch ein wenig mit ihm unterhalten, aber ich habe keine Lust darauf zu warten, bis die beiden ihn freigeben. Zumal das sicherlich noch ein wenig dauern wird. Vor allem dann, wenn ich mich mit im Raum befinde. Aus diesem Grund werfe ich mir meine Tasche über die Schulter und verschwinde.

Doch weit komme ich nicht. Noch bevor sich die Türen des Fahrstuhls geöffnet haben, höre ich, wie mein Handy in meiner Handtasche klingelt.

»Gut, dass ich dich erreiche, Kindchen«, ertönt die laute Stimme meiner Oma, nachdem ich das Telefonat angenommen habe.

»Hi«, begrüße ich sie mit guter Laune und verlasse dabei das Gebäude, um die Richtung einzuschlagen, in der ich meinen Wagen abgestellt habe. »Wo bist du? Es ist so laut!«

»Das Nachbarhaus wird umgebaut. Diese nervigen Handwerker machen so einen Lärm, dass man kaum noch sein eigenes Wort versteht«, erklärt sie mir genervt.

In letzter Sekunde kann ich es mir gerade noch verkneifen zu lachen. Aber sie hat recht, wenn ich es sogar durchs Telefon so laut höre, will ich gar nicht erst wissen, wie es für meine Oma ist. Und auch Haley und Travis wohnen nur ein Haus weiter.

»Sieh es von der Seite, dass es nicht ewig dauern kann«, sage ich und versuche sie damit aufzumuntern.

»Würde es nach mir gehen, dann hätten sie es erst gar nicht umbauen müssen, aber so ist das, wenn man neue Nachbarn bekommt. Sie bauen sich alles so, wie sie es brauchen, anstatt einfach komplett neu zu bauen.«

»Darf ich dich fragen, ob du nur deswegen angerufen hast? Ich bin nämlich gerade auf dem Weg zu meinem Fahrzeug, damit ich nach Hause fahren kann.«

»Sorry, es ist nur so, dass es gar nicht so einfach ist, euch zu erreichen. Da gerate ich von alleine in Plauderlaune. Vorhin habe ich es schon ein paarmal bei dir versucht, aber immer nur deine Mailbox dran gehabt.«

»Sorry«, murmle ich. »Ich war gerade bei einem Kurs, bei dem Melody und Haley mich angemeldet haben.«

»Ach wirklich? Das hört sich interessant an. Bei Gelegenheit musst du mir auf jeden Fall mehr davon erzählen.«

»Werde ich machen«, entgegne ich nur, während ich ein paar Menschen ausweiche.

»Ich störe dich auch nicht lange. Eigentlich wollte ich dich fragen, ob du in den nächsten Tagen vielleicht ein wenig Zeit für mich hast.«

»Sicher«, entgegne ich sofort, da dies für mich überhaupt keine Frage ist. »Worum geht es denn?«

»Es gibt da ein Auto, das ich mir ansehen möchte. Ich habe ja überhaupt keine Ahnung von Autos und will nicht über den Tisch gezogen werden.«

»Ist Travis da nicht der bessere Ansprechpartner für dich? So wirklich Ahnung habe ich auch nicht davon«, wende ich ein. Er fährt Motorradrennen und kennt sich mit Fahrzeugen schon alleine aus diesem Grund besser aus als ich.

»Der muss jeden Tag zum Training, und nebenbei richten die beiden noch das Haus ein. Da will ich ihm nicht auch noch damit auf die Nerven gehen, schließlich wissen sie so schon nicht, wo ihnen der Kopf steht. Ich sehe ja immer, wann die beiden teilweise erst nach Hause kommen. Und wenn ich mich richtig erinnere, dann hat Scott doch am Sonntag einen Kampf, den kann ich also auch nicht fragen. Deinen Vater will ich nicht darum bitten, weil er immer etwas auszusetzen hat. Ich glaube das Auto, das ihm passt, gibt es überhaupt nicht.«

Das Argument mit meinem Vater kann ich leider nur zu gut verstehen. Als meine Schwestern und ich unsere ersten Autos bekommen haben, gab es nicht einen, an dem er nichts gefunden hatte. Irgendwann wurde es dann sogar unserer Mutter zu viel und sie hatte kurzerhand die Entscheidung an sich gerissen. Und darüber waren wir sehr froh gewesen. Davon ganz abgesehen, hatte er auch etwas an seinem eigenen Wagen zu bemängeln, und das obwohl er frisch aus der Fabrik kam und noch keinen Meter gefahren wurde.

»Das ist kein Problem. Wann denn?«, frage ich sie also.

»Am Montag, um zwei«, antwortet sie auf meine Frage. »Der Verkäufer hat leider nicht eher Zeit, da er beruflich viel unterwegs ist. Ich hoffe, dass du da nicht schon etwas vorhast. Sonst kann ich den Termin auch verlegen.« Meine Oma redet so schnell, dass ich kaum hinterherkomme. Deswegen dauert es ein wenig, bis auch das letzte Wort in meinem Gehirn angekommen ist.

»Nein, alles in Ordnung. Ich werde dich abholen. Ich muss aber um vier auf der Arbeit sein«, erkläre ich ihr, wobei ich mir betont lange Zeit lasse, um ihr zu signalisieren, dass sie nicht so schnell zu sprechen braucht.

»Das schaffen wir. Na gut, nun werde ich dich auch nicht länger aufhalten. Wir sehen uns ja noch am Samstag.«

»Bis dann«, verabschiede ich mich von ihr und lege auf.

Kaum habe ich das Telefon wieder in meiner Tasche verstaut spüre ich, wie sich die Haare in meinem Nacken aufrichten. Auf meiner Haut nehme ich jeden noch so kleinen Windzug wahr, was meinen Körper aber auch nicht abkühlt.

»Wo willst du denn so schnell hin?«, raunt mir eine bekannte Stimme ins Ohr.

Ruckartig bleibe ich stehen und drehe mich schwungvoll um. Dabei wirbeln meine Haare herum und ich verliere kurz ein wenig das Gleichgewicht. Vor mir steht Luke und lächelt mich an.

Dabei ist er mir so nah, dass uns nur noch wenige Zentimeter voneinander trennen.

»Wo ist denn dein Fanclub?«, frage ich ihn und schaue kurz an ihm vorbei. Doch von Susan und ihrer Freundin ist weit und breit nichts zu sehen.

Luke dreht sich noch einmal in die Richtung, aus der er gerade gekommen ist, ehe er mich mit einem zufriedenen Ausdruck ansieht.

»Die beiden waren plötzlich ganz schnell nicht mehr interessiert, als ich ihnen gesagt habe, dass ich schwul bin. Ich weiß gar nicht wieso. Wird sonst nicht immer erzählt, dass schwule Männer so gute Freunde sind?«

Kurz überlege ich, ob er seine Worte wirklich ernst meint, oder er mich nur aufziehen will. Doch dann entscheide ich mich dazu, dass ich auf das Spiel eingehe und schaue ihn ungläubig an. »Ernsthaft?«, frage ich, während ich in seinem Gesicht noch immer nach einem Hinweis suche, dass es ein Scherz war. Aber da ist nichts, was darauf schließen lässt. »Hast du das wirklich gesagt?«

Anstatt zu antworten steckt Luke nur die Hände in die Hosentaschen und zuckt mit den Schultern. Dabei sieht er mich so unschuldig an, als könnte er nie jemanden anlügen. Das glaube ich ihm aber nicht.

»Ich muss zugeben, dass ich es gerade bereue, nicht noch länger geblieben zu sein. Die Gesichter der beiden hätte ich zu gerne gesehen. Vor allem Amber ist wahrscheinlich aus allen Wolken gefallen.«

»Sie schienen plötzlich auch etwas irritiert darüber zu sein. Für einen kurzen Moment sind ihnen sogar die Gesichtszüge entglitten.«

Luke schneidet eine Grimasse und bringt mich damit zum Lachen.

»Schade, dass ich das nicht gesehen habe. Aber ich kann mir vorstellen, wie das ausgesehen haben muss.«

»Du hast wirklich etwas verpasst.«

Eine Weile ist es still zwischen uns, nachdem ich mich wieder beruhigt habe. Stattdessen schaue ich ihn an und nehme seine Erscheinung in mir auf. Ich muss zugeben, dass er hier draußen im Tageslicht noch besser aussieht. So unauffällig wie möglich atme ich tief durch, was sich jedoch als Fehler erweist, da ich so seinen Geruch noch mehr wahrnehme, als es vorher schon der Fall gewesen war.

»Hast du noch etwas vor?«, fragt er mich dann und sieht mich hoffnungsvoll an.

Diese wenigen Worte sorgen dafür, dass mein Herz schneller schlägt, obwohl ich das überhaupt nicht will. Aber ich kann es nicht verhindern, weswegen ich nur meine Lippen befeuchte.

»Nein«, antworte ich ihm ehrlich, als ich endlich einen Ton herausbekomme.

»Ich dachte mir, dass wir uns vielleicht etwas zu essen besorgen und uns dann an den Strand setzen, als Freunde. Schließlich ist einer meiner Freunde mit deiner Schwester zusammen, da werden wir uns wohl in Zukunft öfter über den Weg laufen.«

Bei seinen Worten werde ich hellhörig. Alles in mir schreit danach, dass es sich ganz nach einem Date anhört und nichts Freundschaftliches daran ist. Obwohl ich zugeben muss, dass er es geschickt verpackt hat, indem er Scott und Melody vorgeschoben hat. Ich bin mir nicht sicher, ob ich auf diese Idee gekommen wäre. »Von mir aus gerne«, sage ich dennoch, da ich mir eingestehen muss, dass ich gerne noch ein wenig Zeit mit ihm verbringen würde. Zeit, in der wir nicht von anderen umgeben sind und ich von mindestens zwei sagen kann, dass sie uns beobachten.

»Mein Auto steht da hinten«, erklärt er mir nun und zeigt dabei in die entgegengesetzte Richtung, als ich gerade unterwegs war.

»Und meines dort«, erwidere ich und strecke meinen Arm aus, um auf den alten Opel Astra zu zeigen, der in einiger Entfernung steht. Der verblichene Lack glänzt zwar in der Sonne, aber fast würde ich sagen, dass er zwischen all den neueren Autos ein wenig verlassen aussieht.

»Wow«, entfährt es ihm.

Überrascht drehe ich mich wieder zu Luke herum und sehe, dass er meinen fahrbaren Untersatz betrachtet. Ich habe keine Chance mehr, ihn danach zu fragen, wieso er so reagiert.

In der nächsten Sekunde hat er sich bereits in Bewegung gesetzt und überbrückt die wenigen Meter, die ihn von dem Auto trennen. Nachdem er es erreicht hat, umrundet er es und schaut prüfend von allen Seiten an.

»Oh man«, entfährt es mir, als ich kurz stehen bleibe und ihn dabei beobachte. Ich kann nicht verhindern, dass sich ein ungutes Gefühl in meinem Magen breitmacht, auf das ich mich normalerweise verlassen kann. Schließlich ist Luke Polizist, und zu seinen Aufgaben gehört es sicherlich auch, dass er die eine oder andere Verkehrskontrolle durchführt.

Die nächsten Sekunden kommen mir wie Stunden vor. Je mehr er das Gesicht verzieht, umso schlechter wird mir. Schließlich bleibt er auf der Beifahrerseite stehen und sieht mich an.

In diesem Moment weiß ich nicht, ob ich abhauen, stehen bleiben, oder zu ihm gehen soll.

»Du weißt aber schon, dass der nicht mehr verkehrssicher ist, oder?«, fragt Luke mich und zeigt dabei auf das Auto, das sich zwischen uns befindet. Während er spricht, sieht er mich herausfordernd an und zieht noch die Augenbrauen nach oben.

»Um ehrlich zu sein, hat er jede Inspektion bis jetzt bestanden, und Probleme macht er auch keine«, weiche ich ihm aus, da ich weiß, dass mein Auto die eine oder andere Schwachstelle hat. Dabei handelt es sich aber eher um Schönheitsprobleme als um ernsthafte Schäden. Sonst hätte mein Vater schon längst etwas gesagt, da bin ich mir sicher.

Luke sieht mich nun an, als würde er abwägen wollen, ob ich meine Worte ernst meine oder nicht. Aber ich wende mich nicht ab und zeige ihm so, dass ich ihm die Wahrheit sage.

»Ich meine es ernst, Brooke«, stöhnt Luke und reibt sich über den Nacken. Ich sehe ihm an, dass er sich fragt, ob der Prüfer wirklich so genau beim letzten Mal war, oder er vielleicht ein Auge zugedrückt hat. Und um ehrlich zu sein, wenn ich sehe, wie Luke ihn betrachtet, frage ich mich das auch für einen Moment. »Der Wagen hat nicht einmal Airbags, wenn dir einer in die Seite fährt ist die Wahrscheinlichkeit hoch, dass du den Zusammenprall nicht überlebst, während der andere wahrscheinlich nur ein paar Kratzer abbekommt.«

Mit wenigen Worten schafft Luke es, dass ich Angst davor bekomme, mit meinem eigenen Auto zu fahren. Und seine Worte unterstreicht er mit einem ermahnenden Gesichtsausdruck, der die Panik noch ein wenig größer werden lässt.

Ein Kloß bildet sich in meinem Hals, den ich versuche wieder hinunter zu schlucken. Aber so ganz gelingen will es mir nicht.

Mir ist klar, dass er recht hat. Ich selber habe schon mehrmals überlegt, ob ich mir nicht endlich einen neueren Wagen anschaffen soll, aber leider fehlt mir das Geld dazu.

Ich atme noch ein letztes Mal tief durch, bevor ich mich ihm langsam nähere. Er lässt mich keine Sekunde aus den Augen. Ich winde mich, weiche ihm aber nicht aus.

»Luke ...«, beginne ich, doch bevor ich fortfahren kann, sieht er mich an und bringt mich so zum Schweigen.

»Und das ist nur ein Punkt. Ein anderer ist, dass dir ein Kennzeichen fehlt! Obwohl ich zugeben muss, dass das nichts mit der Sicherheit deines Autos zu tun hat. Du brauchst trotzdem zwei Stück.« Um die Zahl zu unterstreichen, hält er noch einmal zwei Finger in die Luft.

Bei seinen Worten reiße ich geschockt meine Augen auf. »Ich bin mir sicher, dass ich zwei Kennzeichen habe«, entgegne ich.

»Nein, nicht an diesem Auto. Falls du noch ein zweites Auto hast, würde ich dir empfehlen, dieses hier stehen zu lassen.« Ich kann es nicht glauben. »Was? Ist das dein Ernst?«, entfährt es mir, ohne auf seine letzten Worte einzugehen.

Dabei klingt meine Stimme ein wenig zu laut, so dass ich mir noch in der gleichen Sekunde die Hand vor den Mund schlage. Kurz schaue ich nach rechts und links, stelle aber fest, dass uns keiner beachtet.

Dann höre ich das leise Lachen von Luke, was er sich sofort verkneift, als ich ihn ermahnend ansehe. »Ja, du hast vorne keines«, erklärt er mir stattdessen und zeigt in die entsprechende Richtung.

Schnell gehe ich zu meiner Motorhaube und schaue geschockt auf die Stelle, an der eigentlich mein Kennzeichen sitzen sollte. Doch stattdessen ist die Stelle leer.

»Scheiße«, murmle ich vor mich hin. »Wo ist mein Kennzeichen?«

Luke sagt nichts, lässt mich aber keine Sekunde aus den Augen. Völlig perplex stehe ich vor meinem Auto und überlege, wo ich es verloren haben könnte. Aber egal wie lange ich auch überlege, ich habe keine Idee.

»Hattest du es heute Morgen noch?«, fragt mich Luke nun und zieht mich so aus meinen Gedanken heraus.

Kaum hat er ausgesprochen drehe ich mich wieder in seine Richtung und sehe ihn an. »Ja klar. Zumindest gehe ich davon aus«, antworte ich ihm.

»Du gehst davon aus?«, hakt er ein wenig skeptisch nach.

»Na ja, normalerweise gehe ich nicht um mein Auto herum und schaue, ob noch alle Kennzeichen da sind«, erkläre ich ihm ein wenig kleinlaut.

»Ist es möglich, dass es dir jemand geklaut hat?«

»Geklaut?« Mit großen Augen starre ich Luke an. »Wer sollte denn schon ein Kennzeichen klauen? Vor allem nur eins?«

»Wenn du wüsstest, was ich schon alles erlebt habe, würdest du mich das nicht fragen.«

Obwohl ich an seinem Ton merke, dass er seine Worte nicht böse meint, schaue ich doch weg. Sein leises Lachen dringt an meine Ohren, was mich schließlich doch dazu bewegt, wieder meinen Kopf zu heben.

Doch nun hat er sich mir ein paar Schritte genähert. »Mach dir keine Sorgen. Ich werde das mit deinem Kennzeichen klären, aber du musst zusehen, dass du schnell ein neues bekommst. Ich werde dir am Samstag eine Bestätigung geben, dass du den Verlust bei der Polizei angezeigt hast, damit du bei der Zulassungsstelle ein neues bekommst.«

»Und was ist, wenn ich in eine Verkehrskontrolle gerate?«, frage ich ihn.

»Dann nennst du dem Polizisten meinen Namen und sagst ihm, dass er sich bei mir melden soll. Ich kläre das schon.« Aufmunternd lächelt er mich an, doch gerade weiß ich nicht, ob ich mich darüber freuen soll oder nicht.

»Danke«, murmle ich ein wenig verlegen. Ich habe keine Ahnung, wie es mir nicht auffallen konnte, dass ich mit nur einem Kennzeichen durch die Gegend fahre.

Ich will mir gar nicht überlegen, wie teuer es für mich geworden wäre, wenn es einer seiner Kollegen gesehen hätte.

»Und überleg dir, ob du dir nicht vielleicht doch einen anderen Wagen besorgst. Der hier ist überall rostig. Seine Zeiten sind vorbei. Auch, wenn er es die letzten Überprüfungen immer noch geschafft hat, ich glaube kaum, dass er auch die nächste ohne Schwierigkeiten hinter sich bringt.« Luke zeigt auf ein paar rostige Stellen, die mir aber auch vorher schon bekannt waren.

»Ja, Herr Polizist, ich werde darüber nachdenken.«

»Ich sage es dir nicht als Polizist, sondern als Freund. Ich will nicht, dass dir etwas passiert«, raunt er mit einer verschwörerischen Stimme in mein Ohr, nachdem er sich ein Stück zu mir gelehnt hat.

Ein kalter Schauer läuft mir über den Rücken, als seine Bartstoppeln meine Wange streifen. Meine Brustwarzen richten sich auf, und unweigerlich frage ich mich, wie es sich wohl anfühlt, wenn diese Bartstoppeln darüber kratzen.

Alleine der Gedanke daran reicht, dass mein Puls wieder an Fahrt aufnimmt und mein Mund trocken wird. Mir ist klar, dass dieser Gedanke nicht gut ist, aber leider schaffe ich es nicht, die Bilder aus meinem Kopf zu verbannen.

Langsam, und auch ein wenig zögerlich, hebe ich meinen Kopf und schaue ihn an. In dieser Sekunde sieht er so verführerisch aus, wie ein Mann nur sein kann. Ein höllisch sexy Grinsen hat sich auf seine Gesichtszüge geschlichen, was dafür sorgt, dass ich ihn gerne küssen würde.

»Wie wäre es, wenn wir uns am Pier treffen? Sagen wir in einer Stunde? Dann habe ich noch Zeit eben nach Hause zu fahren und mir etwas Frisches anzuziehen«, frage ich ihn und merke dabei, dass meine Stimme sich ein paar Tonlagen zu hoch anhört.

Schnell räuspere ich mich. Ich muss etwas tun, um mich von den wirren Gedanken abzulenken, die mich in seiner Gegenwart beherrschen. Am besten wäre es gerade sogar, wenn ich ein wenig Abstand zwischen uns bringen könnte. Obwohl mein Körper eigentlich bei ihm bleiben will.

»Okay, von mir aus können wir es auch so machen«, antwortet er.

Bei seinen Worten sieht er nicht ganz so glücklich aus. Ich frage mich, ob er das darauf bezogen meint, dass er mich mit dem Astra fahren lassen muss, oder weil wir für die nächste Stunde dann getrennt sind. Da ich mir aber nicht vorstellen kann, dass der zweite Punkt ein Problem für ihn ist, gehe ich davon aus, dass es der erste ist, der ihm Kopfzerbrechen bereitet.

Kaum hat Luke ausgesprochen, nähert er sich mir noch einmal und drückt mir einen sanften Kuss auf die Wange. Ein Stromschlag durchfährt mich bei dieser plötzlichen Berührung.

Ein letztes Mal schaut er mich an, bevor er sich wortlos umdreht und in die Richtung verschwindet, in die er vorhin noch gezeigt hat.

Eine Weile bewege ich mich nicht von der Stelle und schaue ihm nach. Ich bin gerade nicht in der Lage, zur Seite zu gehen. Dabei stehe ich mitten auf dem Fußgängerweg und alle anderen müssen um mich herumlaufen.

Das interessiert mich jedoch nicht.

Erst, als ich von allen Seiten angerempelt werde, drehe ich mich um und gehe zu der Fahrertür meines Wagens. Ich werfe nur meine Tasche auf den Beifahrersitz und entferne mich dann ein kleines Stück. Kritisch begutachte ich ihn.

Luke hatte mit jedem Wort recht. Der Wagen ist alt und mit Sicherheit nicht der sicherste. Dafür hätte er mir nicht sagen müssen, was wahrscheinlich passiert, wenn ich einen Unfall habe. Aber noch wird er ein wenig fahren müssen, denn einen anderen kann ich mir gerade nicht leisten.

Dass mein Nummernschild verschwunden ist und ich es nicht einmal gemerkt habe, ärgert mich allerdings.

Ich kann nicht einmal ungefähr sagen, wo es mir abhandengekommen ist.

Seufzend steige ich ein und starte den Motor, um mich im nächsten Moment in den Verkehr einzufädeln und mich auf den Weg zu meiner Wohnung zu machen. Wenn ich noch länger hier herumstehe, dann wird es mit Sicherheit auch nicht besser werden.

Da ich nicht den kleinsten Verdacht habe, was mich erwartet, werde ich nervöser, je näher ich meinem Ziel komme. Meine Haut kribbelt und die Schmetterlinge in meinem Bauch machen Überstunden. Sie fliegen so wild umher, dass ich mir beinahe sicher bin, dass ich in seiner Gegenwart keinen Bissen herunter bekommen werde.

Als ich endlich einen freien Parkplatz gefunden habe, zittere ich so sehr, dass ich die Befürchtung habe, dass meine Beine unter mir nachgeben werden, sobald ich ausgestiegen bin. Dabei weiß ich nicht einmal was jetzt so anders ist als bei meinen anderen Dates. Aber irgendetwas ist es, in diesem Punkt bin ich mir sicher. Dass Luke es nicht so genannt hat, sondern angemerkt hat, dass es einfach nur ein Treffen unter Freunden ist, weiß ich. Trotzdem fühlt es sich anders an. Aber vielleicht bilde ich mir das auch nur ein. Insgeheim hoffe ich sogar, dass ich mehr hineininterpretiere, als es eigentlich ist.

Wir treffen uns schließlich an einem öffentlichen Ort und werden nur etwas zusammen essen und ein wenig quatschen. Da ist nichts dabei, worüber ich mir Gedanken machen müsste. Zumal ich noch mehr männliche Freunde habe und das mit ihnen schon öfter gemacht habe. *Ich fühle mich zu ihnen auch nicht körperlich hingezogen, und genauso wenig lassen sie mich nervös werden*, denke ich, nachdem ich den Schlüssel aus dem Schloss gezogen habe. In seiner Gegenwart bin ich ihm ausgeliefert und kann nichts dagegen tun.

Ein letztes Mal atme ich tief durch und greife dann nach meiner Tasche, die auf dem Beifahrersitz liegt. Kaum bin ich ausgestiegen, schlägt mir die warme Luft entgegen und das Stimmengewirr von den Menschen um mich herum dringt an meine Ohren.

Einen kurzen Moment bleibe ich stehen und beobachte sie. Alle haben gute Laune und genießen das schöne Wetter mit ihren Freunden oder Familien. Sie lachen oder albern herum. Ich werfe meinen Schlüssel in meine Tasche und mische mich unter die Menge. Mit festen Schritten gehe ich zu der Stelle, an der ich mich mit ihm verabredet habe.

Schon von Weitem erkenne ich Luke. Mit seinem breiten Kreuz, was man bestens unter seinem engen Shirt erkennen kann, ist er aber auch nicht zu übersehen. Anscheinend bin ich nicht das einzige weibliche Wesen, der das auffällt. Ich bemerke, wie er von mehreren Frauen angesehen wird, als wäre er ein Stück Fleisch. Ein ziemlich gutaussehendes Stück Fleisch, muss ich zugeben. Beide Punkte versuche ich auszublenden, als ich mich ihm nähere. Stattdessen konzentriere ich mich wieder auf ihn.

Luke steht neben einer Bank und schaut immer wieder abwechselnd von rechts nach links und hält Ausschau nach mir.

In der nächsten Sekunde entdeckt er mich. Auf seinem Gesicht breitet sich wieder dieses unwiderstehliche Lächeln aus, das dafür sorgt, dass meine Knie weich werden. Es fällt mir schwer, ihm nicht um den Hals zu fallen und meine Lippen auf seine zu drücken.

»Hi, ich dachte schon, dass du mich versetzt hast«, begrüßt er mich mit einem strahlenden Lächeln im Gesicht.

»Keine Sorge, das hatte ich nicht vor. Ich habe nur nicht so schnell einen Parkplatz gefunden, und da ich deine Handynummer nicht habe, konnte ich dir leider nicht schreiben«, erwidere ich.

Eigentlich hatte ich gehofft, dass sich die Anziehungskraft mit ein wenig Abstand zwischen uns verringert, aber eher das Gegenteil ist der Fall. Je weiter ich von ihm weg bin, umso mehr treibt es mich in seine Nähe.

Kurz schaut er mich mit einem Blick an, den ich nicht zuordnen kann, bevor seine dunkle Stimme erneut an meine Ohren dringt.

»Gib mir dein Handy«, fordert er mich auf und streckt dabei seine Hand aus.

Verblüfft betrachte ich ihn. Als ich jedoch sehe, dass er es ernst meint, komme ich seiner Aufforderung nach. Nachdem ich es ihm in die Hand gedrückt habe, schaue ich ihm dabei zu, wie er die Display-Sperre entfernt und seine Handynummer eingibt.

»Jetzt hast du sie«, erklärt er mit einem frechen Grinsen im Gesicht.

»Danke«, murmle ich ein wenig schüchtern, da ich nicht genau weiß, wie ich darauf reagieren soll.

Doch dann schaue ich auf das Display und sehe, dass er sich selber mit *heißer Cop*, eingespeichert hat. Ungläubig und auch ein wenig belustigt schaue ich ihn an, während er mir nur ein freches Grinsen schenkt. Mir liegen ein paar Kommentare auf der Zunge. Zum Beispiel würde ich ihn gerne fragen, woher er seinen heimlichen Spitznamen kennt. Allerdings tue ich es nicht. Stattdessen erwidere ich einfach nur sein Grinsen.

»Na los, lass uns etwas essen, seit meinem Frühstück hatte ich keine Zeit mehr dazu«, fordert er mich auf und zeigt dabei in eine Richtung. »Ich dachte, dass wir uns dort vorne hinsetzen. Da können wir essen, reden und die Menschen beobachten.«

»Machst du das nicht in deinem Job genug?«, frage ich ihn, nachdem ich kurz auf die Stelle geschaut habe, auf die er gerade noch gezeigt hat. Während ich spreche betrachte ich ihn ein wenig herausfordernd.

Ich bin froh darüber, dass ich meine große Klappe wiedergefunden habe. Vorhin hatte ich nämlich schon die Befürchtung, dass ich in seiner Gegenwart einfach keinen Ton herausbekomme, von einem zusammenhängenden Satz ganz zu schweigen.

»Was meinst du?«, fragt er mich in der nächsten Sekunde.

»Menschen beobachten«, gebe ich zurück. »Das ist doch eines der Dinge, die man als Polizist den ganzen Tag macht, oder?«

»Ja, in dem Punkt hast du recht. Aber es in seiner Freizeit zu machen, ist etwas ganz anderes.« Luke verzieht ein wenig das Gesicht und zuckt dann noch mit den Schultern, was mir ein leises Lachen entlockt.

»Du weißt schon, dass du irgendwie seltsam bist, oder?«

»Aber ist seltsam nicht gerade in der heutigen Zeit gut?«

Seine Frage sorgt dafür, dass ich ihn nachdenklich anschaue. Aber schließlich komme ich zu dem Schluss, dass er recht hat. Vor allem wenn man bei der Polizei arbeitet ist es bestimmt das eine oder andere Mal hilfreich, weil man an Sachen denkt, die anderen nicht einfallen würde.

»Na komm. Ich kann doch sehen, wie deine grauen Zellen arbeiten und bin mir sicher, dass es einfacher geht, wenn du etwas im Magen hast.« Kaum hat Luke ausgesprochen, greift er nach meiner Hand.

Als seine Haut meine berührt, durchfährt ein Stromschlag meinen Körper. Als er sich von mir abwendet, schließe ich kurz die Augen, um meine Empfindungen wieder in den Griff zu bekommen.

Schweigend folge ich ihm zu einem kleinen Bistro, bei dem man auch draußen sitzen kann. Kleine Sonnenschirme spenden Schatten, so dass man nicht in der heißen Sonne sitzen muss. Die meisten Tische sind besetzt, aber Luke schafft es trotzdem, einen Platz für uns zu ergattern, der ein wenig abseits ist, worüber ich froh bin.

Gerade habe ich keine Lust, mich im Zentrum des Geschehens zu befinden, da es mir vorkommt, als würden mich sonst alle beobachten. Dabei brauche ich nur die Menschen zu betrachten, um zu wissen, dass sie alle mit ihren eigenen Dingen beschäftigt sind.

»Wie bist du zur Polizei gekommen?«, frage ich neugierig, nachdem ich mich hingesetzt habe.

»Mein Vater war Polizist, genauso wie mein Großvater.«

»Es liegt dir also in den Genen«, erkläre ich. Während eine Bedienung an unseren Tisch kommt und uns zwei Speisekarten reicht.

»So könnte man es auch sagen«, kontert er, nachdem sie wieder verschwunden ist. Dabei scheint er mit seinen Gedanken aber woanders zu sein. Dies ist schon das zweite Mal, dass er so reagiert, wenn ich mich nach seinem Beruf erkundige. Und wieder einmal bekomme ich das Gefühl, als würde er nicht darüber sprechen wollen.

Gerade als ich etwas sagen will, macht sich ein belustigter Ausdruck auf seinem Gesicht breit und er ist wieder ganz der Alte. Sein Auftreten sorgt dafür, dass ich mich fast frage, ob ich mir es vielleicht nicht doch eingebildet habe.

Aber auch nur fast. Ich bin mir sicher, dass ich den gleichen Ausdruck in seinen Augen gesehen habe wie auch schon beim letzten Mal.

Kurz betrachte ich ihn noch, doch als er nicht so aussieht, als würde er noch etwas sagen wollen, öffne ich die Speisekarte und konzentriere mich auf den Inhalt.

Während ich an meinem Salat knabbere und Luke sein Sandwich isst, erzählt er mir von seiner Familie. Wie sich herausstellt, hat er ebenfalls noch zwei Geschwister, beides Brüder, die auch bei der Polizei sind. Seine Eltern leben in einer Kleinstadt in Wisconsin, wo sie auch aufgewachsen sind. Obwohl seine Brüder noch immer dort leben, hat es ihn nach Los Angeles verschlagen. Luke scheint eine enge Verbindung zu seiner Familie zu haben, genauso wie es bei mir der Fall ist.

Ich genieße es hier mit ihm zu sitzen und mich zu unterhalten. Mit den Geschichten über seine Brüder bringt er mich zum Lachen, so dass ich schon bald die Zeit vergessen habe. Aber ich erzähle ihm auch von mir. Dabei berichte ich ihm auch von den Streichen, die wir unseren Eltern gespielt haben.

»Ihr habt ja ganz schön viel Mist gebaut«, erklärt er lachend.

»Unsere Eltern waren auch öfter kurz vorm Verzweifeln. Sie haben sogar darüber nachgedacht, ob sie uns nicht in unterschiedliche Internate stecken sollten.«

»Die Frage ist nur, ob euch das wirklich aufgehalten hätte.«

»Nein, ich glaube eher nicht. Wofür gibt es denn Ferien?«, erkläre ich mit fester Stimme und schneide dabei eine Grimasse.

Ich beobachte Luke, wie er die Hand hebt und der Kellnerin so zu verstehen gibt, dass er zahlen will.

»Wollen wir ein Stück spazieren gehen?«, fragt er mich, nachdem wir den Tisch verlassen haben. Dabei sieht er mich so hoffnungsvoll an, dass ich nicht *Nein* sagen kann.

Aber das will ich auch gar nicht.

»Gerne«, erwidere ich.

Ohne noch etwas zu sagen, greift er nach meiner Hand und verschränkt seine Finger mit meinen. Die Nervosität kommt schlagartig zurück und lässt mich zittern. Doch Luke scheint davon zum Glück nichts mitzubekommen.

Ich umgreife seine Hand ein wenig fester und lächle ihn an. Ich habe das Verlangen, ihm klarzumachen, dass ich seine Gegenwart genieße.

Gemeinsam schlagen wir den Weg zum Meer ein und laufen dort etwas abseits am Wasser entlang. Schließlich zieht Luke mich zu einem etwas größeren Stein, der mitten aus dem Sand aufragt, und bedeutet mir, dass ich mich daraufsetzen soll.

»Ich glaube, ich sollte mich langsam auf den Weg nach Hause machen«, flüstere ich.

Um uns herum ist es ein wenig leerer geworden. Aus Erfahrung weiß ich aber, dass es sich nur um die Ruhe vor dem Sturm handelt. In wenigen Stunden wird hier alles mit den Menschen voll sein, die von einer Party zur nächsten gehen.

»Ich werde dich noch zu deinem Wagen bringen«, erwidert Luke und macht dabei Anstalten aufzustehen.

Um zu protestieren hole ich Luft. Ein Blick in sein Gesicht macht mir aber klar, dass ich keine Chance habe, ihn vom Gegenteil zu überzeugen. Ich muss zugeben, dass ich mich darüber freue. Auf diese Weise habe ich die Gelegenheit noch etwas Zeit mit ihm zu verbringen. Also lasse ich mich von ihm auf die Beine ziehen. Dicht vor ihm komme ich zum Stehen, so dass ich seinen Atem auf meiner Haut spüren kann. Wie von alleine verlangsamt sich meine Atmung.

Für ein paar Sekunden schaut er zwischen meinen Augen und meinen Lippen hin und her. Als seine Augen schließlich auf meinem Mund liegen bleiben, sieht es so aus, als würde er mich gleich küssen wollen.

Doch es passiert nichts.

Stattdessen greift er nach meiner Hand und schlägt den Weg zurück ein.

Zuerst bin ich ein wenig perplex über seine Reaktion, folge ihm dann jedoch. Zufrieden laufe ich neben ihm her und hoffe dabei, dass er mir nicht anmerkt, welche Gefühle er in mir freisetzt.

Deswegen atme ich so unauffällig wie möglich tief durch.

So viel wir uns vorhin unterhalten haben, so ruhig ist es nun zwischen uns. Aber die Stille bedrückt mich nicht. Sie fühlt sich entspannend an.

Bei Luke habe ich das Gefühl, dass ich nicht immer reden muss, sondern er mich auch so versteht. Und das ist etwas, was mir noch bei keinem anderen Mann jemals passiert ist.

»Danke für den schönen Abend. Ich würde mich freuen, wenn wir das einmal wiederholen würden«, erklärt er mir, als wir vor meinem Wagen stehen bleiben.

Während er spricht sieht er mich hoffnungsvoll an. Aber auch ich habe die Zeit mit ihm sehr genossen.

»Das würde ich auch gerne«, gebe ich deswegen zurück und suche meine Schlüssel aus der Tasche heraus.

Als ich meinen Kopf wieder hebe, erkenne ich den zufriedenen Ausdruck auf seinen Gesichtszügen. Beinahe schüchtern lächle ich ihn an.

»Wir sehen uns beim Training«, flüstere ich.

»Und denk dran, dass du ein neues Nummernschild brauchst.« Mit diesen Worten drückt er mir ein paar Zettel in die Hand. Sie sind zerknickt, so dass ich davon ausgehe, dass er sie in seiner Hosentasche verstaut hatte.

»Was ist das?«, frage ich ihn.

»Alles was du brauchst, damit dir die Zulassungsstelle neue ausstellt. Du musst es nur noch unterschreiben.«

»Wo hast du die denn so schnell her?« Verwundert schaue ich ihn an.

»Während du zu Hause warst, habe ich die Zeit genutzt und bin auf dem Revier vorbei gefahren, um das fertig zu machen. Wenn du in eine Verkehrskontrolle gerätst, zeigst du es einfach vor, so bleibt dir das Bußgeld erspart. Aber fahr trotzdem morgen los und besorge dir ein neues«, ermahnt er mich in einem strengen Ton.

»Das werde ich machen«, entgegne ich und lächle ihn dabei dankbar an.

»Und fahr vorsichtig.« Kaum hat er ausgesprochen, spüre ich seine Lippen auf meiner Wange.

Mein Herz bleibt für einen kurzen Moment stehen. Meine Sinne konzentrieren sich nur noch auf ihn, obwohl ich weiß, wie gefährlich das ist.

»Wir sehen uns am Samstag«, raunt er mir noch mit einer vielsagenden Stimme ins Ohr.

Schlagartig kommt es mir so vor, als hätte jemand die Heizung angestellt. Dabei befinden wir uns noch immer auf dem Parkplatz und Menschen gehen an uns vorbei.

Es dauert eine Weile bis ich in der Lage bin, in den Wagen zu steigen. Doch selbst dann bewege ich mich nur langsam.

Kaum habe ich die Tür hinter mir geschlossen, versuche ich meine Nerven in den Griff zu bekommen.

Ohne Luke zu beachten, der noch immer neben dem Wagen steht, suche ich den passenden Schlüssel heraus und schiebe ihn in das Schloss. In der nächsten Sekunde erwacht der Motor zum Leben, so dass ich rückwärts aus der Parklücke fahren kann.

Ein letztes Mal schaue ich Luke an. Er steht noch immer an der gleichen Stelle und hat die Hände in den Hosentaschen vergraben. Ich winke ihm noch einmal zu, bevor ich losfahre.

Dieser Nachmittag mit ihm hat mich verwirrt. Ich spüre, dass da etwas zwischen uns ist, kann aber noch nicht sagen, ob das gut oder schlecht ist.

Um es hinter mir zu haben, stehe ich bereits früh am nächsten Morgen vor der Zulassungsstelle.

Schnell greife ich nach meiner Tasche und den Papieren, die neben mir auf dem Beifahrersitz liegen. Doch kaum habe ich meinen Wagen verlassen, würde ich am liebsten wieder einsteigen.

»Scheiße«, murmle ich. Dabei beobachte ich eine Person, die etwas weiter rechts gerade ebenfalls seinen Wagen verlässt.

Meine Cousine Chrystal.

Ich kenne niemanden, der sie besonders mag. Sie ist nur auf Ärger aus und versucht alle gegeneinander auszuspielen.

Da sie mich noch nicht gesehen hat, beschließe ich, dass ich einfach verschwinden werde. Schnell schließe ich meinen Wagen ab und husche zwischen den anderen herum. Dabei hoffe ich, dass ich ihr nicht auffalle.

Diese Hoffnung wird in der nächsten Sekunde allerdings bereits zerstört.

»Brooke«, dringt ihre schrille Stimme an meine Ohren.

Wie vom Donner gerührt bleibe ich stehen und fluche leise vor mir hin, bevor ich mich langsam umdrehe.

»Hi«, murmle ich.

»Was für ein Zufall, dass wir uns ausgerechnet hier über den Weg laufen«, erklärt sie und grinst mich dabei an.

Ein Zufall, dem ich gerne aus dem Weg gegangen wäre.

Sie ist hinterhältig und das zeigt sie auch nun wieder mit ihrem Gesichtsausdruck. Sie lächelt zwar, aber es erreicht ihre Augen nicht. Für andere wäre das wahrscheinlich nichts Schlimmes. Ich weiß jedoch, dass man bei ihr immer auf der Hut sein muss.

»Ja, was für ein Zufall«, gebe ich wenig begeistert zurück, während ich nach einem Ausweg suche.

»Was machst du hier?«

»Mir ist ein Nummernschild abhandengekommen und nun brauche ich ein neues«, antworte ich. Während ich spreche zeige ich auf meinen Wagen, der in einiger Entfernung steht.

Mit einem abwertenden Blick betrachtet sie ihn. Ich habe auch nichts anderes erwartet, schließlich kann ja nicht jeder den neusten Mercedes fahren.

»Das ist wirklich ärgerlich. Ich muss ein paar Dinge klären. Aber nun habe ich ja Gesellschaft.«

Ihre Worte sorgen dafür, dass mir ein Schauder über den Rücken läuft. Allein die Vorstellung daran, die Wartezeit mit ihr verbringen zu müssen, lässt bei mir keine Freude aufkommen.

Anstatt etwas zu antworten presse ich die Lippen nur aufeinander und ziehe dabei die Augenbrauen ein Stück nach oben. Dann drehe ich mich um und gehe in das Gebäude, ohne sie weiter zu beachten.

»Wir haben uns ja schon so lange nicht mehr gesehen«, seufzt sie, als sie neben mir im Warteraum Platz nimmt und ihre Tasche auf dem Schoß abstellt.

Stimmt, fährt es mir durch den Kopf. *Wenn man es von dieser Seite sieht, dann ist der Geburtstag unserer Oma noch nicht lange genug her.* Denn das war der Tag, an dem ich sie das letzte Mal gesehen habe, und der ist leider erst ein paar Wochen her.

»Und was machen deine Schwestern? Ist Melody noch immer arbeitslos?«

Für einen kurzen Moment überlege ich, was ich darauf erwidern soll.

»Aber wahrscheinlich verdient ihr Macker genug Geld mit seinem Boxen. In gewisser Weise macht sie es gar nicht mal so verkehrt. Sich von seinem Mann aushalten zu lassen beschert ihr auf jeden Fall ein schönes Leben.«

Bei ihren Worten zucke ich unbewusst zusammen. Seit sie mir vorhin über den Weg gelaufen ist, hat sie es tatsächlich geschafft, dass ihr kein böses Wort über die Lippen gekommen ist. Bis zu dieser Sekunde.

»Ihr geht es bestens. Um ehrlich zu sein, hat sie von mehreren Firmen Angebote bekommen. Welches sie davon annimmt, weiß ich jedoch nicht.«

Chrystal sieht mich an, als hätte ich ihr gerade mitten ins Gesicht gesagt, was ich von ihr halte.

Anstatt noch etwas zu sagen, lächle ich sie nur freundlich an und schaue auf den Bildschirm, der über der Tür hängt. Dort wird als nächstes meine Nummer angezeigt, was mich erleichtert aufatmen lässt.

»Man sieht sich«, sage ich also nur und stehe auf.

Ich spüre ihren Blick in meinem Rücken, aber das ist mir egal. Von mir aus kann sie ruhig wissen, dass ich sauer auf sie bin.

Genau solche Unterhaltungen sind der Grund dafür, dass wir alle nichts mit ihr zu tun haben wollen.

4

»Würdest du deiner Schwester bitte sagen, dass eine Hochzeit im Sommer perfekt ist?«, werde ich von meiner Mutter begrüßt, als ich zwei Tage später ihr Haus betrete.

Herausfordernd sieht sie mich an. Stumm gibt sie mir zu verstehen, dass ich keine andere Chance habe, als mich auf eine Seite zu stellen.

Ich gebe zu, dass ich gerade am liebsten wieder umdrehen und verschwinden würde. Aber ich weiß, dass man unserer Mutter nicht entkommen kann. Vor allem bei diesem Thema bin ich mir sicher, dass es noch lange nicht vorbei sein wird, nur weil ich abhaue.

Der Ton meiner Mutter lässt darauf schließen, dass sie nicht sehr erfreut über Haleys Entscheidung ist. Auch der verkniffene Gesichtsausdruck passt dazu.

Ja, es passiert auch mal bei uns, dass sich gestritten wird, obwohl ich zugeben muss, dass es eher selten ist. Doch wenn, dann kracht es meistens richtig.

Vorsichtig schaue ich an ihr vorbei, als ich den Flur betrete.

Von meiner Position aus kann ich sehen, dass meine Schwestern mit ihren Männern auf dem Sofa sitzen. Melody und Scott scheinen sich gerade nicht sehr wohl zu fühlen. Anscheinend hat unsere Mutter es auch schon bei den beiden versucht.

Haley hingegen sieht ein wenig genervt aus.

Und das ist etwas, was ich in Bezug auf unsere Eltern nur äußerst selten erlebe. Auch Travis scheint ein wenig angespannt zu sein, wie mir seine Körperhaltung verrät. Vor allem sieht er aber so aus, als wäre er gerade an jedem Ort lieber als hier.

Langsam gehe ich auf das Wohnzimmer zu, bleibe allerdings in der Tür stehen.

»Wir werden im März heiraten. Und am Strand«, durchbricht die feste Stimme von Haley die Ruhe.

Erschrocken zucke ich ein wenig zusammen.

»Und das ist mein letztes Wort. Wem es nicht passt, der braucht ja nicht zu kommen.« Mit diesen Worten steht sie auf und kommt auf mich zu, um mich zu begrüßen.

Ihre Worte sorgen dafür, dass ich kurz geschockt stehen bleibe. Ich habe es noch nicht ein einziges Mal miterlebt, dass sie einen so harten Ton angeschlagen hat. Es geht hier jedoch um ihren großen Tag. Den sollte sie sich so gestalten, wie sie es will.

Trotzdem kann ich nicht verhindern, dass sich Verwunderung in mir breitmacht. Mit ihren Worten hat sie schließlich unseren Eltern die Waffe auf die Brust gesetzt. Ich bin mir sicher, dass diese Botschaft auch bei unserer Mutter angekommen ist, die verdächtig still geworden ist.

»Ich werde nicht fragen«, verspreche ich meiner Schwester.

»Danke«, murmelt sie nur und seufzt dabei leise.

Ich weiß, wie unsere Eltern sind. Vor allem unsere Mutter reißt alle Aufgaben an sich und will sich um alles kümmern. Dabei kann es auch einmal vorkommen, dass sie über das Ziel hinausschießt. Normalerweise lassen wir das immer zu, da es der einfachste Weg ist und wir so unsere Ruhe haben.

Eine Hochzeit ist allerdings etwas anderes. Dabei würde ich auch selber bestimmen wollen.

Kurz werfe ich einen Blick in die Richtung unserer Mutter, die ungewöhnlich still geworden ist.

An ihren Augen erkenne ich, dass sie nicht glücklich mit der Entscheidung ihrer ältesten Tochter ist. Hilfesuchend schaut sie zu unserer Oma. Doch diese weicht ihrem Blick gekonnt aus und tut so, als hätte sie nichts mitbekommen.

Mom sieht aus, als würde sie noch weiter diskutieren wollen, aber sie macht es nicht.

Wahrscheinlich weiß sie, dass es gerade keinen Sinn macht, noch etwas zu sagen, überlege ich, als ich ihren Gesichtsausdruck einzuordnen versuche.

Stattdessen schaut sie einmal kurz in die Runde, bevor sie sich umdreht und aus dem Wohnzimmer geht.

»Ich bin froh, dass du dich durchgesetzt hast«, ruft nun unsere Oma und steht vom Sessel auf.

»Meinst du wirklich, dass diese Diskussion schon vom Tisch ist?«, fragt Haley.

»So stur kann nicht einmal deine Mutter sein!«, winkt unsere Großmutter entschlossen ab. »Das ist euer Tag, und den könnt ihr verbringen, wie ihr es wollt. Das weiß sie auch. Ich habe mich bei der Hochzeit eurer Eltern auch nicht eingemischt, obwohl ich es gerne getan hätte.«

Ihre Worte sorgen dafür, dass wir alle leise lachen. Sogar Travis muss grinsen. Dabei habe ich bei meiner Ankunft nicht gedacht, dass es etwas gibt, was seine Laune heben könnte.

»Wie wäre es, wenn du sie bei irgendeiner Kleinigkeit mit einspannst? Du könntest es ihr zum Beispiel überlassen, die Tischdecken auszusuchen. Da kann sie nicht so viel falsch machen. Ich glaube nicht, dass sie eine mit Totenköpfen darauf nehmen wird.«

Sie zuckt mit den Schultern und verzieht das Gesicht, als würde sie uns fragen wollen, was dabei schon schiefgehen kann.

»Oma hat recht«, stimmt nun auch Melody zu. »Damit wird sie beschäftigt sein. Den Gästen wird es egal sein, ob die Decken schlicht sind oder kleine Muster darauf haben.«

Eine Weile ist es still im Wohnzimmer, während wir uns gegenseitig anschauen.

Ich erkenne, dass Haley die Entscheidung nicht leichtfällt.

»Was ist mit deiner Mutter?«, wendet sie sich schließlich an Travis.

»Wenn du ihre Meinung oder ihre Hilfe brauchst, dann wird

sie da sein. Aber sie hat betont, dass sie sich nicht einmischen wird, und bei ihr kannst du dich darauf verlassen«, erklärt dieser.

»Na gut«, stimmt Haley schließlich leise zu. »Die Tischdecken kann sie aussuchen.«

»Wieso habe ich das Gefühl, dass meine zukünftige Schwiegermutter ein riesiges Event daraus machen würde?«, fragt nun Travis.

Als ich zu Scott blicke, erkenne ich, dass auch er ein wenig so aussieht, als wäre er überfordert mit der Situation.

Wahrscheinlich überlegt er sich gerade, ob er nicht einfach mit Melody durchbrennen sollte, wenn es bei ihnen so weit ist, denke ich. Dabei kann ich nicht verhindern, dass sich ein leichtes Grinsen auf meinem Gesicht breitmacht. Irgendwie ist es schön, diese ansonsten knallharten Männer zu sehen, wie sie bei so etwas Schlichtem wie Hochzeitsvorbereitungen in die Knie gezwungen werden.

»Weil es so ist«, antwortet Melody nun und zuckt dabei entschuldigend mit den Schultern.

»Na kommt, Kinder. Ich habe Hunger. Und mit einem vollen Magen lässt es sich leichter denken.« Mit diesen Worten klatscht meine Oma in die Hände und verlässt das Wohnzimmer.

»Wird schon nicht so schlimm werden. Zur Not könnt ihr ja auch heimlich heiraten«, schlage ich Haley vor.

An der Art und Weise, wie sie das Gesicht verzieht, erkenne ich, dass sie für einen kurzen Moment wirklich darüber nachdenkt.

»Das würde sie mir niemals verzeihen«, seufzt Haley.

»Ich glaube, dass wird dein kleinstes Problem sein, wenn wir nicht gleich am Tisch sitzen. Wenn alle warten müssen, wird sie uns das auch nicht verzeihen«, gibt Melody nun von sich. Gleichzeitig zieht sie Scott bereits hinter sich her.

Auch Haley und Travis nehmen einander an die Hand und folgen den beiden.

Bei dem Anblick der beiden Paare kann ich nicht anders, als

an Luke zu denken. Eigentlich habe ich bei den vieren noch nie das Gefühl gehabt, dass ich das fünfte Rad am Wagen bin.

Aber jetzt spüre ich es. Ich bin eifersüchtig, auf das was sie gemeinsam haben. Und das, obwohl ich es nie vermisst habe.

Doch noch bevor ich mich zu sehr mit diesem Thema auseinandersetzen kann, folge ich ihnen in die Küche.

Während des Essens stochere ich mehr oder weniger lustlos in meinem Essen herum.

»Ist heute nicht die letzte Stunde in deinem Kurs?«, fragt Scott mich und durchbricht so die ohrenbetäubende Ruhe.

Aus dem Augenwinkel bemerke ich, dass meine Eltern erst ihn und dann mich neugierig ansehen.

»Ich fahre direkt nach dem Essen hin«, antworte ich ihm, wobei ich mich aber mit Absicht kurzfasse.

»Ich hoffe, dass Luke nicht so hart zu dir ist.«

»Alles bestens. Wir kommen gut miteinander klar«, erwidere ich nur.

Meine Eltern blicken mich fragen an. Mit kurzen Sätzen kläre ich sie darüber auf, dass ich seit Neuestem einen Selbstverteidigungskurs mache. Begeistert darüber klatscht meine Mutter in die Hände, während meine Oma neugierig wirkt. Ich weiche ihr aus und tue so, als hätte ich es nicht gemerkt. Nur zu gut weiß ich, was ihr durch den Kopf geht. Sie hatte dieses neugierige Funkeln in den Augen bereits, nachdem Scott seinen Freund erwähnt hatte.

Das ist ihr auch bewusst, denn sonst würde sie nicht dieses Grinsen aufsetzen, dass sie schon hatte, als sie Haley und Travis das erste Mal zusammen gesehen hat. Und genau den gleichen Gesichtsausdruck hatte sie auch aufgesetzt, als sie Scott kennengelernt hatte.

»Das ist wunderbar«, ruft meine Mutter mit schriller Stimme. »So brauche ich mir keine Sorgen mehr zu machen, wenn du erst um elf Uhr nachts Feierabend hast. Man hört ja immer wieder, dass irgendetwas passiert.«

Ihre Worte sorgen dafür, dass ich nicht verhindern kann, meine Augen zu verdrehen. Dafür kassiere ich einen bösen Blick von meinem Vater, der mir direkt gegenübersitzt und meine Geste leider genau gesehen hat.

»Mir wird schon nichts passieren. Außerdem steht mein Auto meistens in der Nähe des Restaurants«, erkläre ich ihr und schaue meinen Dad an.

»Meistens ist nicht immer. Es kann jederzeit passieren, dass du keinen Parkplatz dort findest«, wendet sie ein.

Mir liegen noch ein paar Dinge auf der Zunge, die ich ihr gerade gerne sagen würde, aber ich ziehe es vor, lieber meinen Mund zu halten. Stattdessen konzentriere ich mich auf meinen Teller. Mich jetzt mit ihr zu streiten würde es wahrscheinlich auch nicht besser machen. Davon abgesehen reicht es, dass Haley sich vorhin erst mit unserer Mom in den Haaren hatte.

Da der Kurs um fünf Uhr beginnt, verabschiede ich mich um vier von meiner Familie.

»Und denk dran, dass du am Montag pünktlich bist«, erinnert mich meine Oma.

»Keine Sorge, ich werde dich schon nicht vergessen«, erwidere ich.

Nachdem ich mich auch von meinen Schwestern verabschiedet habe, mache ich mich auf den Weg zu meinem letzten Training mit Luke.

Der Gedanke daran trübt meine Laune ein wenig. So gut es geht versuche ich es aber in den Hintergrund zu schieben und mich stattdessen auf die Stunde zu freuen.

Da es Samstag ist dauert es etwas länger, bis ich quer durch die Stadt gefahren bin. Doch auch vor dem Studio drehe ich eine Ewigkeit meine Runden, bis ich endlich einen freien Parkplatz entdeckt habe.

»Brooke«, höre ich jemanden meinen Namen rufen, nachdem ich das Sportstudio betreten habe.

Neugierig drehe ich mich um und sehe Susan und Amber auf

mich zukommen. Schlagartig macht sich ein ungutes Gefühl in mir breit.

Nachdem wir am Anfang der letzten Stunde miteinander geredet hatten, habe ich sie so gut es geht links liegen gelassen. Und dann hat Luke sie am Ende noch stehen gelassen, weil er mir hinterhergelaufen ist.

Ich brauche also nicht groß zu überlegen um zu wissen, dass ich wahrscheinlich nicht ihre neue beste Freundin sein werde.

»Ist etwas passiert?«, frage ich sie vorsichtig.

»Es geht um Luke. Keine Ahnung, ob du es vielleicht mitbekommen hast«, beginnt Susan. Während sie spricht lässt sie mich keine Sekunden aus den Augen.

Ich weiß genau, was jetzt kommt, allerdings versuche ich so gut es geht unbeteiligt zu wirken.

»Was ist mit ihm?«, hake ich vorsichtig nach und betrachte sie dabei aufmerksam.

»Luke ist schwul. Du brauchst dir also keine Mühe zu geben«, erklärt Amber. Ihr Ton macht unmissverständlich klar, dass sie darüber nicht froh ist.

Mit großen Augen schaue ich die beiden an. In diesem Moment bin ich mir nicht sicher, worüber ich mehr überrascht bin: über die Tatsache, dass sie es mir wirklich sagen, oder dass sie es ihm geglaubt haben. Obwohl es wahrscheinlich eine Mischung aus beiden Punkten ist.

»Okay«, sage ich leise.

»Wir dachten uns, dass es dich vielleicht auch interessiert. Ich weiß, dass du ihn über deinen Schwager kennst. Aber als du dich beim letzten Mal so intensiv mit ihm unterhalten hast, sah es so aus, als würdest du es nicht wissen.«

Ihre Worte sorgen dafür, dass sich meine Gedanken überschlagen. Mir war klar, dass die beiden uns genau beobachten. Ich habe aber nicht damit gerechnet, dass sie es auch ansprechen und so gesehen vor mir zugeben.

Für wenige Sekunden stehen wir uns gegenüber, ohne dass jemand etwas sagt. Als ich schon denke, dass sie auch nichts mehr von sich geben werden, holt Amber tief Luft und seufzt dann.

»Schade eigentlich, wirklich schade. Aber wie man so schön sagt, alle guten Männer sind entweder vergeben oder schwul.«

Bei ihren Worten muss ich mich zusammenreißen, damit ich nicht laut lache. Um mich nicht doch noch irgendwie zu verraten, verabschiede ich mich von den beiden und drehe mich dann um.

Als ich den Raum wenige Sekunden später betrete sehe ich, wie Luke mit den anderen Männern in einer Ecke steht. Lautstark unterhalten sie sich darüber, wer der beste Sportler der Football-Saison ist. Dabei vertreten alle energisch ihre Meinung.

Ich gehe zur gegenüberliegenden Wand. Doch noch bevor ich meine Tasche fallen lassen kann hat er mich bemerkt.

Ich kann mit Gewissheit sagen, dass ich seine Blicke auf mir spüre, auch wenn ich nicht in seine Richtung schaue. Nur er schafft es, dass sich in meine Nackenhaare aufrichten und meine Brustwarzen hart werden.

Ihn nur zu sehen reicht mir, damit es mir schlagartig bessergeht und ich lockerer werde. Um diesen Effekt zu verspüren, brauche ich mich nicht einmal mit ihm zu unterhalten. Es reicht zu wissen, dass er in meiner Nähe ist.

Während der Stunde geht er noch einmal alles mit uns durch, was wir in den letzten Stunden gelernt haben.

Sobald er jedoch in meiner Nähe ist und mich beobachtet, kann ich mich nur noch auf ihn konzentrieren. Aus diesem Grund gelingt es meinem Partner ein paarmal, mich auf die Matte zu werfen. Irgendwann tut das nur noch weh, so dass ich jedes Mal das Gesicht verziehe.

Luke scheint das zu merken. Als ich sein Grinsen bemerke, würde ich mir am liebsten selber in den Hintern treten.

Ich bin nicht gerne ein offenes Buch. Bei meinen Schwestern ist es eine Sache. Das ein Mann meine Gedanken jedoch so gut erraten kann, ist mir fremd.

»So, das war's«, dringt seine laute Stimme am Ende der Stunde durch den Raum. »Ich hoffe, ich konnte euch einige Dinge zeigen, die ihr noch nicht kanntet, und vor allem hoffe ich, dass ihr sie nicht anwenden müsst.« Während Luke die letzten Worte ausspricht zwinkert er kurz.

Alle applaudieren und bedanken sich bei ihm, wobei seine beiden Fans nicht mehr ganz so überschwänglich wirken. Seine Aussage hat den beiden auf jeden Fall einen Dämpfer verpasst.

Als sich alle nach und nach verabschieden und den Raum verlassen, gehe ich auch zu meiner Tasche, um sie mir über die Schulter zu hängen. Doch bevor ich ebenfalls verschwinden kann, spüre ich Lukes Blicke auf mir. Er gibt mir zu verstehen, dass ich noch auf ihn warten soll.

Also stelle ich mich ein wenig abseits hin und beobachte, wie er sich von den restlichen Kursteilnehmern verabschiedet.

Während die Letzten ihre Sachen zusammenräumen, kommt er mit langsamen Bewegungen auf mich zu. Kaum haben sie den Raum verlassen, überwindet er die restliche Distanz zwischen uns. Dabei kommt er mir so nah, dass sein Geruch in meine Nase steigt.

Mein Herz rast. Es fühlt sich an, als würde es mir jeden Moment aus der Brust springen.

»Hast du morgen Zeit?«, fragt er mich.

»Wieso?«, stelle ich die Gegenfrage, ohne ihm dabei eine Antwort zu geben.

»Ich dachte mir, dass ich dich abhole und wir dann einen kleinen Ausflug machen.«

Hoffnungsvoll sieht er mich an.

Beinahe erinnert Luke mich an einen kleinen Jungen, der hofft, dass er noch ein paar Süßigkeiten bekommt.

»Ich muss bis ein Uhr arbeiten. Du kannst mich allerdings abholen, sobald ich Feierabend habe«, antworte ich ihm schließlich.

Ein zufriedener Ausdruck macht sich auf seinem Gesicht breit, nachdem ich ausgesprochen habe.

»Hier«, sagt er mit begeisterter Stimme und reicht mir dabei sein Handy. »Schreib mir die Adresse auf und ich bin pünktlich da.«

Kurz schaue ich ihn noch an und grüble darüber nach, ob ich das wirklich machen kann. Doch was ist schon dabei?

Wir sind zwei Freunde, ermahne ich mich und senke meine Augen auf das Display seines Handys.

Nachdem ich den letzten Buchstaben eingegeben habe, gebe ich ihm das Telefon zurück und drehe mich ein Stück um. Doch bevor ich aus seinem Sichtfeld verschwinde, schaue ich ihn ein letztes Mal an.

»Muss ich irgendetwas Bestimmtes anziehen?«, frage ich ihn.

Luke lässt seine Augen nachdenklich über meinen Körper wandern, so dass mir heißer wird. Meine Brustwarzen richten sich auf, bis sie bereits schmerzen. Mein Mund öffnet sich ein Stück, damit ich besser atmen kann. Aber ich kann auch so nicht meine Reaktion auf ihn abmildern.

»Etwas Bequemes. Es könnte eventuell wilder werden. Ich hoffe, dass das nicht schlimm ist.«

»Nein, ich freue mich schon.«

Trotz meiner Worte ziehe ich skeptisch die Augenbrauen ein Stück nach oben. Luke hat einen geheimnisvollen Gesichtsausdruck aufgesetzt und grinst mich frech an.

»Bis morgen«, verabschiede ich mich.

»Bis morgen.«

5

»Brooke!«, ruft James, als ich am nächsten Morgen das Restaurant betrete.

»Was ist?«, frage ich ihn, nachdem ich mich in seine Richtung gedreht habe.

»Hast du Lust, heute Abend mit uns feiern zu gehen?«, erkundigt er sich, nachdem er sich einen Weg gesucht hat.

Noch sind keine Gäste da, da wir erst in einer halben Stunde öffnen. Doch bereits jetzt kann ich es kaum erwarten, dass ich endlich Feierabend habe und Luke wiedersehe.

Alleine bei dem Gedanken daran, dass er mir nicht verraten hat, was er geplant hat, macht sich ein nervöses Kribbeln in mir breit.

Damit ich mich auf die Frage meines Kollegen konzentrieren kann, schiebe ich den Gedanken energisch zur Seite und schaue James an.

Er ist mindestens drei Köpfe größer als ich und dünn. Und damit meine ich nicht durchtrainiert wie Luke, sondern wirklich dünn. Sogar meine Oberarme sind dicker als seine.

Als wir uns kennengelernt haben, hatte er mich ein paarmal gefragt, ob ich mit ihm ausgehe. Und zwar nicht, ob ich mich ihm und ein paar unserer Kollegen anschließen will.

Nein, James wollte ein Date mit mir haben.

Er hatte kein Geheimnis daraus gemacht, dass er Interesse an mir hat. Ich habe es nicht geteilt, so dass wir nie mehr als Freunde waren.

»Brooke? Bist du noch anwesend? Oder suchst du dir bereits

ein passendes Outfit aus?«, fragt er mich. Gleichzeitig fuchtelt er mit den Händen vor meinem Gesicht herum.

»Ja, ich bin anwesend«, murmle ich.

»Was ist denn nun? Willst du mitkommen? Es wird bestimmt cool werden.«

James steht vor mir und schaut mich hoffnungsvoll an. Aber selbst, wenn ich nicht mit Luke unterwegs sein würde, hätte ich keine große Lust.

»Sorry, ich bin bereits verabredet«, antworte ich.

In der einen Sekunde sieht er noch abwartend aus, in der nächsten haben seine Gesichtszüge etwas Trauriges und Enttäuschtes angenommen.

»Bring deine Schwestern doch einfach mit«, startet er noch einen weiteren Versuch.

»Ich bin nicht mit meinen Schwestern unterwegs«, erwidere ich und zucke dabei entschuldigend mit den Schultern, während ich an ihm vorbeigehe. Aber obwohl ich ihm bereits fast den Rücken zugedreht habe, kann ich sehen, wie er bei meinen Worten hellhörig wird. Seine Augen weiten sich und er will ansetzen, um etwas zu sagen. Doch ich gehe einfach weiter, ohne ihn zu beachten. Ich hoffe, dass er es auf sich beruhen lässt.

James ist jedoch kein Mann, der schnell aufgibt. Vor allem nicht bei so etwas. Mit schnellen Schritten folgt er mir in die Küche, in der bereits Hochbetrieb herrscht. Von dort gehe ich durch eine Tür, die in den Aufenthaltsraum führt, wo ich meine Tasche auf einen Stuhl sinken lasse.

»Brooke hat heute ein Date«, verkündet James mit lauter Stimme. Ein paar meiner Kollegen schauen mich neugierig an. Andere hingegen haben ihre Blicke auf die Handys gesenkt, die sie in den Händen haben.

»Wer ist es denn?«, fragt er nun.

»Ich habe nicht gesagt, dass ich ein Date habe«, erwidere ich. Gleichzeitig hoffe ich, dass auch die anderen dadurch gar nicht erst nachfragen und direkt wieder das Interesse verlieren.

»Wenn du nicht mit deinen Schwestern verabredet bist, wüsste ich nicht, mit wem du dich sonst treffen solltest. Schließlich verbringst du doch jede freie Minute mit den beiden. Du kannst also nur eine Verabredung haben.« Für den Blick, den er mir nun zuwirft, würde ich ihm am liebsten einen Schlag in den Magen verpassen. Doch ich schlucke den Wunsch hinunter und schaue ihn stattdessen böse an. Davon abgesehen weiß ich nicht, was ihn das angeht.

Kurz sieht er noch so aus, als würde er etwas dazu sagen wollen, aber er tut es nicht. Anstatt noch etwas zu sagen, um ihm klarzumachen, dass er mich in Ruhe lassen soll, strecke ich ihm nur die Zunge raus.

Weiter gehe ich nicht darauf ein, bevor ich mich an meine Arbeit mache.

Das Restaurant ist nicht nur zur Mittagszeit oder zum Abendessen gut besucht, sondern auch in den frühen Morgenstunden. Wenn alle auf dem Weg zu Arbeit sind, machen sie meistens bei uns noch einen kleinen Zwischenstopp.

Das ist auch der Grund dafür, dass ich mir nicht allzu viele Gedanken darüber machen kann, was Luke mit mir vorhat. Die Frage verschwindet aber nie ganz aus meinem Kopf. Sobald ich Zeit habe um Luft zu holen, grüble ich wieder darüber nach.

Heute Morgen habe ich mich für eine enge Jeans und schwarze Sneaker entschieden und mir dazu ein schwarzes Top angezogen. In den Sachen kann ich mich gut bewegen und zur Not auch Berge heraufklettern, wobei ich hoffe, dass er das nicht vorhat.

Während ich mich umdrehe und den Weg zur Küche einschlage, lasse ich meinen Blick prüfend über die Tische wandern. In der nächsten Sekunde bleibe ich jedoch ruckartig stehen.

Luke!

Er steht in der Eingangstür und sieht sich zu allen Seiten um, bis er mich schließlich entdeckt. Ein breites Grinsen erscheint auf seinen Lippen, während er mich aufmerksam beobachtet.

Wie angeklebt bleibe ich einige Sekunden stehen. Ich bin so auf ihn konzentriert, dass ich gar nicht bemerke, dass eine meiner Kolleginnen beinahe in mich rein rennt.

Obwohl ich mich am anderen Ende des Lokals befinde, fühlt es sich an, als würde er mir direkt gegenüberstehen. In dieser Sekunde gibt es nur ihn und mich.

Es dauert einen Moment, doch schließlich bin ich in der Lage mit langsamen Schritten auf ihn zuzugehen.

Während ich mich ihm nähere, bin ich mir darüber bewusst, dass einige meiner Kollegen bereits auf mich aufmerksam geworden sind. Aber ich bin mir sicher, dass auch einige der Gäste zu mir schauen. Gerade ist mir das aber egal.

Luke hat mich in seinen Bann gezogen und verhindert so, dass ich auch nur einen einzigen vernünftigen Gedanken fassen kann. Dabei hat er noch überhaupt nichts gesagt.

»Hi«, begrüße ich ihn, nachdem ich ihn erreicht habe. Noch bevor ich darüber nachdenken kann, stelle ich mich auf die Zehenspitzen, um ihm einen Kuss auf die Wange zu drücken.

Als meine Lippen seine Haut berühren, fühlt es sich an, als würde mir jemand einen elektrischen Schlag verpassen. Die Luft knistert so laut, dass ich mir sicher bin, sie hören zu können.

Für einen kurzen Moment taumle ich sogar kurz, weil ich mein Gleichgewicht verloren habe. Automatisch greife ich nach seinen Armen, damit ich nicht umkippe, was ich in der nächsten Sekunde bereue.

Der Stromschlag, denn ich vorhin bekommen habe, ich nichts im Vergleich zu dem, was sich nun in mir breitmacht. Seine starken Oberarme unter meinen Fingern zu spüren, verstärkt meine Reaktion auf ihn noch. Ein Feuer erwacht in mir, was mir Angst macht.

Am liebsten würde ich meine Arme um ihn schlingen.

Ich bin mir darüber im Klaren, dass es wahrscheinlich ziemlich lächerlich aussieht, wenn ich an meinem Arbeitsplatz wie Eis in der Sonne schmelze. Von Professionalität will ich lieber gar nicht erst sprechen.

Die habe ich schon über Bord geworfen, als ich ihn bemerkt habe.

Als ich ihn ansehe bemerke ich, dass Luke sich über meine Begrüßung zu freuen scheint. Auf sein Gesicht hat sich ein schiefes Grinsen gelegt.

»Hi«, erwidert er endlich und sorgt so dafür, dass mein Herz schneller schlägt. Seine tiefe Stimme sorgt dafür, dass meine Brustwarzen sich aufrichten und wollen, dass sein Mund sich um sie kümmert.

Vor meinem inneren Auge erscheint plötzlich ein Bild, auf dem wir gemeinsam in meinem Bett liegen und dabei nichts mehr tragen. In letzter Sekunde kann ich es verhindern, dass mir ein Stöhnen über die Lippen dringt.

»Ich hole eben meine Sachen. In ein paar Minuten bin ich bei dir«, erkläre ich ihm.

»Ich warte hier. Kein Stress«, erwidert er.

Doch nun lockere ich mich wieder ein wenig, bevor ich mich umdrehe und mit schnellen Schritten verschwinde. Kaum habe ich den Pausenraum betreten gehe ich auf meinen Spind zu.

Da ich so in Gedanken vertieft bin merke ich gar nicht, dass ich nicht mehr alleine bin.

»Wer ist denn der heiße Typ, der da vorne steht?«, ertönt eine Stimme hinter mir.

Erschrocken drehe ich mich und entdecke meine Kollegin Ava. Sie steht ein paar Schritte von mir entfernt und hat die Hände vor der Brust verschränkt.

»Ist das etwa der Typ, mit dem du ein Date hast?«, fragt sie mich weiter.

»Wir haben kein Date.«

Sie zieht die Augenbrauen hoch, als würde sie mir kein Wort glauben.

»Und wer ist das?«

»Das ist Luke, er ist ein Freund von Melodys Freund Scott«, kläre ich sie auf, während ich meine Schürze in den kleinen

Schrank lege. Um sicher zu stellen, dass ich nicht wie ein Zombie aussehe, schaue ich ein letztes Mal in den Spiegel.

»Ich habe es ja schon immer gesagt.«

»Was?«, frage ich sie, da ich nicht weiß, wovon sie spricht.

»Es gibt irgendwo ein Nest, wo diese Männer herkommen. Daher kennen die sich auch alle.«

Ihre Worte sorgen dafür, dass ich leise lachen muss. Aber sie hat recht. Nach Travis ist Luke nun schon der zweite gutaussehende Freund von Scott.

»Solche Typen sollten verboten werden«, fährt sie in einem verschwörerischen Ton fort. Dabei öffnet sie die Wasserflasche in ihrer Hand und nimmt einen Schluck.

»Dann wird es dich sicherlich freuen zu hören, dass er Polizist ist«, entgegne ich. Ich versuche ernst zu bleiben, kann mir aber ein kleines Grinsen nicht verkneifen.

Ihr Mund öffnet sich und ungläubig starrt sie mich an. Doch nach wenigen Sekunden hat sie sich wieder im Griff.

»Ernsthaft?«, kommt es ihr nun über die Lippen.

»Sonst würde ich es nicht sagen«, antworte ich und ziehe mir dabei wieder meine normalen Schuhe an.

»Hat er zufällig noch ein paar Freunde, die auch Polizisten sind und so aussehen? Wenn ja, werde ich ernsthaft mit dem Gedanken spielen, mich von einem verhaften zu lassen.«

Diese Aussage ist so typisch für sie, und dabei bin ich mir sicher, sobald sie wirklich in so einer Situation wäre, würde sie keinen Ton mehr herausbekommen.

»Keine Ahnung, aber ich kann ihn mal fragen«, antworte ich trotzdem.

Mit einem verträumten Blick sieht sie an die Wand neben mir. Ich kann mir nur zu gut vorstellen, was gerade in ihrem Kopf vor sich geht.

»Ich werde jetzt verschwinden«, reiße ich sie aus ihren Gedanken.

Erschrocken zuckt sie zusammen und schaut wieder in meine Richtung.

»Du hast es gut. Ich will auch schon Feierabend haben und den restlichen Tag mit so einem heißen Typen verbringen.«

»Du hast es doch auch in einer Stunde geschafft«, gebe ich zurück.

»Ja, aber danach wird kein Typ auf mich warten, der so aussieht wie der Cop. Aber egal, ich wünsche dir viel Spaß. Was habt ihr zwei Hübschen denn vor?«

»Ich habe keine Ahnung, was wir machen. Er wollte mich überraschen.«

»Na, das hört sich doch schon mal spannend an. Genieß den Tag.« Mit diesen Worten zwinkert sie mir einmal zu und hält beide Daumen nach oben.

Anstatt etwas zu sagen ziehe ich bloß eine Grimasse und gehe wieder hinaus.

Ein letztes Mal atme ich tief durch, bevor ich die Küchentür öffne und in den Hauptraum trete. Meine Augen wandern zu der Stelle, an der ich Luke vorhin zurückgelassen habe. Noch immer steht er da, hat sich nun aber lässig an einem Tisch angelehnt und die Hände in den Hosentaschen vergraben.

Noch in der gleichen Sekunde, in der ich hinaustrete, strahlt er mich an.

»Und wieder einmal frage ich mich, ob es nicht furchtbar langweilig ist, wenn man andere immer beobachtet.«

»Wen habe ich denn beobachtet?«

»Och, keine Ahnung«, antworte ich nur und schaue dabei einmal quer durch den Raum. An seinem heiseren Lachen merke ich, dass er genau weiß, was ich damit meine.

»Auch hier gilt wieder, wenn man es in seiner Freizeit macht, ist es etwas anderes. Man hat ganz andere Beweggründe.«

»Beweggründe?«, hake ich vorsichtig nach.

»Ja, in diesem Fall habe ich zum Beispiel aufgepasst, dass dir niemand folgt.«

»In dem Fall hast du aber nicht sehr gut aufgepasst. Oder hast du etwa nicht bemerkt, dass meine Kollegin ebenfalls durch die Tür gegangen ist?«

»Doch, das habe ich gesehen. Aber ich glaube kaum, dass sie dir etwas Böses will.«

Seine Worte rauben mir für einen kurzen Moment die Sprache. Doch noch bevor ich etwas erwidern kann, fährt er bereits fort.

»Aber ich muss sagen, dass du ein paar wirklich fleißige Kolleginnen hast«, erklärt Luke mir.

»Was?«, kommt es mir lauter über die Lippen, als ich beabsichtigt habe. Während ich spreche greift Luke nach meiner Hand und führt mich auf die Straße.

Kaum ist die Tür hinter uns wieder zugefallen, schaut er noch einmal in den Laden. Ich mache es ihm nach und erblicke einige meiner Kollegen, die nicht glücklich darüber zu sein scheinen, dass Luke schon wieder verschwindet.

»Wie meinst du das?«, frage ich ihn.

»In den zwei Minuten, die ich auf dich gewartet habe, wurde ich bestimmt fünf Mal gefragt, ob ich auf der Suche nach einem freien Tisch bin«, antwortet er. »Aber die beste Anmache kam immer noch von deinem Kollegen. Der hat mich nämlich gleich mal gefragt, ob ich heute Abend schon etwas vorhabe.« Luke scheint darüber nicht sauer zu sein, und damit hat er mir definitiv etwas voraus.

Ich weiß nicht, ob ich zurückgehen soll, um James einen ordentlichen Tritt in den Hintern zu geben, oder ob ich darüber lachen soll.

»Was für ein Zufall«, erwidere ich stattdessen.

»Was meinst du?« Luke zieht irritiert seine Augenbrauen nach oben.

»Na ja, Susan und Amber hast du gesagt, dass du schwul bist«, erwidere ich und grinse ihn dabei an. »Aber keine Sorge. James ist genauso wenig schwul wie du. Er hatte mich nur gefragt, ob ich heute Abend mit ausgehen will. Wahrscheinlich hat er gehofft, dass du Ja sagst.«

»Hmmm«, brummt Luke schließlich. Sein Kiefer ist angespannt. Aber das ist nicht das einzige Körperteil. Seine Hand umfasst meine fester, als hätte er Angst, dass ich zurückrenne.

»Auf jeden Fall hast du sehr nette Kollegen.«

»Tja, was soll ich sagen? Das ist nun einmal unser Job.« Während ich spreche zucke ich mit den Schultern. Obwohl er mich ansieht, geht er nicht näher darauf ein, worüber ich froh bin. Ich will mich nicht länger über meine Arbeit, meine Kollegen und am wenigsten über James unterhalten.

»Wo steht dein Wagen?«, wechselt Luke schließlich das Thema.

Suchend sieht er sich dabei kurz um, als würde er erwarten, dass er hier irgendwie am Straßenrand steht.

»Normalerweise parke ich in der Seitenstraße, die sich direkt hinter dem Restaurant befindet. Aber heute habe ich ihn zu Hause gelassen«, erwidere ich. »Da ich ja wusste, dass du mich abholst, bin ich lieber zu Fuß gegangen.«

Überrascht über meine Worte sieht er mich an. »Zu Fuß?«, hakt er nach. »Du hättest auch etwas sagen können, dann hätte ich dich gebracht.«

»Meine Wohnung ist nur ein paar Straßen weiter. Mach dir um mich mal keine Sorgen. Ich hatte einen guten Lehrer und bin deswegen in der Lage auf mich alleine aufzupassen.« Kurz lächle ich ihn an, ehe ich wieder nach vorne schaue.

Zusammen gehen wir immer weiter, bis er vor einem Ford Navigator stehen bleibt.

Beeindruckt starre ich den Wagen an.

»Ich kann mir vorstellen, dass man mit dem Schlachtschiff nur schwer einen Parkplatz findet«, erkläre ich, nachdem ich den Wagen betrachtet habe. Er ist mindestens doppelt so groß wie meiner, wenn nicht sogar noch größer, und das nicht nur nach oben, sondern auch in die Länge. In dem Teil könnte locker eine fünfköpfige Familie Platz haben.

»Es ist nicht immer leicht. Da ich aber die meiste Zeit des Tages unterwegs bin, fahre ich lieber einen großen Wagen, anstatt mich in einen kleinen zu quetschen. Ich will es bequem haben.«

»Ach, du fährst ihn auch im Dienst?«, frage ich neugierig nach.

»Ja, der Wagen bietet genügend Platz.«

»Das sehe ich.« Während ich spreche schaue ich Luke prüfend an.

Er ist mindestens zwei Köpfe größer als ich. Ich muss zugeben, dass er es sicherlich nicht leicht hätte, in einen Fiesta oder ein anderes kleines Auto zu kommen. Obwohl ich mir im Stillen eingestehen muss, dass ich das gerne sehen würde.

Alleine die Vorstellung reicht schon, dass ich mir gerade noch ein Grinsen verkneifen kann.

»Ich weiß genau, was dir gerade durch den Kopf geht«, flüstert er, nachdem er sich ein Stück zu mir gelehnt hat.

Luke grinst mich noch einmal an, ehe er auf den Knopf auf der Fernbedienung drückt. Mit einem leisen Piepen zeigt der Wagen an, dass die Türen geöffnet sind.

»Und das wirst du nicht erleben.« Seine Stimme klingt belustigt, lässt aber keinen Zweifel daran, dass er seine Worte ernst meint.

Kommentarlos öffne ich die Beifahrertür und steige ein. Dabei dringt sein leises Lachen an meine Ohren, was mir eine Gänsehaut über den Körper jagt.

Wenige Sekunden später lässt er sich auf den Sitz neben mir sinken und startet den Wagen, der mit einem lauten Dröhnen zum Leben erwacht. Ohne Probleme lenkt er den riesigen Wagen aus der Parklücke und gliedert sich in den Verkehr ein.

Ich habe keine Ahnung, wo wir hinfahren. Luke biegt ein paarmal nach rechts oder links ab, während er immer weiter stadtauswärts fährt. Es dauert ein wenig, aber schließlich befinden wir uns in einer Siedlung, in der ich noch nie vorher gewesen war.

Schließlich setzt er den Blinker nach rechts und lenkt den Wagen in eine ruhigere Straße. In ihr befinden sich nur wenige Häuser, die alle weit auseinander stehen.

Die Anwesen sind riesig und gut gepflegt. Ich kann mir nicht vorstellen, was genau wir hier machen werden, aber jeden Meter, den er fährt, werde ich neugieriger.

Es dauert ein paar Minuten, doch dann bleibt er vor einem riesigen Grundstück stehen.

Es ist mit einem hohen Zaun umfasst, durch den man hindurchsehen kann, so dass man das Grundstück dahinter erkennt. Eine riesige Wiese befindet sich vor dem großen Haus. Und auf ihr kann ich einen Haufen Kinder erkennen, die herumrennen und toben. Sie klettern in den Bäumen herum, sitzen auf den Schaukeln oder bauen Sandburgen. Ein paar von ihnen spielen fangen und lachen dabei. Sie sehen glücklich aus.

Die Kids haben alle ein anderes Alter. Die einen sind vielleicht zwei und die anderen weit über zehn.

»Wo sind wir?«, frage ich Luke, nachdem ich mich ihm wieder zugewandt habe.

Eine Weile sieht er mich schweigend an. Ich habe keine Ahnung, was gerade in seinem Kopf vor sich geht. In diesem Fall bin ich mir nicht wirklich sicher, dass ich es gerne wissen würde.

»Kinderheim.« Mehr antwortet er nicht, nur dieses eine Wort. Aber es reicht, um mich verwirrt zurück zu lassen.

Ich beobachte ihn dabei, wie er aussteigt. Es kommt mir so vor, als würde er gar nicht wahrnehmen, dass ich bei ihm bin.

Einige Sekunden bleibe ich noch im Auto sitzen und gebe ihm so die Chance sich wieder zu sammeln. Ich spüre genau, dass ihn etwas beschäftigt.

Doch dann öffne ich die Tür und verlasse ebenfalls das Auto. Luke steht auf dem Gehweg und wartet auf mich. Kaum habe ich ihn erreicht, greift er nach meinen Fingern. Er hebt seine andere Hand, um mir eine Strähne hinter das Ohr zu schieben, die sich aus meinem Zopf gelöst hat.

Nachdem er mich ein letztes Mal angelächelt hat, gehen wir durch das schwere gusseiserne Tor.

Wir haben noch keine zwei Schritte auf dem Grundstück hinter uns gebracht, als bereits die ersten Kinder auf uns zu rennen. Sie haben ein strahlendes Lächeln auf dem Gesicht und rufen immer wieder Lukes Namen.

»Luke, wie schön, dass du heute wieder da bist«, begrüßt ihn ein jüngeres Mädchen und schlingt die Arme um seine Hüfte. Sie macht keine Anstalten sich von ihm zu trennen. Erst als ein anderes Mädchen dazwischen geht und ihren Platz einnimmt entfernt sie sich widerwillig von Luke.

Fragend schaue ich Luke an, da ich überrascht über die stürmische Begrüßung bin. Aber Luke schüttelt nur den Kopf, ehe er sich um die anderen Kinder kümmert.

Er lässt sich vor ihnen auf die Knie sinken. Dabei erwidert er das Lächeln.

»Wieso sollte ich auch nicht da sein?«, fragt er sie und kneift ihr dabei in die Wange.

»Du warst schon lange nicht mehr hier«, erwidert einer der Jungs.

»Ja, ich weiß. Es war in der letzten Zeit etwas stressig bei mir. Das heißt aber nicht, dass ich euch vergessen habe.«

Bei dem Bild, das Luke und die Kinder mir bieten, wird mir ganz warm ums Herz. Die kurze Unterhaltung zeigt mir, dass er nicht zum ersten Mal hier ist.

Da auch die anderen Kinder seine Aufmerksamkeit auf sich lenken wollen, versuche ich ihm meine Hand zu entziehen. Doch er macht keine Anstalten mich loszulassen. Stattdessen steht er wieder auf und zieht mich an sich heran, bis ich seine Körperwärme spüre.

»Ich möchte euch meine Freundin Brooke vorstellen«, sagt er zu den Kindern.

Mit neugierigen Augen betrachten die Kids mich, bevor sie mich ebenfalls gut gelaunt begrüßen.

»Seid schön lieb zu ihr. Ich habe sie direkt von der Arbeit entführt und sie hergebracht.«

Ein leises Lachen geht durch die Menge.

»Ein Polizist, der eine Frau entführt«, ruft einer der älteren Jungs und schaut dabei belustigt zwischen uns hin und her.

Seine Worte sorgen dafür, dass die Anspannung ein wenig aus meinem Körper verschwindet.

»Na ja, ich würde jetzt nicht unbedingt behaupten, dass er mich entführt hat«, gebe ich zurück. Dabei zwinkere ich den Kindern zu. Sie alle sehen glücklich und zufrieden aus, bis auf eines.

Die Kleine steht etwas abseits und schaut mich schüchtern an. Es ist dasselbe Mädchen, was Luke vorhin auch schon um den Hals gefallen war.

Um ihr zu zeigen, dass ich ihr nichts tun werde, lächle ich sie aufmunternd an.

Doch ich habe keine Zeit sie näher zu betrachten. Noch bevor ich reagieren kann, greifen ein paar der Mädchen nach meinen Händen und ziehen mich hinter sich her in ihre Puppenecke. Im Gehen drehe ich mich nur noch einmal zu Luke um.

Ich sehe, dass er dort stehen bleibt und sich mit den Jungs unterhält. Dabei sieht er in meine Richtung. Aber ich reagiere nicht darauf.

Nachdem wir das Ziel der Mädchen erreicht haben, erklären sie mir, wie ihre Kinder heißen und wer die Mutter von wem ist. Sie alle haben kleine Puppenbetten in den Schatten gestellt, daneben liegen ein paar Klamotten und Spielsachen.

In diesem Moment bin ich das erste Mal in meinem Leben wirklich überfordert.

Zu sehen, wie sich diese Kinder, die ohne Eltern aufwachsen müssen, so rührend um ihre Puppen kümmern, treibt mir Tränen in die Augen. Damit die Kinder nichts merken, blinzle ich schnell die Tränen weg. Dann schaue ich mich suchend auf dem Gelände um.

Ich entdecke Luke in einiger Entfernung. Er spielt mit einigen der Jungs im Schatten Fußball. Sie versuchen, Luke den Weg abzuschneiden und schmeißen sich vor seine Füße, damit er nicht weitergehen kann. Aber ich kann erkennen, dass Luke sie mit Absicht gewinnen lässt. Seinen Mitspielern scheint das jedoch nicht aufzufallen.

Als er nach einem Sturz wieder aufsteht, treffen sich unsere Blicke. Meine Welt scheint kurz stillzustehen. Ein sanftes Lächeln erscheint auf seinen Gesichtszügen, das ich erwidere. Dann reiße ich meine Augen von ihm los und konzentriere mich wieder auf die Mädchen.

Ich schaue ihnen dabei zu, wie sie glücklich hin und her laufen. Dabei haben sie ihre Kinder entweder auf dem Arm, oder schieben sie in einem Puppenwagen vor sich her.

Dabei fällt mir aber immer wieder dieses eine Mädchen auf. Sobald ich in ihre Richtung schaue, dreht sie schüchtern den Kopf zur Seite. Aus dem Augenwinkel kann ich aber erkennen, dass sie mich immer wieder heimlich beobachtet.

Ich bin so in das Spiel der Kinder vertieft, dass ich gar nicht merke, wie sich jemand neben mir in das Gras sinken lässt.

»Ich kann Ihnen sagen, dass es mir am Anfang genauso ging«, zieht eine weibliche Stimme meine Aufmerksamkeit auf sich.

Erschrocken drehe ich mich herum und sehe, dass sich eine ältere Frau neben mich gesetzt hat. Freundlich lächelt sie mich an.

»Ich bin …«, will ich mich vorstellen, nachdem ich mich wieder gefangen habe. Doch bevor ich geendet habe, schüttelt sie den Kopf und bringt mich so zum Schweigen.

»Brooke, ich weiß«, erwidert sie.

»Woher?«, frage ich nach.

»Luke hatte gestern angerufen und nachgefragt, ob es in Ordnung ist, wenn er jemanden mitbringt. Ich habe ihm natürlich sofort gesagt, dass das überhaupt kein Problem ist. Ich bin Margaret Summers, aber die Kindern nennen mich nur Maggy.«

»Es freut mich«, erwidere ich und lächle sie ebenfalls an. »Sind Sie eine Mitarbeiterin?«

»Seit 20 Jahren leite ich dieses Kinderheim. Es ist das erste Mal in dieser Zeit, dass ich sehe, dass alle Kinder auf einmal jemand Neues in ihren Kreis aufnehmen. Sogar Luke musste sich das Vertrauen jedes einzelnen Kindes erarbeiten. Und das war nicht bei allen leicht.«

»Oh«, erwidere ich sprachlos. Ich habe keine Ahnung, was ich gerade sagen soll, deswegen ziehe ich es vor zu schweigen.

»Die meisten von ihnen haben unschöne Erlebnisse hinter sich«, berichtet sie mir und schaut dabei traurig zu den Mädchen.

Die Worte der Leiterin machen mir wieder einmal klar, worüber ich vorhin schon nachgedacht habe. Doch ich beschließe, dass es besser ist, wenn ich nicht darauf eingehe.

Stattdessen betrachte ich die Frau, die dicht neben mir sitzt. Sie ist zwar älter als ich, aber das sieht man ihr im ersten Moment nicht an.

Sie hat sich gut gehalten, obwohl es ihr der Job sicherlich nicht immer einfach gemacht hat. Erst bei genauerem Hinsehen sieht man die kleinen Falten, die sich um ihre Augen gebildet haben.

»Das kann ich mir denken. Es ist sicherlich nicht einfach, für beide Seiten«, flüstere ich und schaue ebenfalls wieder zu den Kindern.

»Nein, leicht ist es sicherlich nicht immer. Vor allem neue Kinder haben meistens große Probleme, hier klarzukommen. Für sie ist es eine große Umstellung.«

Ich kann mir gar nicht vorstellen, was Maggy in den letzten 20 Jahren alles erlebt hat. Aber um ehrlich zu sein, will ich es auch gar nicht. Ich habe keine Ahnung, ob ich damit klarkommen würde.

»Jedes dieser Kinder hat einen anderen Background. Wir müssen darauf eingehen und ihnen zeigen, dass sie gewollt sind und wir ihnen ein Zuhause geben wollen. Auch wenn es in der ersten Zeit vielleicht nicht für die Kleinen danach aussieht.« Maggys Gesichtsausdruck ist traurig geworden, während sie spricht.

Auch ohne dass sie es sagt, kann ich mir vorstellen, dass manche Kinder bestimmt hier sind, weil sie beide Elternteile verloren haben, oder weil die Umstände in ihrem Elternhaus nicht ertragbar für sie waren.

Und deswegen bin ich froh darüber, dass es Leute wie Maggy und Luke gibt, die sich bedingungslos um sie kümmern. Obwohl ich sagen muss, dass ich Luke nicht so eingeschätzt habe.

Das meine ich nicht böse, aber sein Job nimmt bestimmt viel Zeit in Anspruch. Aus diesem Grund finde ich es noch bemerkenswerter, dass er das hier noch macht.

»Sehen Sie das blonde Mädchen?«, fragt sie mich und zeigt dabei auf eines der Kinder.

Ich folge ihrem Blick und bemerke, dass sie in die Richtung des Mädchens zeigt, das mir vorhin auch schon ein paarmal aufgefallen war. Die Kleine ist ungefähr fünf oder sechs Jahre alt. Sie legt gerade eine Puppe in den kleinen Kinderwagen und deckt sie mit einer dünnen Decke zu.

»Was ist mir ihr?«, frage ich die Leiterin, da ich neugierig bin. Seit meiner Ankunft habe ich mich das ein paar Mal gefragt. Doch nun habe ich die Möglichkeit es auch zu erfahren und die will ich mir nicht entgehen lassen.

Ich finde, dass sie etwas Zerbrechliches an sich hat. Das war mir schon aufgefallen, als ich sie das erste Mal gesehen habe.

»Sie kam hier her, da war sie knapp zwei Jahre alt. Das erste halbe Jahr hat sie mit keinem anderen Kind gespielt oder gesprochen.« Maggy seufzt und atmet tief durch, ehe sie weiterspricht. »Es hat ewig gedauert, bis wir sie aus ihrem Schneckenhaus gelockt hatten. Aber selbst nachdem sie ein wenig aufgetaut war, hatte sie nur langsam Fortschritte gemacht. Ein normales Kind in ihrem Alter redet ohne Pause, bei ihr sind es nur kurze Antworten auf Fragen. Und selbst dann wird klar, dass sie eigentlich nicht reden will. Auf der anderen Seite hört Anna aufmerksam zu, wenn man ihr etwas erklärt. Das zeigt mir, dass sie immer darauf aus ist, neue Sachen zu lernen.«

»Weiß sie noch irgendetwas von dem, was passiert ist, bevor sie hier herkam?« Meine Stimme ist so leise, dass ich mich selber kaum verstehen kann. »Sorry, ich will nicht zu neugierig sein. Es ist nur so, dass ich mir vorhin schon ein paar Gedanken über sie gemacht habe«, füge ich noch hinzu.

Maggy lächelt mich an und zeigt mir so, dass sie meine Neugier nicht schlimm findet.

»Auf jeden Fall nicht bewusst. Oft wird sie nachts wach, weil sie Albträume hat. Wir gehen davon aus, dass es damit etwas zu tun hat. Aber genau sagen kann das leider niemand.«

Die Worte der Heimleiterin lassen mich schwer schlucken. Zu wissen, dass die Kleine so etwas durchmachen muss, sorgt dafür, dass ich wütend werde. Aber nicht auf sie oder die Heimleiterin, sondern auf ihre Eltern. Die Leute, die sie eigentlich beschützen sollten.

Was auch immer passiert war, in diesem Moment hoffe ich, dass sie sich niemals daran erinnern wird.

»Geht sie in eine Therapie?«, hake ich nach und hoffe dabei, dass ich meine Grenze nicht zu weit austeste. Maggy schaut mich kurz nachdenklich an.

»Sie ist gegangen. Die Therapie hat aber das Gegenteil bewirkt, so dass wir es abgebrochen haben. Es ging dabei auch nicht um die Aufarbeitung von dem, was mit ihr passiert war. Sie sollte Vertrauen zu anderen Erwachsenen aufbauen. Bis heute grenzt sie aber alle noch immer aus, sie lebt in ihrer eigenen Welt. Keiner weiß genau, was in ihrer Familie passiert ist. Als die Polizei sie hier hergebracht hat, war sie unterernährt und total verschreckt.«

Die Worte der Heimleiterin sorgen dafür, dass sich ein Kloß in meinem Hals bildet. Ich war ja auf alles gefasst gewesen, aber nicht darauf. Unweigerlich bildet sich vor meinem inneren Auge das Bild eines kleinen Mädchens, das blass und mit dreckigen und kaputten Klamotten ins Heim gebracht wird. Wieder einmal steigen mir die Tränen in die Augen, die ich dieses Mal nicht wegblinzeln kann.

»Warum erzählen Sie mir das?«, frage ich sie nach einigen Sekunden. Dabei kann ich es mir gerade noch verkneifen, den Tränen, die sich in meinen Augen gesammelt haben, freien Lauf zu lassen.

Maggy antwortet nicht sofort. Sie sieht sich einmal zu allen Seiten um, ehe sie sich wieder an mich wendet.

»Ich habe Sie seit Ihrer Ankunft beobachtet«, antwortet sie mir schließlich. »Anna hat immer wieder Ihre Nähe gesucht, und wenn sie einfach nur in Ihre Richtung geschaut hat. Dabei hat sie normalerweise ein Problem mit Fremden. Aber bei Ihnen war sie sogar das erste Kind, das nach Ihrer Hand gegriffen hat. Das habe ich wirklich noch nie bei ihr gesehen.«

Nachdem Maggy geendet hat, betrachte ich Anna. Sie steht

etwas außerhalb der Gruppe und scheint ein wenig unsicher zu sein.

»Müsste sie nicht bald zur Schule gehen?«

»Eigentlich schon, aber in ihrer jetzigen Verfassung wird sie das nicht schaffen. Deswegen werden wir damit noch ein wenig warten. Sie soll den gleichen Schulstart und vor allem die gleichen Chancen haben, wie die anderen Kinder auch.«

Die Antwort der Leiterin trägt nicht dazu bei, dass es mir besser geht. Um meine Nerven wieder in den Griff zu bekommen, atme ich tief durch. Am liebsten würde ich das Mädchen an mich ziehen und sie nie wieder loslassen, aber mir ist klar, dass es nichts bringen würde.

Außerdem will ich sie nicht noch mehr verstören, sondern ihr helfen.

»Hätten Sie etwas dagegen, wenn ich mich ein wenig mit ihr beschäftige? Ich weiß, dass ich keine ausgebildete Kraft bin, aber trotzdem würde ich es gerne versuchen«, murmle ich.

In diesem Moment will ich nicht wissen, was in ihrem Kopf vor sich geht. Und falls sie nein sagt, will ich nicht ihren entschuldigenden Gesichtsausdruck sehen. Genauso wenig, wie ich ihr die Enttäuschung zeigen will, die ich empfinden würde.

»Sicher, vielleicht öffnet sich die Kleine bei Ihnen«, antwortet sie jedoch mit freudiger Stimme und zeigt mir so, dass sie meine Idee gut findet. »Wahrscheinlich gibt es genug Kollegen, die mir nicht zustimmen würden. Aber ich bin bekannt dafür, dass ich gerne auch mal neue Wege gehe. Und in manchen Situationen ist es sicherlich von Vorteil, wenn man auf sein Bauchgefühl hört.«

Langsam drehe ich meinen Kopf in ihre Richtung und sehe, dass sie mich aufmunternd anlächelt. Freude über ihre Antwort macht sich in mir breit. Bevor ich allerdings noch etwas sagen kann, steht sie auf und lässt mich wieder alleine.

Kurz schaue ich ihr noch nach, ehe ich mich Anna zuwende. Noch immer spielt sie mit ihrer Puppe und schaut dabei in meine Richtung.

So dämlich das wahrscheinlich auch klingt, aber in diesem

Moment habe ich Angst. Nicht vor Anna, aber davor, dass ich etwas Falsches sage und sie sich so wieder verschließt. Ich frage mich sogar, wieso ich die Heimleiterin darum gebeten habe und vor allem, wieso sie sich dazu einverstanden erklärt hat.

Doch diese Angst schiebe ich schnell zur Seite.

Ohne noch länger zu warten stehe ich auf und gehe zu Anna hinüber.

Als sie mich sieht, reißt sie geschockt die Augen auf. Vorsichtig gehe ich auf sie zu und lasse sie dabei keine Sekunde aus den Augen.

»Hi«, sage ich mit aufmunternder Stimme, als ich mich mit etwas Abstand vor ihr auf die Knie sinken lassen. »Ich bin Brooke«, stelle ich mich vor und lächle sie freundlich an.

Anna erwidert nichts. Ich kann erkennen, dass sie sich gerade nicht wohl in ihrer Haut fühlt. Fieberhaft überlege ich, wie ich das Eis brechen kann.

Wahrscheinlich hat sie sich aus der Entfernung sicher gefühlt und glaubt nun, dass ich ihr etwas tun will, überlege ich.

Ihre Augen sind ängstlich. Sie huschen immer wieder hin und her, als würde sie einen Ausweg suchen.

»Spielst du mit deiner Puppe?«, frage ich sie und tue so, als hätte ich nichts davon mitbekommen. Wenn sie abhauen will, soll sie es tun. Anna soll nicht denken, dass ich sie festhalten werde. Aber ich muss zugeben, dass ich sehr enttäuscht darüber wäre.

Ein paar Sekunden sieht sie mich an, als würde sie abschätzen, ob sie stehen bleiben oder doch lieber verschwinden soll. Doch an ihren Gesichtszügen erkenne ich, dass sie ein wenig ihrer Angst verliert.

Anna sagt nichts, nickt aber vorsichtig, um mir meine Frage zu beantworten.

»Verrätst du mir ihren Namen?« Während ich spreche zeige ich mit einem Kopfnicken auf ihre Puppe.

Anna folgt meinen Augen und schaut ihre Puppe prüfend an. Als ich schon die Befürchtung habe, dass es eine Sackgasse ist, hebt sie wieder ihren Kopf und sieht mir in die Augen.

»Emma«, flüstert sie leise, doch ich verstehe sie genau.

»Das ist ein sehr schöner Name.« So gut es geht versuche ich in einem ruhigen Ton mit ihr zu sprechen.

Das Lächeln, das sich nun auf ihr Gesicht legt, zeigt mir, dass ich das Richtige gesagt habe. Im nächsten Moment wird sie aber sofort wieder ernst. Der traurige Ausdruck in ihren Augen bricht mir das Herz.

»Schade, dass du nur heute da bist«, flüstert sie und nimmt die Puppe aus dem Wagen, um sie fest an sich zu drücken.

Diese einfachen Worte aus dem Mund dieses kleinen Mädchens lassen mich sprachlos zurück. Für einen Moment bin ich zu baff, um etwas zu antworten. Es dauert eine Weile, bis ich mich wieder im Griff habe.

»Wie kommst du darauf?«, frage ich sie. Dabei krabble ich noch ein Stück näher an sie heran. Allerdings achte ich darauf, dass ich sie nicht zu sehr bedränge.

Ich will nicht, dass sie Angst vor mir bekommt. Sie soll mir vertrauen.

Der Wunsch sie zu umarmen macht sich in mir breit. Da ich aber nicht weiß, wie sie darauf reagieren würde, lasse ich es sein. Obwohl es genau das ist, was ich in diesem Moment am liebsten machen würde. Nur damit sie weiß, dass sie sich mir anvertrauen kann.

»Alle verschwinden.« Mehr sagt sie nicht. Aber das muss sie auch nicht. Eine einzelne Träne rinnt über die Wange.

In dieser Sekunde vergesse ich alles. Ich denke nicht daran, dass ich vorsichtig sein muss, oder dass die anderen Kids und Luke in meiner Nähe sind. Mein Kopf ist wie leergefegt.

Während ich aufstehe, lasse ich Anna keine Sekunde aus den Augen. Langsam überbrücke ich die kurze Distanz zwischen uns und schließe sie in meine Arme.

Vernünftig ist wahrscheinlich etwas anderes, aber gerade handle ich so, wie es mir mein Gefühl sagt.

Ich mache mich darauf gefasst, dass Anna mich von sich stößt. Sie vielleicht sogar wegrennt. Aber das tut sie nicht. Stattdessen legt sie ihre kleinen Arme um meine Hüfte und drückt mich fest an sich.

Ihr leises Schluchzen dringt an meine Ohren.

»Ich verspreche dir, dass ich nicht verschwinden werde«, flüstere ich ihr zu.

Irgendetwas ruft sie in mir wach. Das hat nichts mehr mit dem normalen Beschützerinstinkt zu tun, denn ich für meine Schwestern empfinde. Das hier ist etwas anderes. Nur leider kann ich nicht zuordnen, was genau.

»Nicht weinen«, sage ich und lächle sie dabei an. Ich hebe meine Hand und wische ihr die Träne aus dem Gesicht, die sich gerade einen Weg über ihre Wange bahnen wollte.

»Und nun nicht mehr traurig sein«, flüstere ich ihr in einem verschwörerischen Ton zu. »Das Wetter ist zu schön, um zu weinen.« Während ich spreche hebe ich meinen Kopf und betrachte den blauen Himmel, um meine Worte zu verdeutlichen.

Anna hebt ebenfalls ihren Kopf und schaut nach oben. In der nächsten Sekunde betrachtet sie mich wieder.

»Hast du Kinder?«, fragt sie.

Ich muss zugeben, dass ich ein wenig überrascht über ihre Frage bin. Als ich vor ihr in die Hocke gehe, lasse ich mir das aber nicht anmerken.

»Nein, aber ich würde irgendwann gerne welche haben«, entgegne ich.

»Du wärst eine gute Mutter.« Bei ihren Worten schießen mir die Tränen in die Augen, obwohl ich das eigentlich gar nicht will.

Ich weiß nicht, wie sie es schafft, aber dieses Mädchen lässt mich emotionaler werden, als ich es normalerweise bin. Und vor allem, als es in diesem Moment gut für mich ist.

»Wollen wir ein wenig spielen?«, frage ich sie, um mich selber auf andere Gedanken zu bringen.

Ich kann das verräterische Funkeln in ihren Augen erkennen und bin froh darüber, dass es ihr anscheinend wieder bessergeht. Sie soll nicht traurig sein. Kein Kind sollte das.

Die nächsten Stunden gehen schnell vorbei. Immer wieder

sehe ich, wie Luke Anna und mich beobachtet, doch ich gehe nicht darauf ein.

Je mehr Zeit ich mit ihr verbringe, umso mehr lacht sie. Ihre anfängliche Schüchternheit verschwindet immer mehr.

Es dauert zwar ein wenig, aber schließlich dürfen sogar zwei der anderen Mädchen mitspielen, worüber ich mich sehr freue.

»So Kinder, für heute ist Schluss. Alle rein und Hände waschen, gleich gibt es Abendessen«, höre ich die Stimme von Maggy.

Erschrocken über ihre Worte ziehe ich mein Handy aus der Hosentasche und überprüfe die Uhrzeit.

Es ist bereits sieben Uhr.

»Schade, dass du schon gehen musst«, flüstert Anna, als ich mich von ihr verabschiede.

»Ich verspreche dir, dass ich morgen wiederkommen werde.«

Ich weiß zwar noch nicht, wie ich das zeitlich einrichten kann, aber das ist mir egal. Nach ihren Worten hatte ich das Gefühl, dass sie von Erwachsenen mehr als einmal enttäuscht wurde. Und ich werde einen Teufel tun, das ebenfalls zu tun.

Ich will ihr zeigen, dass nicht alle so sind.

Als sie nun von einer Erzieherin gerufen wird, dreht sie sich um und geht langsam auf die Eingangstür zu.

»Danke«, flüstert Maggy, als sie sich ebenfalls von mir verabschiedet. »Ich habe sie schon lange nicht mehr so glücklich gesehen.«

»Freut mich, wenn ich ihr wenigstens etwas helfen kann.«

»Sie untertreiben«, entgegnet sie nur und lächelt mich an.

»Anna ist ein liebes Mädchen und sie hat es verdient, dass man ihr hilft«, erwidere ich. »Ich hoffe, dass es nicht schlimm war, dass ich ihr versprochen habe, dass ich morgen wiederkommen werde.«

»Nein, das ist kein Problem. Ich freue mich sogar darüber«, winkt Maggy ab und verabschiedet sich von uns.

Dankbar lächle ich sie noch einmal an, bevor Luke und ich ihr den Rücken zudrehen und zusammen zu seinem Auto gehen.

»Ich hoffe, es hat dir gefallen«, flüstert Luke. Er stellt sich so dicht vor mir hin, dass seine Brust bei jedem Atemzug meine berührt.

»Wie kommst du denn auf die Idee, dass es mir nicht gefallen hat?«, frage ich ihn.

»Keine Ahnung«, erwidert er nur und zuckt dabei mit den Schultern.

Sein Auftreten sorgt dafür, dass mir ein leises Lachen über die Lippen dringt.

»Es war wunderbar. Danke, dass du mich hergebracht hast«, antworte ich ehrlich auf seine Frage.

»Anna scheint dich zu mögen«, erklärt er mir und beugt sich dabei ein Stück zu mir hinunter. Nun steht er so nah vor mir, dass ich seinen Atem auf meiner Haut spüre.

Seine Augen halten mich gefangen und ziehen mich in seinen Bann. Sie sorgen dafür, dass ich nicht vor ihm zurückweichen kann, selbst wenn ich es wollte.

Aus diesem Grund dauert es auch ein wenig, bis seine Worte in meinem Kopf angekommen sind.

»Das ist etwas, was wir definitiv gemeinsam haben«, redet er weiter, als ich auch nach ein paar Sekunden noch keinen Ton herausbekomme.

Noch bevor ich seine Worte wirklich verstanden habe, drückt er seine Lippen sanft aber bestimmt auf meine.

Wenn ich gedacht hatte, dass ich schon kurz vorm Durchdrehen bin, wenn er mich auf die Wange küsst habe ich mich geirrt. Seinen Mund auf meinem zu spüren, stellt etwas in mir an, was ich nur schwer erklären kann. Ein riesiges Feuerwerk erwacht in mir und meine Hormone spielen verrückt. Gerade weiß ich nicht einmal mehr, wo oben und unten ist. Würde mich jemand nach meinem Namen fragen, wüsste ich nicht, ob ich ihm antworten könnte.

Seine Hände umfassen meine Hüften mit einem starken Griff und halten mich fest. Auf diese Weise verhindert er es, dass ich mich von ihm trennen kann, obwohl ich das überhaupt nicht will.

All meine Sinne konzentrieren sich nur noch auf ihn, etwas anderes gibt es für mich nicht. Wie von alleine schlinge ich meine Arme um seinen Hals.

Seine rechte Hand legt sich an meinen Hals, während seine Zunge über meine Lippen streicht. Bereitwillig öffne ich meinen Mund und gewähre ihm Einlass. Unsere Zungen umspielen einander, während ich mich noch näher an ihn heran drücke. Ich will ihn spüren um zu wissen, dass ich das hier gerade nicht träume.

Erst als Luke sich ein wenig von mir löst, werde ich wieder in das Hier und Jetzt gezogen.

Schweigend schaue ich ihn an, und versuche dabei zu verarbeiten, was genau gerade passiert ist.

Seine Hände streichen mir über das Gesicht und legen meine Haare nach hinten, damit sie mir nicht mehr vor den Augen hängen. Keine Sekunde wendet er sich von mir ab, so dass meine Brustwarzen sich bereits ein wenig aufrichten.

Je länger er mich so ansieht, umso heißer wird mir.

Reiß dich zusammen, ermahne ich mich selbst. *Du stehst auf einer offenen Straße und das auch noch direkt vor einem Kinderheim. Das ist noch schlimmer als von allen Kollegen beobachtet zu werden.*

Dieser Gedanke verpasst mir zwar eine kalte Dusche, aber nur eine kleine.

»Das wollte ich schon lange machen«, flüstert er in mein Ohr. Sein heißer Atem kitzelt die empfindliche Stelle dahinter und lässt mich scharf die Luft einziehen.

Sofort habe ich ein Bild vor Augen, wie genau dieser Atem mich noch an ganz anderen Körperstellen streift. Aber noch bevor ich mich verraten kann, schiebe ich die Bilder zur Seite. Stattdessen konzentriere ich mich wieder auf das, was er gesagt hat.

»Wieso hast du es dann nicht gemacht?«, frage ich ihn.

»Da haben mehrere Faktoren eine Rolle gespielt«, antwortet er mir, dreht mich herum und schiebt mich zur Beifahrertür. Ein wenig perplex lasse ich mich ein Stück leiten.

Doch schließlich drehe ich meinen Kopf in seine Richtung und schaue ihn irritiert an.

Mehrere Faktoren?, überlege ich.

Die Frage liegt mir auf der Zunge. Doch bevor ich überhaupt Luft holen kann, um sie zu stellen, öffnet Luke die Tür und hilft mir beim Einsteigen.

Stattdessen beschließe ich, dass ich mich auf etwas anderes konzentrieren werde, was mich genauso sehr interessiert.

»Darf ich dich etwas fragen?«, kommt es mir leise über die Lippen, als er sich hinter das Steuer gesetzt hat.

»Tust du das nicht schon?«, fragt er mich und sieht mich dabei belustigt an. Kurz verdrehe ich die Augen, was dafür sorgt, dass sein Lachen noch etwas lauter wird.

»Ich weiß was du meinst. Frag mich ruhig.«

Ein letztes Mal atme ich tief durch und sammle mich. Ich weiß nicht, ob ich mich mit meiner Frage zu sehr aus dem Fenster lehne, aber ich bin neugierig. Außerdem hoffe ich auch, dass es mich von unserem vorangegangen Thema ablenkt.

»Seit wann machst du das? Also dich um die Kinder kümmern meine ich«, frage ich ihn, nachdem er vom Straßenrand angefahren ist.

»Schon seit ein paar Jahren.« Der Ton, mit dem Luke mir antwortet sorgt dafür, dass ich in seine Richtung schaue.

Er hat die Augen konzentriert auf die Straße gerichtet, trotzdem fühlt es sich gerade so an, als wäre er ganz woanders.

Eine Weile ist es ruhig zwischen uns.

»Wo fahren wir hin?«, hake ich irgendwann nach, als ich die Ruhe nicht mehr aushalte.

Nach dem Kuss fühlt sie sich fast schon belastend an.

Er steuert den Wagen wieder stadteinwärts. Da er aber nicht nachfragt, wo ich wohne, gehe ich davon aus, dass er noch irgendetwas vorhat.

An der nächsten roten Ampel bleibt er stehen und dreht sich ein Stück in meine Richtung. Auf sein Gesicht hat sich ein unwiderstehliches schiefes Grinsen gelegt. In letzter Sekunde kann ich es verhindern, dass mir ein leises Seufzen über die Lippen dringt.

»Ich dachte, dass wir noch etwas essen gehen«, gibt er zurück.

»Ich glaube nicht, dass ich dafür passend angezogen bin«, antworte ich und betrachte prüfend meine Klamotten.

»Für ein Vier-Sterne-Restaurant bin ich wahrscheinlich auch nicht richtig angezogen.« Während er spricht zeigt er auf seine eigenen Sachen. »Wir gehen in einen Laden, in den ich normalerweise nur mit meinem Freunden gehe. Aber ich glaube, dass es dir dort auch gefallen könnte«, erklärt Luke mir im nächsten Moment und grinst mich dabei frech an.

»Vergiss es, ich gehe mit Sicherheit nicht in einen Stripclub.« Meine Stimme ist klar und deutlich. Ich lasse keinen Zweifel daran, dass ich meine Worte ernst meine.

Kaum habe ich ausgesprochen erfüllt sein heiseres Lachen das Innere des Autos. In der gleichen Sekunde richten sich meine Brustwarzen auf. Nach dem Kuss vorhin reagiere ich noch empfindlicher auf seine Nähe. Ich nehme alles noch mehr wahr, als es vorher schon der Fall gewesen war, obwohl ich dachte, dass das überhaupt nicht mehr geht.

Mein Mund öffnet sich ein Stück, da es sich anfühlt, als würde ich nicht genug Luft bekommen.

»Das habe ich auch nicht gesagt. Davon abgesehen war ich schon seit einer Ewigkeit nicht mehr in so einem Laden, es sei denn, wir bekommen den Auftrag ihn zu überprüfen.«

Überrascht über seine Worte drehe ich mich in seine Richtung, sage aber keinen Ton mehr. Das ändert aber nichts daran, dass ich spüre, wie ich ein wenig rot werde, da ich davon ausgegangen war.

Aber so wie er aussieht, wird er nicht mal Schwierigkeiten haben, beim Einkaufen eine Frau zu finden.

Der Gedanke daran verpasst mir einen Dämpfer. Er hält mir vor Augen, was ich in den letzten Stunden erfolgreich verdrängt habe.

Luke ist ein Mann, der jede haben kann. Und ich bin nur eine

Frau, die durchschnittlich ist. Ich sehe nicht überdurchschnittlich gut aus und habe auch keinen Job, bei dem ich ein Vermögen verdiene.

Wenn man es so sagen will, dann bin ich einfach nur ein normales Mädchen.

6

Eine halbe Stunde später halten wir in Downtown Los Angeles vor einem alten Gebäude. Es sieht aus wie eine dieser alten Lagerhallen, die in der ganzen Stadt verteilt sind.

Diese hier ist aber eindeutig in einem besseren Zustand. Vom Parkplatz aus kann ich sehen, dass sich dort eine große Eingangstür befindet. Über ihr hängt sogar ein Stier, der nur aus Neonlichtern besteht.

Neugierig steige ich aus. Lautes Lachen dringt an meine Ohren, sobald ich den Wagen verlassen habe. Die Türen sind zwar verschlossen, aber trotzdem kann ich die Musik hören, die im Inneren gespielt wird.

Western!

»Was ist hier?«, frage ich Luke, nachdem er ebenfalls ausgestiegen und um den Wagen herumgekommen ist. Dicht neben mir bleibt er stehen, so dass seine Hand meine berührt.

»Überraschung«, gibt er mit einem geheimnisvollen Grinsen von sich und greift gleichzeitig nach meinen Fingern. Ruckartig zieht er mich an seine Brust. Erschrocken hebe ich meine freie Hand und stütze mich an seiner muskulösen Brust ab, damit ich nicht das Gleichgewicht verliere und hinfalle.

Noch bevor ich irgendwie reagieren kann hat er seinen Kopf gesenkt und küsst mich. Da er sich sofort zurückzieht, kann ich den Kuss nicht erwidern. Ich brauche einen kurzen Moment um mich wieder zu fangen, doch dann öffne ich meine Augen und schaue direkt in seine.

Sein Ausdruck ist verschlossen, so dass ich keine Ahnung

habe, was gerade in ihm vor sich geht. Ich kann nicht einmal mit Gewissheit sagen, was in mir vor sich geht.

»Wofür war der denn?«, frage ich ihn.

»Einfach so, weil ich es gerade wollte.«

Seine Worte sorgen dafür, dass sich auf meinem Gesicht ein belustigter Ausdruck bildet. Ich muss sogar leise kichern, obwohl ich eigentlich nicht zu den Frauen gehöre, die das machen.

Aber Luke hat mir schon ein paar Mal Reaktionen entlockt, die ich nicht für möglich gehalten hätte.

»Komm«, fordert er mich auf.

Ohne auf mich zu warten geht er auf die Eingangstür zu. Schnell folge ich ihm und trete dann hinter ihm in das Gebäude.

Der Laden ist voll, das sehe ich sofort. Trotzdem lasse ich meine Augen von rechts nach links wandern, um mir alles anzusehen.

In der ganzen Halle stehen kleine und große Tische verteilt, um die herum sich Menschen versammelt haben. Sie scheinen gute Laune zu haben und feiern ausgiebig. Manche von ihnen scheinen auch schon mehr als genug Alkohol getrunken zu haben.

Doch meine Aufmerksamkeit wird von etwas angezogen, das in der hintersten Ecke steht.

»Ach du scheiße«, entfährt es mir, als ich den elektrischen Bullen begutachte. Ein Mann fliegt gerade im hohen Bogen von ihm hinunter und landet in der weich gepolsterten Umrandung. Bereits in der nächsten Sekunde steht er aber wieder auf und streckt siegessicher die Hände in die Luft. Dabei sieht es so aus, als würde er etwas rufen.

Skeptisch und vielleicht auch ein wenig unsicher, sieht Luke mich an.

»Wenn du willst, dann können wir auch woanders hin«, schlägt er vor und macht bereits wieder Anstalten die Tür zu öffnen. Doch noch bevor er seine Hand ganz ausstreckt hat, greife ich nach ihr und halte ihn so davon ab.

»Nein, so meinte ich das nicht«, erwidere ich schnell und

schüttle dabei den Kopf. »Ich habe gerade nur das Schauspiel dahinten verfolgt«, erkläre ich ihm und zeige dabei in die entsprechende Richtung. Luke folgt meinem Zeigefinger und entspannt sich ein wenig.

»Ich gebe zu, dass ich hiermit nicht gerechnet habe, aber es scheint lustig zu sein«, füge ich noch hinzu.

Luke schenkt mir ein verschwörerisches Zwinkern.

»Und ich gebe zu, dass ich dich gerne da oben sitzen sehen würde.«

»Hmmm, vielleicht setze ich mich darauf, wenn ich sehe, wie du dich in einen kleinen Fiesta quetschst«, erwidere ich mit einem verspielten Ton. Dabei schaue ich ihn herausfordernd an.

Ich bin in Flirtlaune, und das lasse ich ihn auch spüren.

Luke sieht aus, als würde er wirklich darüber nachdenken. Dabei beginnen seine Augen zu leuchten.

Eine Weile bleiben wir dort stehen, ehe er mich zu einem freien Tisch führt, der mittendrin steht.

»Soll ich dir ein Geheimnis verraten?«, fragt er mich in einem verschwörerischen Ton.

»Ich bin ganz Ohr.«

»Auf dem Bullen versage ich jämmerlich.«

»Ach? Echt? Das hätte ich nun wirklich nicht erwartet«, gebe ich verblüfft von mir.

»Tja, so geht es wahrscheinlich allen, die sich schon einmal in meiner Nähe befunden haben, wenn ich darauf saß.« Luke zuckt mit den Schultern, als wäre das keine große Sache.

Seine Worte bringen mich endgültig zum Lachen.

»Lach du nur, aber ich bin mir sicher, dass du am Anfang auch oft fliegen wirst«, versucht er mich herauszufordern.

»Na ja, wenigstens hast du nicht gesagt, dass ich es wahrscheinlich auch nicht besser mache.«

»Nein, ehrlich gesagt bin ich mir sogar sicher, dass du es besser machen wirst, sobald du ein paarmal geflogen bist.«

Ein wenig skeptisch verziehe ich das Gesicht.

»Und was führt dich dann hierher?«

»Hier gibt es das beste Steak. In so einer großen Stadt wie Los Angeles habe ich noch nicht einen einzigen Laden gefunden, der es mit dem hier aufnehmen kann.«

Aus dem Augenwinkel sehe ich, dass eine Bedienung an unseren Tisch tritt.

Als ich mich von Luke abwende und sie näher betrachte erkenne ich, dass sie blond und hochgewachsen ist. Ihre enge Kleidung bringt ihren perfekten Körper zur Geltung und überlässt dabei nichts der Phantasie.

Sie hat kein Gramm Fett zu viel am Körper, was mich ein wenig eifersüchtig werden lässt. Aber wahrscheinlich geht es den meisten Frauen so, wenn sie neben ihr stehen.

Sie will gerade den Mund öffnen, als sie ihren Kopf zu Luke dreht. Dabei bekommt sie immer größere Augen. Ich habe keine Ahnung, was ihre Reaktion zu bedeuten hat, habe aber plötzlich ein ungutes Gefühl.

»Luke, was für eine Überraschung. Was machst du denn hier? Mit dir habe ich ja gar nicht gerechnet«, begrüßt sie ihn und strahlt ihn dabei regelrecht an.

Ich bin nicht in der Lage, meinen Blick von ihr abzuwenden, weshalb ich seine Reaktion auf ihre Worte leider nicht sehen kann.

Allerdings spüre ich seinen Blick auf mir. Als ich mich zu ihm drehe bemerke ich, dass er sich in die Richtung der Frau gedreht hat. Von Sekunde zu Sekunde verstärkt sich das ungute Gefühl.

Mit weit aufgerissenen Augen starrt er die Frau an. Eine Weile ist es ruhig am Tisch. Man sieht ihm deutlich an, dass er ebenfalls nicht damit gerechnet hat, ihr hier über den Weg zu laufen, was mich ein wenig unsicher werden lässt.

»Wie lange haben wir uns nun schon nicht mehr gesehen? Fünf Jahre? Oder waren es doch sechs? Ich weiß es schon gar nicht mehr.« In diesem Moment wünsche ich mir, dass sie einfach den Mund gehalten hätte.

Der helle und gespielte Ton ihres Lachens sorgt dafür, dass sich auf meinem gesamten Körper eine Gänsehaut bildet. Obwohl ich sie nicht kenne, kann ich doch behaupten, dass ich sie nicht mag. Sie hat etwas an sich, das mich daran hindert sie einzuschätzen. Und das ist Grund genug für mich, wieso ich nichts mit ihr zu tun haben will.

»Auf jeden Fall war es nicht lange genug«, zischt Luke zwischen seinen Zähnen hervor.

Unbewusst zucke ich bei seinen Worten zusammen, obwohl er nicht einmal mich damit gemeint hat. Aber ihn so zu erleben steht im krassen Kontrast zu dem, wie ich ihn in den letzten Tagen kennen gelernt habe.

»Wie ich sehe, scheint es dir wieder besserzugehen«, gibt sie nun mit einem zickigen Ton von sich.

»Was machst du hier?«, stellt Luke die Gegenfrage, ohne auf ihren Kommentar einzugehen. Doch in meinem Kopf überlege ich bereits, was sie damit gemeint hat.

Bessergehen? Wenn ich ehrlich bin macht er auf mich nicht den Eindruck als wäre es ihm jemals schlecht gegangen.

Doch dies schiebe ich wieder zur Seite und konzentriere mich stattdessen wieder auf das Gespräch der beiden.

»Ich arbeite hier.« Ein breites Strahlen hat sich auf ihrem Gesicht breitgemacht.

In meinem Hals bildet sich ein Kloß. Er wird immer größer, je länger die beiden sich unterhalten, falls man das überhaupt als eine Unterhaltung bezeichnen kann. Ich bin mehr der Meinung, dass sie versucht, ihn in ein Gespräch zu verwickeln.

Luke hingegen macht eher den Eindruck auf mich, als würde er sich lieber einer Darmspiegelung unterziehen wollen, als mit ihr zu sprechen.

Immer wieder betrachte ich die beiden abwechselnd.

Die Frau scheint mich überhaupt nicht zu bemerken. Sie ist so sehr auf Luke konzentriert, dass sie gar nicht mitbekommt, dass sich noch jemand an dem Tisch befindet.

Mir kommt es wie eine Ewigkeit vor, in der sich die beiden einfach anstarren. Ein wenig scheint es so, als würden sie versuchen den anderen als Erstes in die Knie zu zwingen.

Als ich schon nach einem Ausweg aus dieser Situation suche, dreht Luke sich wieder in meine Richtung. Erst jetzt dreht auch sie sich zu mir herum und schaut mich an.

Prüfend sieht sie mich kurz an. Dabei versucht sie wohl abzuschätzen, in welchem Verhältnis Luke und ich zueinander stehen. Doch da ich das gerade selber nicht so genau weiß, verziehe ich keine Miene.

»Wie unhöflich von mir«, zwitschert sie nun los und streckt die Hand nach mir aus. Eine Weile begutachte ich sie, als wüsste ich nicht, was ich damit anfangen soll, dabei überlege ich, ob ich sie wirklich ergreifen soll. »Ich bin Victoria, seine Ex-Frau.«

Mit nur wenigen Worten lässt sie eine Bombe platzen.

In diesem Moment bleibt meine Welt für einige Sekunden stehen. Mein Kopf versucht ihre Worte zu verarbeiten, aber es dauert ein paar Sekunden länger, bis diese auch wirklich bei mir angekommen sind.

Seine Ex-Frau.

Luke war verheiratet. Ich bin mir nicht sicher, was ich davon halten soll. Das lasse ich mir aber nicht anmerken.

Sie braucht meine Unsicherheit nicht zu spüren.

»Brooke«, erwidere ich nur mit einem süßen Grinsen im Gesicht.

Ich hatte mich auf einen schönen Abend mit ihm gefreut. Und nun sitze ich seiner Ex-Frau gegenüber.

Für mich ist das das beste Beispiel, dass es nicht immer so läuft, wie man es sich erhofft hat.

Ich habe bei ihr das Gefühl, dass sie mir mit Absicht unter die Nase reibt, wie gut sie ihn kennt und wie wenig ich doch eigentlich von ihm weiß. Und damit hat sie leider recht.

Ich verbiete mir aber, es ihr zu zeigen. Victoria soll nicht sehen, dass ich diese Situation nicht einschätzen kann. Das liegt aber zum größten Teil daran, dass ich *sie* nicht einschätzen kann.

Und das ist etwas, was nur sehr selten passiert, da ich eigentlich eine gute Menschenkenntnis habe.

Ein letztes Mal mustert sie mich genau, ehe sie wieder zu Luke sieht.

»Ich wusste ja gar nicht, dass du noch immer hierher kommst. Es freut mich, dass wir uns auch mal wieder über den Weg laufen.«

Noch bevor sie ausgesprochen hat, verzieht Luke ein wenig das Gesicht und zeigt mir so, dass er die Freude nicht teilt.

»Mir fällt auch kein Grund ein, wieso es dich etwas angeht. Wie du ja so schön betont hast, sind wir nicht mehr verheiratet.«

Bei jedem Wort, was die beiden miteinander wechseln, wird mir schwindeliger. In meinem Kopf bilden sich starke Kopfschmerzen, die von dem Lärm, der hier drin herrscht, auch nicht besser werden. Ich greife mir an meine Schläfe und massiere sie mir ein wenig, aber auch das bringt nichts.

Alles in mir schreit danach zu verschwinden, aber ich kann es nicht. So sehr ich es auch will, ich kann einfach nicht aufstehen und gehen. Stattdessen sitze ich an dem Tisch und schaue ihr dabei zu, wie sie mit Luke flirtet.

Ich weiß ja selber nicht einmal, wieso ich so reagiere. Vielleicht bin ich noch immer aufgewühlt wegen der Sache mit Anna.

Unter anderen Umständen hätte ich schon irgendeinen Spruch auf den Lippen liegen, der nur darauf warten würde, dass ich ihn von mir gebe. Aber genau diese Bissigkeit fehlt mir gerade, und dafür verfluche ich mich.

»Jetzt hab dich nicht so. Es ist ja nicht so, als hätten wir geheiratet, weil wir zu viel getrunken haben.«

Ihre Worte sind zu viel für mich. Mir ist klar, dass sie ihren letzten Satz mit Absicht gesagt hat, aber das ist mir egal. Er bringt das Fass zum Überlaufen.

Ohne einen von beiden zu beachten, stehe ich energisch auf und greife nach meiner Tasche. Mir ist klar, dass ich Luke damit unrecht tue, denn er hat ja nichts Falsches gemacht. Es ist eher seine reizende Ex-Frau, die mir diese Reaktion entlockt. Aber gerade habe ich nur noch den Wunsch, den Laden zu verlassen und endlich an die frische Luft zu kommen. Ich will wieder einen vernünftigen Gedanken formen können und das geht nicht, solange diese Frau in meiner Nähe ist.

Geschickt weiche ich den Menschen um mich herum aus und trete durch die Tür ins Freie. Kaum hat sie sich wieder hinter mir geschlossen, atme ich erleichtert aus. Der Druck verschwindet und lässt mich ruhiger werden.

Seine Ex-Frau nicht mehr in meiner Nähe zu haben, lässt mich befreiter atmen, so dass ich auch klarer denken kann.

Schnell entferne ich mich ein paar Schritte von der Tür und gehe auf den Wagen von Luke zu. Doch noch bevor ich ihn erreicht habe, höre ich Lukes leise Stimme hinter mir.

»Es tut mir leid.«

Mit einem fragenden Gesichtsausdruck drehe ich mich ruckartig zu ihm und sehe, dass er direkt vor mir steht.

»Was?«

»Das wir ihr über den Weg gelaufen sind. Ich hatte keine Ahnung, dass sie hier arbeitet, sonst hätte ich dich nicht hergebracht. Das letzte Mal, dass ich hier war, ist schon ein wenig her.«

»Das braucht es nicht«, erwidere ich. »Wirklich nicht.«

»Ich hätte dir von ihr erzählen sollen.«

»Hmmm«, erwidere ich nur und schaue ihn dabei nachdenklich an.

»Was?« Seine Stimme klingt ein wenig belustigt. Das Funkeln in seinen Augen, das vorhin verschwunden war, ist wieder da.

»Ach nichts. Ich überlege gerade nur, wie du das hättest geschickt verpacken können.«

Ein freches Grinsen macht sich auf seinem Gesicht breit, als er sich mir langsam nähert.

»Es ist schön zu sehen, dass du anscheinend wieder bessere Laune hast. Vorhin habe ich wirklich gedacht, dass Victoria dir diese versaut hat.«

»Ich gebe zu, dass ich dafür nicht hätte garantieren können, wenn sie auch nur zwei Minuten länger in meiner Nähe gewesen wäre.«

»Na, die zwei Minuten hättest du mir aber auch geben können. Ich wäre sie schon losgeworden.«

»Ja, daran habe ich keinen Zweifel. Nur irgendwie hat deine Ex nicht den Eindruck gemacht, als hätte sie gehen wollen.«

Luke ergreift meine Hand und zieht mich zu seinem Wagen, wo er meine Hüften umfasst und mich hochhebt. In der nächsten Sekunde setzt er mich auf der Motorhaube ab.

Erschrocken gebe ich einen lauten Ton von mir und kralle mich an seinen Schultern fest.

»Irgendwie hätte ich das bestimmt unterbringen können«, flüstert er und küsst mich leidenschaftlich.

Dieser Kuss dauert nur wenige Sekunden, aber ich bin völlig außer Atem, als er sich von mir trennt.

»Es ist egal, was sie sagt. Unsere Ehe war schon lange vor der Trennung vorbei. Ich würde sogar so weit gehen und sagen, dass sie nie existiert hat.«

»Okay«, murmle ich, während ich versuche, seine Worte zu verarbeiten. »Du kannst mich nicht so küssen, wie du es gerade getan hast, und dann bei unserer Unterhaltung weitermachen. Ich habe ehrlich gesagt keine Ahnung, wovon du sprichst. Was meinst du damit, dass sie nie existiert hat?«

Luke lässt mich keine Sekunde aus den Augen.

Er sieht so aus, als würde er darüber nachdenken, ob er mir wirklich meine Frage beantworten soll.

»Luke, bitte. Sag es mir«, fordere ich ihn aber heraus und gebe ihm so erst gar nicht die Chance, einfach das Thema zu wechseln.

Er atmet tief durch, doch schließlich nickt er.

»Wir haben uns auf der Highschool kennen gelernt«, beginnt er. »Irgendwann habe ich gemerkt, dass sie sehr aufbrausend sein kann. Wegen den kleinsten Dingen ist sie ausgerastet. Irgendwann hatte ich keine Lust mehr. Als wir kurz davor standen uns zu trennen, hatten wir die Idee zu heiraten, in der Hoffnung, dass es unsere Beziehung rettet.«

»Ihr dachtet, wenn ihr etwas habt, das euch verbindet, dann werdet ihr auch wieder zueinander finden.«

Ich spüre, dass er nicht glücklich über diese Entscheidung ist. Und noch unglücklicher macht es ihn wahrscheinlich, dass er es mir erzählt. Aber ich bin froh darüber. Ich will mich nicht selber quälen, aber ich will wissen, was zwischen den beiden vorgefallen ist.

»Du weißt aber schon, dass das eine ziemlich bescheuerte Idee war, oder?«, frage ich ihn, damit er kein schlechtes Gewissen hat, und verziehe ein wenig das Gesicht dabei.

Auf seinen Lippen, mit denen er mich vor wenigen Sekunden noch geküsst hat, bildet sich ein unwiderstehliches Grinsen. Ich kann spüren, wie die Schmetterlinge in meinem Bauch wilder werden und mein Puls sich beschleunigt.

»Im Nachhinein kann ich das nur bestätigen.«

»Und wie ging es weiter?«

»Willst du das wirklich wissen?« Luke scheint nicht sicher zu sein, ob er mir noch mehr berichten soll. Doch nun will ich alles wissen.

»Sonst hätte ich nicht gefragt«, ermutige ich ihn.

»Ich bin auf die Polizeischule gegangen und sie hat studiert. Da nur ich in Los Angeles wohnte, haben wir uns nur am Wochenende gesehen. Nachdem sie fertig war, ist sie wieder hierhergezogen. Ein halbes Jahr nach meinem Abschluss habe ich mich von ihr getrennt und die Scheidung eingereicht.«

Aufmerksam schaue ich ihn an. Luke sagt das mit so einer Gleichgültigkeit in der Stimme, als wäre ihm dieser Schritt nicht schwergefallen. Aber nach allem was er erzählt hat, ist es das wahrscheinlich wirklich nicht.

Und irgendwie bin ich froh darüber. Keine Ahnung wieso, aber wäre es anders gewesen, würde es mir einen Stich versetzen, da ich das Gefühl hätte, dass er noch immer an ihr hängt.

»Mir wurde klar, dass wir zwei unterschiedliche Persönlichkeiten haben und unterschiedliche Wege im Leben gehen wollen. Während ich mich auf die Seite des Gesetzes gestellt habe, wollte sie eine Stelle in New York und die Welt sehen. Ich wollte eine Familie, sie nicht.«

Die Art und Weise wie Luke das Wort *Familie* ausspricht, lässt mich ihn kurz ansehen. Ich kann nichts gegen das warme Gefühl unternehmen, das sich schlagartig in mir breitmacht. Aber ehrlich gesagt will ich das auch gar nicht, denn es fühlt sich zu gut an.

Es dauert ein wenig, bis ich meine Reaktion darauf wieder im Griff habe und mich wieder auf ihn konzentriere.

»Ihr Wunsch hat sich aber nicht wirklich erfüllt«, gebe ich dann leise zu bedenken. »Zwischen die Welt sehen und einen Kellner-Job haben liegen aber Welten.«

Nachdem Luke geendet hatte, hatte er seinen Kopf ein wenig zur Seite bewegt, doch nun sieht er mich wieder an.

»Meiner doch auch nicht«, gibt er zu bedenken.

Bei seinen Worten schaue ich ihn nachdenklich an.

»Er wird sich aber eher erfüllen als ihrer.«

Ein glückliches Lächeln erhellt sein Gesicht, während seine Hand sich an meine Wange legt.

»Das hoffe ich doch.«

Mehr sagt er nicht, sondern lehnt sich erneut zu mir, um mich zu küssen. Diesmal lege ich meine Arme um seinen Hals und halte ihn so fest.

»Wollen wir woanders hin?«

»Wärst du mir sehr böse, wenn ich dir sage, dass ich nach Hause will? Die Begegnung mit ihr hat mir irgendwie den Abend versaut, obwohl ich mich schon so sehr darauf gefreut hatte.«

Vorsichtig schaue ich ihn an. Luke legt seine Hände auf meine Beine und umgreift sie, um sie fest zu drücken.

»Ich kann dich verstehen. Aber versprich mir bitte, dass wir uns morgen Abend sehen.«

»Ich habe morgen meinen freien Tag. Vormittags wollte ich mit meiner Oma einen neuen Wagen ansehen.«

»Hast du es dir doch anders überlegt?«

»Der Wagen ist für sie. Sie hatte vorher einen Oldtimer, den hat aber der Verlobte meiner Schwester Haley gekauft, als sie ihn verkaufen wollte«, berichte ich ihm die Kurzfassung. »Und danach wollte ich zu Anna. Aber abends habe ich bestimmt für dich Zeit«, kläre ich ihn auf und zwinkere dabei einmal kurz.

»Es freut mich, dass du noch Zeit mit ihr verbringen willst.«

»Ich hoffe, dass es ihr dadurch bessergeht«, erwidere ich leise.

»Da bin ich mir sicher. Ich wünsche euch beiden auf jeden Fall viel Spaß.«

Mit einem frechen Grinsen im Gesicht lehnt er sich zu mir und küsst mich. Aber diesmal ist die Berührung zärtlich und verlockend.

Doch ich kann mich nicht richtig darauf konzentrieren. Mit meinen Gedanken bin ich ganz woanders. Irgendetwas an seiner Stimme oder seinen Worten, vielleicht ist es auch beides, lässt mich nervös werden.

»Wenn ich dich jetzt nicht nach Hause bringe, dann werde ich das wahrscheinlich überhaupt nicht mehr machen. Aber vielleicht sollte ich dich einfach entführen«, raunt er mit einer gefährlichen Stimme. Sie sorgt dafür, dass meine Nippel sich aufrichten.

Alles in mir wehrt sich dagegen, dass ich von ihm getrennt werden soll, doch ich weiß, dass es das Richtige ist.

»Okay«, murmle ich ein wenig heiser und lasse mich von der Motorhaube ziehen.

Ich überlege, ob ich ihm einfach sagen soll, dass er mich irgendwohin bringen soll, wo es ruhiger ist und wir uns unterhalten können. Wo es nur uns beide gibt.

Doch dann sehe ich Victoria.

Sie steht an der Seite der Halle und beobachtet uns mit einem ausdruckslosen Gesicht. Fast erscheint es mir so, als würde sie es bedauern, dass es zwischen ihr und Luke nicht geklappt hat und das kann ich verstehen.

Mir selber würde es nicht anders gehen. Aber dennoch mag ich sie nicht.

7

»Wie findest du den Wagen?«, fragt meine Oma mich am nächsten Tag, als wir vor einem Honda Civic stehen.

Skeptisch begutachte ich das schwarze Auto, das ich mir so gar nicht als ihr neues vorstellen kann. Obwohl ich zugeben muss, dass er einen ganz guten Eindruck macht, sind solche Autos doch eher bei Jugendlichen beliebt. Auch die Tatsache, dass der Wagen eindeutig tiefer gelegt ist, sorgt dafür, dass ich nicht so ganz warm mit ihm werde.

»Er sieht gut aus, vor allem wenn man bedenkt, dass er schon ein paar Jahre älter ist.« Bei meinen Worten erscheint automatisch Luke vor meinen Augen, wie er meinen Wagen prüfend angesehen hat. Das hat aber auch zur Folge, dass ich an seine Ex-Frau denken muss.

Ich werde mit meinen Schwestern über Victoria sprechen, sobald ich hier fertig bin, entscheide ich und schüttle den Kopf, um die Gedanken zu vertreiben. Lieber konzentriere ich mich auf meine Oma, die das Auto noch immer nachdenklich umrundet.

Bis auf ihr zu sagen, wie ich ihn finde, kann ich ihr bei der Entscheidung leider auch nicht helfen.

»Die Frage ist aber eher, ob du dich wirklich immer in den Wagen quälen willst?«, frage ich sie. Dabei zeige ich auf die Seiten, die nur wenige Zentimeter über dem Boden hängen.

Meine Oma folgt meinem ausgestreckten Arm.

»Damit komme ich schon klar«, erklärt sie mir und zuckt dabei mit den Schultern. »Und falls nicht, kann mir bestimmt Scott oder Travis wieder das originale Fahrwerk einbauen.«

Verblüfft über ihre Worte schaue ich sie an. Ich hatte keine Ahnung, dass sie solche Worte wie Fahrwerk überhaupt kennt.

Die Frage liegt mir auf der Zunge, wieso sie mich überhaupt dabeihaben wollte, wenn sie sich doch selber auskennt.

Ich schlucke die Frage jedoch hinunter und nehme mir stattdessen vor, dass ich mich später danach erkundigen werde.

Leise seufzend lasse ich mich gegen meinen Wagen sinken und beobachte sie dabei, wie sie noch zwei weitere Runden um das Auto dreht. Dann schaut sie kurz zufrieden in meine Richtung, bevor sie sich dem Verkäufer zuwendet und nickt.

»Ich nehme ihn«, verkündet meine Oma schließlich mit einem zufriedenen Gesichtsausdruck. Sie strahlt von einem Ohr bis zum anderen und sieht ein wenig so aus, als würde sie sich gerade ihren ersten eigenen Wagen kaufen.

Der Typ scheint darüber erleichtert zu sein, denn ich kann sehen, wie die Anspannung von ihm fällt. An seinem verstohlenen Blick kann ich erkennen, dass er befürchtet, dass ich noch irgendetwas sage, was sie vielleicht vom Gegenteil überzeugt.

Aber auch ich bin froh darüber, denn ich hatte schon die Befürchtung, dass wir noch eine Stunde hier stehen werden, bis sie endlich eine Entscheidung getroffen hat. Normalerweise bin ich nicht so. Wenn jemand aus meiner Familie mich braucht, dann nehme ich mir auch die Zeit. Da ich zurzeit etwas unter Strom stehe, kann ich mich auf kaum etwas konzentrieren. Und Schuld daran ist nur Victoria.

Obwohl ich es nicht will, gehen mir immerzu Bilder von Luke und seiner Ex-Frau durch den Kopf, die ich einfach nicht abschalten kann. Ich sehe sie, wie sie sich küssen oder einfach nur kuscheln. Wie sie zusammen lachen, oder Luke sie in den Arm nimmt und tröstet.

Diese Bilder sorgen dafür, dass ich keine Ahnung habe, was richtig oder falsch ist. Aber vor allem, dass er es vor mir verschwiegen hat, lässt das ungute Gefühl in meiner Magengegend nur noch größer werden.

Ich habe das Gefühl, als wäre noch etwas zwischen ihnen vorgefallen, etwas, dass er mir nicht gesagt hat. Aber ich kann es nur herausfinden, in dem ich ihn in einem passenden Moment danach frage. Diesen zu finden wird aber nicht leicht werden.

»Brooke? Bist du noch anwesend?«, dringt die Stimme meiner Oma zu mir hindurch.

Erschrocken zucke ich zusammen. Als ich meinen Kopf hebe sehe ich, dass sie mich abwartend betrachtet. An ihren Augen erkenne ich, dass sie genau weiß, dass ich gerade an einen Mann gedacht habe. In diesem Moment bin ich nur froh, dass sie nicht weiß, worum es genau ging. Mir ist aber klar, dass sie noch nachfragen wird. In dem Teil kann ich ihr nicht entkommen.

»Ja, ich war gerade nur in Gedanken«, murmle ich.

Mit einem wissenden Gesichtsausdruck sieht sie mich an, während ihre Augen beginnen vergnügt zu funkeln.

»Ich habe dir gerade gesagt, dass ich mit dem jungen Mann eben den Papierkram erledigen werde. Kannst du so lange auf mich warten?«, wiederholt sie nun ihre Worte.

»Klar, kein Problem«, erwidere ich.

Ich warte noch, bis die beiden aus meinem Sichtfeld verschwunden sind, doch dann drehe ich mich um und setze mich in meinen Wagen. Dort ziehe ich mein Handy aus der Handtasche und starre immer wieder auf das Display.

Schließlich entferne ich die Displaysperre und öffne das Textfenster, um eine Nachricht zu schreiben.

Er war verheiratet!

Mehr schreibe ich nicht, sondern schicke die Nachricht an meine Schwestern. Es dauert ein paar Minuten, doch schließlich klingelt mein Telefon leise und kündigt so eine neue Nachricht an.

Wer?

Mehr schreibt Melody nicht, aber ich kann mir vorstellen, dass sie genau weiß, von wem ich spreche. Es ist ja nicht so, als würde ich mich derzeit mit fünf Männern gleichzeitig treffen. Dennoch schreibe ich ihr zurück.

Luke, der Freund deines Freundes Scott! Du weißt schon, das ist der, der den Kurs leitet, für den ihr mich angemeldet habt!

Ich weiß ich bin gemein, aber den letzten Satz kann ich mir einfach nicht verkneifen.

So ganz kann ich diese Nachricht noch immer nicht glauben. Obwohl er mir erzählt hat, wie es zur Trennung von ihm und Victoria kam, fällt es mir schwer genau das zu akzeptieren. Dabei ist mir klar, dass er vor mir ein Leben hatte und er das wohl auch nach mir haben wird. Aber trotzdem bin ich eifersüchtig.

Eifersüchtig, auf seine Ex-Frau!

Echt? Das wusste ich gar nicht. Scott hatte nichts gesagt. Woher weiß du es denn?

Ich hatte gestern das Vergnügen, seiner Ex-Frau über den Weg zu laufen. Sie sieht übrigens gut aus, sehr gut sogar.

Ja, gut sieht sie wirklich aus. Ich bin Frau genug, um das zugeben zu können. Ich kann mir nicht vorstellen, dass es ihr schwerfällt einen Mann zu finden.

Willst du heute Abend vorbeikommen? Dann können wir über sie lästern!

Die Worte meiner Schwester lassen mich leise lachen. Das ist der Grund, wieso ich die beiden so liebe, wenn ich ein Problem habe, dann sind sie für mich da. Genauso wie ich auch für die beiden alles stehen und liegen lasse. Doch dann öffne ich das Buchstabenfeld und schreibe ihr zurück.

Geht nicht.

Wieso?

Kurz überlege ich, ob ich ihr die Wahrheit schreiben soll, entscheide mich dann jedoch dafür. Melody ist meine Schwester und deswegen kann sie es auch ruhig wissen.

Ich bin schon mit Luke verabredet.

Es ist das erste Mal, dass ich ein Treffen mit Melody und Haley wegen einem Mann absage. Aber irgendetwas sagt mir, dass es richtig ist. Ich will die Zeit mit ihm verbringen, um ihn besser kennenzulernen.

Ich will wissen, wer er wirklich ist.

Dann wünsche ich euch viel Spaß und macht nichts, was ich nicht auch machen würde!

Ihre Nachricht zaubert mir ein kleines Lächeln ins Gesicht.

Keine Sorge!

Mehr schreibe ich nicht zurück. Kaum habe ich die Nachricht abgesendet, öffnet sich die Tür und meine Oma lässt sich auf den Beifahrersitz sinken.

»Fertig. Jetzt muss ich nur noch den Wagen anmelden und dann kann ich ihn abholen.«

»Herzlichen Glückwunsch zu deinem neuen Auto. Aber kannst du mir vielleicht mal erklären, wieso du dich für ihn entschieden hast?«

»Er ist schön, und mehr interessiert mich nicht. Ich gebe zu, dass ich vielleicht etwas zu alt dafür bin, aber man lebt nur einmal.«

Bei ihren Worten weiß ich nicht, ob ich sie lustig finden soll, oder doch etwas besorgt sein sollte. Doch bevor ich mich für eines von beiden entscheiden kann, beschließe ich, dass ich einfach die nächste Frage stellen werde.

»Und woher kennst du solche Fachbegriffe wie Fahrwerk?« Während ich spreche ziehe ich neugierig eine Augenbraue nach oben. Meine Oma hingegen sieht mich an, als hätte sie keine Ahnung, wovon ich spreche.

»Du brauchst gar nicht so zu tun. Spuck es schon aus«, fordere ich sie auf.

»In der Werkstatt, in der ich immer mit meinem alten Wagen war, arbeiten ein paar Typen.«

»Das da keine Aliens arbeiten ist mir auch klar.«

»Ich wollte eigentlich sagen, dass sie einem nur zu gerne erklären, wie welches Teil heißt, oder wofür es da ist.« Auf dem Gesicht meiner Oma breitet sich ein freches Grinsen aus und sie zwinkert mir sogar einmal kurz zu.

Ich hingegen atme einmal tief durch und schüttle nur den Kopf, sage aber nichts weiter dazu. Manchmal kann ich meine Eltern verstehen, wenn sie der Meinung sind, dass meine Oma sich mehr ihrem Alter entsprechend verhalten sollte. Aber auch in diesen Situationen sage ich nichts dazu, sondern lasse sie einfach. Wenn es sie glücklich macht, soll sie doch tun, was sie will. Sie ist ja schließlich erwachsen.

»Na gut«, murmle ich, schnalle mich an und starte den Wagen.

Die nächsten zwei Stunden verbringe ich damit, auf meine Oma zu warten, während sie ihren neuen Wagen anmeldet, und sie danach wieder zurück zu fahren.

»Ich danke dir, mein Schatz. Wärst du nicht mitgekommen, hätte das wahrscheinlich den ganzen Tag gedauert. Alleine die Fahrt zur Zulassungsstelle und wieder zurück.« Dankbar lächelt sie mich an.

»Kein Problem«, erwidere ich. »Du weißt, dass ich gerne helfe, wenn ich es kann.«

»Ja, und diese Eigenschaft macht aus dir und deinen Schwestern wundervolle Frauen.«

Ihre Worte erinnern mich an Anna. Auch ihr helfe ich gerne. Vor allem, weil ich sehe, dass es ihr dadurch bessergeht.

Stumm öffnet meine Oma die Tür auf der Beifahrertür und steigt aus.

»Viel Spaß heute Abend«, ruft sie mir noch zu. Es dauert eine Sekunde zu lange, bis ihre Worte bei mir angekommen sind.

Bevor ich sie fragen kann, woher sie schon wieder weiß, dass ich eine Verabredung habe, hat meine Oma die Tür hinter sich geschlossen und ist verschwunden.

Nachdem sie vom Bordstein angefahren ist, lege ich auch den ersten Gang ein und verschwinde.

Ich schlage den Weg zum Kinderheim ein. Nach den letzten Minuten zieht es mich noch mehr dorthin, als es vorher schon der Fall gewesen war.

»Ich hoffe, du bist fertig«, begrüßt Luke mich am Abend, als er mich abholt. Dabei hat er sich an der gegenüberliegenden Wand im Flur angelehnt und die Hände in den Hosentaschen vergraben.

Er sieht zum Dahinschmelzen aus, was ich wie auf Kommando auch tue.

Anstatt ihm zu antworten, hebe ich meine Hände ein wenig nach oben und drehe mich einmal im Kreis.

Luke hatte mir geschrieben, dass ich mir nicht zu warme Klamotten anziehen soll, aber trotzdem etwas, in dem ich mich gut bewegen kann. Allerdings hatte er mir keinen Hinweis gegeben, was wir machen.

Da ich keine andere Wahl hatte, habe ich mich einfach an seine Anweisung gehalten. Immer wieder habe ich mir vor Augen geführt, dass ich es bald erfahren werde.

Aus diesem Grund trage ich nun eine dunkle kurze Hose, Turnschuhe und ein pinkes Top.

Luke betrachtet mich aufmerksam und drückt sich dabei von der Wand ab.

»Du siehst wunderschön aus«, raunt er, und kommt dabei noch zwei Schritte auf mich zu. Sein dunkler und gefährlicher Blick gleitet über meine Kleidung und setzt meinen Körper in Brand. Mein Mund wird trocken und öffnet sich ein Stück.

Von ihm so angesehen zu werden setzt etwas in mir frei, das ich nicht genau benennen kann.

Er steht so dicht vor mir, dass ich schon bald nicht mehr weiß, wo oben und unten ist. Sein Atem streift bei jedem Atemzug meine Haut.

Wieder einmal wird mir klar, dass meine Gefühle für diesen Mann nicht nur freundschaftlicher Natur sind. Melody und Haley würden sagen, dass ich auf ihn reagiere, und ja, wahrscheinlich ist es wirklich so.

Ich reagiere auf ihn auf eine Art und Weise, wie ich es noch nie gespürt habe.

Sein Gesicht kommt mir immer näher, bis sich schließlich unsere Lippen berühren. Selbst wenn ich es wollte in diesem Moment bin ich nicht in der Lage, mich zu bewegen.

Es ist nur ein keuscher Kuss, aber er reicht aus, dass ich mich an ihn kuscheln und mich in ihm verlieren will.

Ich will ihm nah sein, so nah, wie Victoria es niemals war.

»Komm«, raunt er mit einer gefährlichen Stimme.

Es fällt mir nur schwer, mich wieder auf ihn zu konzentrieren. Aber wenn ich es nicht tue, werde ich auch noch meine restlichen Nerven verlieren.

Ich greife nach meiner Tasche und schließe die Tür hinter mir ab. Kaum habe ich den Schlüssel in meiner Tasche verschwinden lassen, verschränkt Luke seine Finger mit meinen und führt mich die Treppen hinunter.

»Wo geht es hin?«, frage ich ihn.

Luke bleibt vor seinem Wagen stehen und dreht sich in meine Richtung.

»Du machst gerne Sport und ich mache gerne Sport. Also hoffe ich, dass ich die perfekte Tätigkeit für uns gefunden habe.«

Bei seinen Worten schaue ich ihn überrascht an. Ich habe keine Ahnung, wovon er spricht, bin aber bereit, mich überraschen zu lassen.

8

Ungefähr eine Stunde später halten wir auf einem verlassenen Parkplatz. Er befindet sich mitten in den Bergen, die Los Angeles umgeben.

»Wo sind wir?«, frage ich Luke, nachdem ich mich zu allen Seiten umgesehen habe.

Mit einem ausdruckslosen Gesichtsausdruck beugt er sich zu mir, bis seine Lippen fast schon mein Ohr berühren.

»Das hier ist ein Geheimplatz«, flüstert er mir mit einer verschwörerischen Stimme zu.

»Ein Geheimplatz?« Ich kann nicht verhindern, dass sich meine Stimme eher etwas skeptisch anhört.

»Eigentlich wissen nur diejenigen davon, die hier in der Umgebung wohnen.«

»Und woher weißt du es dann?«

Luke sieht mich verwundert an, ob ich ihm diese Frage wirklich gestellt habe. Und gerade frage ich mich das selber, denn die Antwort darauf kann ich mir schon denken.

»Ich bin ein Cop«, erklärt er mir dann und lässt mich so leicht lächeln. »Ich weiß von so ziemlich allen Geheimplätzen in der Stadt und auch in der Umgebung. Und dabei ist es egal, ob dort legale oder illegale Sachen passieren.«

Seine letzten Worte sorgen dafür, dass ich ihn kurz nachdenklich anschaue.

»Und zu welchem zählt dieser hier? Legal oder illegal?«

»Ich würde dich niemals zu einem Ort bringen, an dem illegale Geschäfte laufen, Brooke. Niemals!«

Seine kurze Ansprache raubt mir den Atem. Ich brauche einen Moment, bis ich wieder in der Lage bin, etwas zu sagen.

»Es ist also ein Geheimplatz, aber trotzdem hast du mir noch nicht gesagt, wo wir nun genau sind«, fordere ich ihn schließlich heraus. Dies mache ich aber nur, damit ich nicht weiter darüber nachdenken muss.

Es gibt Sachen, über die will ich mir heute Abend definitiv keine Gedanken machen, und das gehört eindeutig dazu.

»In der Nähe des Hollywood-Schriftzuges.«

Überrascht schaue ich ihn an und ziehe dabei meine Augenbrauen ein Stück nach oben. In den letzten Jahren war ich ein paarmal dort gewesen, aber trotzdem habe ich die Gegend nicht erkannt.

Ich sehe mir die Umgebung genauer an, aber ich kann keinen Hinweis darauf finden.

»Wollen wir?«, fragt er mich und greift dabei auf den Rücksitz, um zwei Flaschen Wasser hervorzuziehen.

»Klar«, antworte ich ihm, während ich bereits die Tür geöffnet und einen Fuß hinausgesetzt habe.

Ich erhasche einen letzten Blick auf sein Gesicht, bevor ich ganz aussteige und die Tür hinter mir schließe.

In der nächsten Sekunde habe ich in der warmen Abendluft bereits den Wagen umrundet, so dass ich nun vor der Motorhaube stehe und auf Luke warte.

Als er vor mir zum Stehen kommt, greift er nach meiner Hand und führt sie an seine Lippen, um meine Fingerknöchel zu küssen. Ein Schauer durchfährt mich, den ich aber vor ihm verbergen kann. Zumindest hoffe ich das.

Aber falls Luke etwas davon mitbekommen hat, sagt er nichts. Hand in Hand gehen wir auf dem Weg entlang, der uns zu dem Schriftzug führen wird. Wir gehen immer weiter nach oben, wobei uns die einen oder anderen entgegenkommen, die sich schon auf den Weg zu ihrem Auto machen.

»Wieso hast du so weit abseits geparkt?«, frage ich ihn, nachdem wir wieder an einem Paar vorbeigegangen sind. »Es gibt doch Parkplätze, die mehr in der Nähe sind.«

»Ich gehe nicht gerne das Risiko ein, dass mir jemand eine Beule ins Auto haut.«

»Ich glaube dir kein Wort«, gebe ich lachend zurück.

»Na gut, ich wollte dir einfach nur einen Weg zeigen, denn nicht jeder kennt. Sonst wäre es ja langweilig.« Nachdem er geendet hat, zwinkert er mir noch einmal kurz zu, ehe er seinen Weg fortsetzt.

Eine Weile gehen wir noch schweigend nebeneinander her.

»Dahinten«, erklärt Luke, nachdem wir den obersten Aussichtspunkt erreicht haben.

Ich folge seinem ausgestreckten Arm und entdecke in einiger Entfernung einen Felsvorsprung. Als nächstes führt er mich dahin und zusammen klettern wir hinauf, um uns daraufzusetzen.

»Wow, das ist echt cool«, erkläre ich ihm und nehme einen Schluck aus meiner Wasserflasche.

Hier oben ist es so friedlich, dass man von dem ganzen Stress der Großstadt nichts mehr mitbekommt. Es kommt mir fast so vor, als würde ich mich in einer anderen Welt befinden.

In einer Welt, in der es nur noch uns gibt.

»Wie hast du diesen Platz gefunden?«, frage ich Luke, während ich mich in seine Richtung drehe.

»Nach meiner Scheidung von Victoria war ich ein paarmal hier oben, damit ich meine Ruhe habe«, erklärt er mir, ohne dabei mit der Wimper zu zucken.

Bei meinen Worten habe ich wieder ihren Gesichtsausdruck vor Augen, als sie mich entdeckt hat. Aber vor allem erinnere ich mich an den kurzen Moment, denn sie uns beobachtet hat, als Luke mich zu seinem Wagen gebracht hatte.

Ob er es wohl weiß?, frage ich mich.

Um diesen wundervollen Moment nicht zu zerstören, ziehe ich es jedoch vor, ihn nicht danach zu fragen. Ich will mich nicht über seine Ex-Frau, deren Beziehung oder sonst irgendetwas unterhalten, was mit ihr etwas zu tun hat.

»Schon seit ein paar Jahren war ich nicht mehr hier. Aber ich hatte das Bedürfnis, das hier mit dir zu teilen«, spricht er weiter und legt dabei seine Arme um mich.

Luke zieht mich dicht an seinen Körper heran, so dass ich seine Wärme spüre. Sein unverkennbarer Geruch steigt mir in die Nase und lässt mich leise seufzen.

In seiner Gegenwart werde ich lockerer. Ich kann mich entspannen und mich fallen lassen. Bei ihm brauche ich mir keine Sorgen zu machen und das ist ein wunderbares Gefühl.

Ich lege meinen Kopf auf seine Schulter und schaue zu, wie es langsam dunkel um uns wird, und die hellen Lichter der Stadt aufflackern.

Es ist einfach traumhaft. Eine ganze Weile sitzen wir da und schauen auf das Lichtermeer in der Ferne. Da es mittlerweile dunkel ist, bemerke ich gar nicht, wie sich das Wetter ändert. In der einen Sekunde genieße ich noch die Aussicht, in der nächsten zucke ich erschrocken zusammen, als ein lauter Donner zu hören ist.

Ich will mich von Luke lösen und meinen Kopf heben, als es plötzlich anfängt zu regnen.

»Verdammt«, entfährt es mir. »Vorhin waren es doch nur ein paar Wolken.«

Luke sagt nichts, sondern springt auf und greift nach meiner Hand, um mir ebenfalls hoch zu helfen. Obwohl er schnell reagiert, schaffen wir es nicht von dem Felsen hinunter, ohne durchnässt zu sein.

»Kann man sich hier irgendwo unterstellen?«, frage ich ihn.

»Nein, leider nicht.« An seiner Stimme höre ich, dass er durch die Zähne hindurch spricht.

Ich kann nicht verhindern, dass sich ein leises Lachen in meiner Kehle bildet, das sich seinen Weg hinaus sucht. Schnell halte ich mir die Hand vor den Mund, als ich im Dunkeln sehe, wie er sich zu mir umdreht.

»Es freut mich, dass du das lustig findest.«

»Na ja, nun können wir eh nichts mehr daran ändern. Schließlich sind wir ja schon nass«, gebe ich zurück.

»Die haben doch überhaupt keinen Regen für heute angesagt«, murmelt Luke, während wir uns mit schnellen Schritten auf den Rückweg machen.

»Ehrlich gesagt habe ich auch nicht damit gerechnet«, gebe ich zurück.

Luke gibt keinen direkten Kommentar von sich, sondern knurrt nur, was ich mit einem leisen Lachen quittiere.

Da der Boden von dem Wasser aufgeweicht und glitschig ist, dauert es ein wenig länger, bis wir endlich seinen Wagen erreicht haben. Doch da ich eh schon völlig nass bin ist es mir egal.

Als das Auto von Luke zum Vorschein kommt sehe ich, wie die Scheinwerfer aufleuchten, nachdem er auf die Fernbedienung gedrückt hat.

Ich will meine Hand aus seiner ziehen, um auf die Beifahrerseite zu gehen, doch Luke hält mich zurück.

Mit einer flinken Bewegung zieht er mich an sich heran, während er gleichzeitig stehen bleibt, so dass ich gegen ihn pralle. Um mich abzustützen lege ich meine Hand an die Stelle, unter der ich seinen Herzschlag spüren kann.

Als ich vor ihm zum Stehen komme hebe ich meinen Kopf und sehe, dass ihm das Wasser über das Gesicht läuft. Seine Haare hängen strähnig herunter, während sein Mund sich ein Stück geöffnet hat.

Die Scheinwerfer seines Wagens geben genug Licht, dass ich seinen gefährlichen Blick in der Dunkelheit erkennen kann. Die langen Schatten lassen ihn sogar noch extremer aussehen.

Jedoch habe ich keine Angst vor ihm. Es ist eher das Gegenteil der Fall. Ich fühle mich noch mehr zu ihm hingezogen.

Mit der linken Hand hält er mich an sich gedrückt fest, während seine rechte sich an meine Wange gelegt hat. Ich schmiege mich an ihn, will ihm so nah sein, wie es nur geht.

In mir erwacht das Bedürfnis mit ihm verbunden zu sein, auf jede nur erdenkliche Weise.

Aus einem Reflex heraus stelle ich mich auf die Zehenspitzen und greife mit meinen Händen in seinen Nacken. Meine Lippen pressen sich auf seine, so dass ich den Regen schon bald nicht mehr spüre.

Außer Luke nehme ich nichts mehr wahr.

Der Kuss ist leidenschaftlich und fordernd. Seine Hände fahren über meinen nassen Körper und legen sich schließlich stark und beschützend auf meine Hüften.

Wortlos gibt er mir in diesem Moment zu verstehen, dass ich ihm gehöre, und dagegen habe ich überhaupt nichts einzuwenden. Mir ist egal, dass wir mitten im strömenden Regen stehen. Mir ist es sogar egal, wenn ich mir deswegen eine Erkältung einfange.

»Brooke«, keucht er schließlich völlig atemlos.

Seine Lippen entfernen sich ein Stück von mir, aber er hält mich noch immer fest an sich gedrückt. Kein Zentimeter Luft ist zwischen unseren Körpern. Trotzdem habe ich das Gefühl, als würde er sich kilometerweit von mir entfernen, und dagegen protestiert jede Faser meines Körpers.

Mein Puls rast und meine Gedanken überschlagen sich. So sehr ich es auch versuche, aber ich bin einfach nicht in der Lage, sie in die richtige Reihenfolge zu bringen.

Ich weiß nur, dass das Verlangen, was ich nach ihm habe, mich verwirrt.

Da ich gerade kein Wort über die Lippen bekomme, schüttle ich nur den Kopf. Ich will nicht, dass er noch mehr sagt. Und schon gar nicht will ich von ihm hören, dass das hier falsch ist. In diesem Moment fühlt es sich nämlich richtig an.

In meinem Hals hat sich ein dicker Kloß gebildet, doch diesen ignoriere ich einfach.

»Bring mich nach Hause«, raune ich schließlich so leise, dass man meine Worte in dem Rauschen des Regens kaum verstehen kann. Sie gehen in dem Gewitter unter, was um uns herum tobt.

Aber an dem unsicheren Ausdruck in seinen Augen kann ich sehen, dass er sie genau verstanden hat. Allerdings gehe ich nicht darauf ein. Ich stelle mich auf die Zehenspitzen und beiße ihm sanft in die Unterlippe, um ihm zu zeigen, dass ich ihn will.

Anscheinend hat er mein Signal verstanden, denn kaum habe ich mich von ihm gelöst, dringt ein Knurren aus seiner Kehle. Mit einem frechen Grinsen auf den Lippen, nehme ich meine Hände von Luke und gehe zurück zum Wagen.

Dabei lasse ich meine Hüften verführerisch von rechts nach links wandern. Beziehungsweise ich versuche es. Meine nassen Sachen kleben mir am Körper, und auch der rutschige Boden macht mir das Laufen nicht einfach.

Die Fahrt zu meiner Wohnung verläuft schweigend.

Luke hat seine rechte Hand auf mein Bein gelegt und streicht immer wieder mit dem Daumen darüber. Die Wassertropfen auf meinem Körper verstärken das Gefühl der Begierde noch.

Als wir vor meinem Wohnhaus halten bin ich erleichtert, dass die Fahrt zu Ende ist. Noch nie kam es mir so lange vor, bis ich endlich vor dieser Haustür stand.

»Komm, du musst aus den Sachen raus, sonst wirst du noch krank werden«, erkläre ich ihm. Dabei versuche ich die Doppeldeutigkeit meiner Worte zu ignorieren.

Ehe er etwas erwidern kann steige ich aus, nachdem er den Wagen geparkt hat.

Anstatt auf ihn zu warten, renne ich durch den Regen auf die Eingangstür zu und stelle mich unter das Vordach, um den Schlüssel aus meiner Tasche zu holen.

Ich bin nervös, weil er in wenigen Sekunden in meiner Wohnung stehen wird. Schon so oft hatte ich einen Mann in diesen vier Wänden, aber noch nie ging es mir so. Aus diesem Grund dauert es etwas, bis ich endlich den Schlüssel in das Schloss geschoben habe und die Tür aufspringt.

Luke schlüpft hinter mir her durch die Tür. Gerade als ich die ersten Stufen nach oben gehen will, spüre ich plötzlich die Wand in meinem Rücken.

Er drückt seine Hüften gegen meine, so dass ich mich kein Stück mehr bewegen kann. Sein Körpergewicht hält mich gefangen und seine Blicke verschlingen mich. Stumm wandern seine Augen über meinen Körper.

Seine Finger streichen über mein Kinn, meinen Hals, bis sein Zeigefinger schließlich über den Ausschnitt meines Oberteils fährt. Sanft fährt er mit der Fingerspitze zwischen meinen Brüsten entlang. Diese Geste reicht, damit meine Nippel sich aufrichten und meine Brüste schwer werden, weil sie sich nach ihm sehnen.

Wie von alleine schließen sich meine Augen, als er sanft mit den Lippen über meinen Hals fährt. Eine Gänsehaut bildet sich auf meinem Körper, die aber nichts damit zu tun hat, dass mir kalt ist.

Ganz weit entfernt nehme ich wahr, dass wir uns noch immer in dem Hausflur befinden.

Sein leiser Atem dringt an mein Ohr, als er sanft in mein Ohrläppchen beißt.

»Deine Wohnung«, raunt er leise in mein Ohr. Dabei klingt seine Stimme gleichermaßen gefährlich und verlangend.

Ich kann das Stöhnen, was sich tief in mir drin bildet, nicht zurückhalten, so dass es mir schließlich über die Lippen dringt.

»Oben.« Mehr als ein Wort bekomme ich nicht raus. Zu sehr sehne ich mich nach seinen Berührungen.

Noch immer habe ich meine Hände in seinem nassen Shirt vergraben, trotzdem entfernt er sich ein Stück von mir. Doch bevor ich die Chance habe irgendwie zu reagieren, hat er sich ein Stück gebückt und mich über seine Schulter gelegt.

Erschrocken quietsche ich und halte mich dabei an dem Bund seiner Hose fest. Ich bin mir sicher, dass ich ihn auch gekratzt habe. Doch Luke scheint das nichts auszumachen. Ohne darauf zu achten, setzt er sich in Bewegung und steuert auf die Treppe zu, um die richtige Etage zu erreichen.

»Dritte Tür rechts«, erkläre ich ihm, nachdem er die letzte Stufe hinaufgestiegen ist.

»Schlüssel«, erklärt Luke knapp, nachdem er vor der richtigen Tür stehen geblieben ist.

Da er mich noch immer nicht heruntergelassen hat, verdrehe ich ein wenig meinen Arm, um ihm diesen zu geben.

»Wie viele Schlüssel braucht eigentlich eine Frau?«, stöhnt er, während er den richtigen zu finden versucht.

»Da sind auch die Schlüssel von meinen Eltern und meinen Schwestern mit dran«, antworte ich.

Anstatt einer Antwort höre ich kurze Zeit später das leise Knacken des Schlosses. Dann spüre ich, wie er sich wieder in Bewegung setzt.

Wenig später habe ich festen Boden unter den Füßen. Da mir kurz schwindelig ist, halte ich mich an seinen Armen fest, während er mit dem Fuß die Tür wieder schließt.

Kaum ist sie hinter ihm ins Schloss gefallen, greift er nach dem Bund meines Oberteils, um es mir über den Kopf zu ziehen.

»Du solltest aber auch schnell aus den nassen Sachen heraus, sonst wirst du krank.« Mit diesen Worten lässt er es auf den Boden fallen und kümmert sich um meine Hose.

Er schiebt sie so weit über meinen Hintern nach unten, dass ich sie mir alleine von den Beinen streifen kann.

Wieder drückt Luke mich gegen die Wand und bedeckt jeden Zentimeter bis zu meinen Brüsten mit zärtlichen Küssen. Ich lasse meinen Kopf gegen die Wand sinken, schließe meine Augen und greife mit den Händen in seine Haare. Jede einzelne Berührung von ihm genieße ich.

Wie von alleine fahren meine Hände über seinen harten Oberkörper und greifen nach seinem Shirt, um ihn ebenfalls davon zu befreien. Ich lasse den nassen Stoff achtlos auf den Boden fallen, während ich meine Augen öffne und ihn betrachte.

Meine Augen wandern über seine muskulöse Brust. Er hat keine Tattoos, aber deswegen ist seine Wirkung auf mich nicht weniger stark. Seine Muskeln sind stark ausgeprägt und lassen keinen Zweifel daran, dass er viel Sport treibt.

Mit den Fingern fahre ich über seine weiche Haut, unter der ich die starken Muskeln spüre. Seine Jeans sitzt ihm so tief auf den Hüften, dass ich das sexy V erkennen kann, das in seiner Hose verschwindet.

Mir läuft das Wasser im Mund zusammen.

Ich will alles von ihm, genauso wie ich ihm alles von mir geben will. Ich will seins sein, selbst wenn es nur für diese eine Nacht ist.

Luke lässt seine Hände nach hinten gleiten, um den Verschluss meines BHs zu öffnen. Kaum fallen mir die Träger von den Schultern, umschließt er meine Nippel mit seinem Mund und umkreist sie mit der Zunge.

Ein lautes Stöhnen entfährt mir, während ich mich ihm gleichzeitig noch mehr entgegendrücke. Das Gefühl, was er in mir entfacht, fühlt sich wundervoll an.

Obwohl sogar mein Tanga vom Regen durchnässt ist, spüre ich, wie ich immer feuchter werde.

Seine Hand gleitet in mein Höschen, wo er sofort den empfindlichen Punkt findet. Noch in der gleichen Sekunde nimmt das Ziehen in meinem Bauch zu. Immer weiter erhöht er den Druck auf meine geschwollene Perle und lässt mich so keuchen. Als er auch noch zwei Finger in mich hineinschiebt, ist es vorbei.

Alles in mir explodiert und ich schreie seinen Namen. Meine Muskeln spannen sich an. Ich habe das Gefühl, als würden sie sich gar nicht mehr entspannen wollen.

Dieser Orgasmus dauert eine Ewigkeit und ich genieße jede Sekunde davon.

Als ich wieder zu mir komme, schaut er mich durchdringend an. Ich erkenne die Zufriedenheit in seinen Augen, obwohl ich noch immer nicht klar denken kann.

Einen Moment wartet Luke noch, bis er sich sicher ist, dass ich mich auf meinen Beinen halten kann.

Als nächstes höre ich, wie er den Gürtel seiner Hose öffnet und diese irgendwo neben uns auf den Fliesen landet.

Wie von alleine richten sich meine Augen nach unten. Ich sehe, dass sich unter den engen Boxershorts sein Schwanz abzeichnet. Er drückt dagegen und scheint danach zu schreien, dass ich ihn heraushole.

Langsam hake ich meine Zeigefinger auf beiden Seiten unter den dünnen Stoff. Ohne nachzudenken schiebe ich die Boxershorts nach unten, so dass sein steifer Penis herausspringt. Ein paarmal lasse ich meine Hand an ihm hinuntergleiten, was dafür sorgt, dass Luke stöhnt.

Doch bevor ich ihn fester umgreifen kann, entzieht Luke sich mir. Er bückt sich nach seiner Hose und zieht ein Kondom aus der Hosentasche heraus. Mit einem breiten Grinsen nehme ich es ihm ab und reiße es mit den Zähnen auf. Dann rolle ich es über sein steifes Glied.

Mit festem Griff umgreift er meinen Hintern und hebt mich hoch.

Überrascht kralle mich an seinen Schultern fest. Ein letztes Mal sieht er mich an, bevor er mit einem einzigen Stoß in mich eindringt.

Im ersten Moment raubt es mir den Atem. Das Gefühl, ihn in mir zu spüren, ist unbeschreiblich.

Er gibt mir ein paar Sekunden Zeit, damit ich mich daran gewöhnen kann. Doch schließlich beginnt er sich in mir zu bewegen. Am Anfang sind seine Bewegungen noch langsam und zurückhaltend, doch schon bald werden sie immer wilder.

Verzweifelt, da ich Angst habe, dass wir gleich zusammen hinfallen, halte ich mich an seinen Schultern fest. Doch Luke hat mich so fest gegen die Wand gepresst, dass ich mich kaum bewegen kann.

Immer wieder stößt er in mich, während ich spüre, dass ich mich wieder dem Orgasmus nähere. Auch Luke spannt sich immer mehr an.

Als ich endlich komme und der Druck aus meinem Körper entweicht, lasse ich meinen Kopf auf seine Schulter sinken und stöhne laut. Ich spüre, wie Luke sich in mir anspannt.

Eine Weile bleiben wir genauso stehen. Ich habe keine Ahnung, wann Luke sich wieder bewegt, da ich mein Zeitgefühl verloren habe. Doch dann gleitet er langsam aus mir heraus und stellt mich wieder auf den Boden.

»Eigentlich hatte ich mir das anders vorgestellt«, raunt er mit gefährlicher Stimme an meiner Haut.

»Und wie?« Ich bin noch nicht wieder ganz in der Lage zu denken, trotzdem hat sein Satz mich neugierig gemacht.

»Keine Ahnung, aber auf jeden Fall nicht an der Wand.« Nachdem er ausgesprochen hat, zwinkert er mir kurz zu.

Kurz stehe ich ein wenig verlegen vor ihm und weiß nicht, was ich sagen soll. Doch dann schaue ich auf die nassen Sachen, die überall auf dem Boden verteilt liegen.

»Ich glaube, ich sollte deine Klamotten in den Trockner werfen. Sonst werden die niemals bis morgen trocken und du musst doch sicherlich zur Arbeit«, erkläre ich ihm. Nachdem ich meinen ganzen Mut zusammengenommen habe, mache ich Anstalten, an ihm vorbeizugehen. Doch Luke greift nach meinem Handgelenk und hindert mich so daran.

»Du musst das nicht tun. Wenn du mich nicht hier haben willst, dann ist das in Ordnung für mich, du musst es mir nur sagen.« Seine eindringliche Stimme sorgt dafür, dass ich kurz das Gleichgewicht verliere. Aus einem Reflex heraus hebe ich meine Hand und lege sie auf die Wand, damit ich nicht umkippe.

Irgendwie war ich davon ausgegangen, dass er bleiben will, doch seine Worte sorgen dafür, dass sich kleine Zweifel in mir breitmachen.

»Brooke«, sagt Luke, nachdem ich auch einige Sekunden später nichts gesagt habe. Stattdessen stehe ich nackt vor ihm und starre auf einen Punkt hinter ihm.

Er umgreift mein Gesicht und zwingt mich so, meinen Blick zu heben. Nur widerwillig mache ich das und erkenne dann in seinen Augen, dass er selber nicht genau weiß, was er machen soll.

»Ich würde mich freuen, wenn du bleibst. In meinem Schrank habe ich ein paar Shirts liegen, die eigentlich für Männer sind. Ich habe sie mir nur geholt, weil ich es zum Schlafen bequemer finde. Du brauchst also keine Angst haben, dass ich dir das Oberteil eines Ex-Freundes gebe.« In meine Stimme hat sich die Hoffnung geschlichen, dass er nicht sofort wieder verschwindet. Aber ich kann nichts gegen die Angst machen, die ich empfinde.

Ich kenne Männer wie Luke und normalerweise mache ich aus genau diesem Grund einen großen Bogen um sie. Sie schlafen mit einer Frau und verschwinden sofort wieder. Ein paar von ihnen machen Versprechungen, während die anderen wenigstens so ehrlich sind, und einem die Wahrheit sagen. Und irgendwie habe ich die Befürchtung, dass Luke das in den Jahren nach seiner Scheidung genauso gemacht hat.

Trotzdem würde ich gerne noch mehr Zeit mit ihm verbringen. Ich will in seiner Nähe sein, solange er es zulässt.

»Ich würde gerne hierbleiben«, raunt er in der nächsten Sekunde in mein Ohr, nachdem er sich nach vorne gebeugt hat.

Sein heißer Atem, der die empfindliche Stelle hinter meinem Ohr streift, jagt mir einen Schauer über den Körper. In diesem Moment kommt es mir so unwirklich vor, dass ich mir nicht sicher bin, ob er es wirklich gesagt hat oder nicht.

Doch nachdem er sich ein Stück zurückgezogen hat, lächelt er mich an und ich weiß, dass die richtigen Worte bei mir angekommen sind. Ich erwidere sein Lächeln, ehe ich mich umdrehe und in die Richtung meines Schlafzimmers gehe.

Dabei versuche ich so selbstbewusst wie möglich zu wirken, wenn man bedenkt, dass ich keine Klamotten mehr trage.

Bei jedem Schritt spüre ich seine Anwesenheit, und ich weiß, dass diese Nacht noch lange nicht vorbei ist.

9

Als ich am nächsten Morgen wach werde, steigt mir als Erstes der Geruch von frisch gekochtem Kaffee in die Nase. Es dauert einen Moment bis ich realisiere, dass es tatsächlich so ist und ich es nicht nur träume.

Langsam öffne ich meine Augen und drehe mich dabei auf die andere Seite. Mir kommt die Erinnerung von dem wieder in den Kopf, was Luke und ich in der letzten Nacht miteinander gemacht haben. In letzter Sekunde kann ich mir ein Seufzen verkneifen.

Wir hatten nicht nur Sex, und das mehrmals, wir haben auch gekuschelt und dabei einen Film gesehen. Es war fast so, als wären wir ein richtiges Paar. Aber ich habe mich wohl gefühlt. So wohl, dass ich überhaupt nicht mehr wollte, dass es endet.

Noch immer kommt es mir ein wenig unwirklich vor, dass ich mich ihm wirklich so hingegeben habe. Aber das ändert nichts daran, dass es ein wunderbares Gefühl war und noch immer ist. Irgendwie bedauere ich es sogar, dass es bereits Morgen ist und wir nicht länger Zeit haben.

Noch bevor ich meine Augen öffnen kann, dringt seine leise Stimme an mein Ohr.

»Guten Morgen.« Ich spüre seinen heißen Atem auf meinem Gesicht, was mich wohlig seufzen lässt. Ja, dieses Mal kann ich es mir nicht verkneifen.

Ich kuschle mich noch ein wenig tiefer in die Decke hinein und lächle dabei glücklich.

Mit halb geschlossenen Augen strecke ich meine Hand nach

ihm aus, komme jedoch nicht weit, da er direkt neben mir liegt. Meine Finger lasse ich über seine Brust und seinen Bauch wandern, in der Hoffnung, dass er kein Oberteil trägt.

Als ich allerdings merke, dass er angezogen ist, öffne ich meine Augen auch das letzte Stück und schaue ihn irritiert an.

Dabei lasse ich meinen Blick an ihm hinuntergleiten und stelle fest, dass er die Sachen trägt, die ich gestern in den Trockner gesteckt habe.

»Willst du schon weg?«, frage ich ihn. So sehr ich es auch versuche, aber ich kann die Enttäuschung in meiner Stimme nicht verbergen.

Kurz sieht er mich ein wenig wehleidig an, ehe er nach meiner Hand greift und sie an seinen Mund führt.

»Ich muss gleich zur Arbeit. Obwohl ich eigentlich viel lieber bei dir bleiben würde. Gegen den Dienstplan kann ich aber leider nichts ausrichten.«

»Oh«, erwidere ich nur, da ich nicht weiß, was ich sonst dazu sagen soll. Eigentlich hatte ich gehofft, dass wir den Morgen wenigstens zusammen verbringen und gemeinsam frühstücken können. Das dies nun aber nicht der Fall ist, lässt mich traurig zurück.

»Ich hätte auch lieber noch Zeit mit dir verbracht«, erklärt er mir mit fester Stimme und legt dabei seine Hand an meine Wange.

»Das ist schon in Ordnung. Du musst schließlich arbeiten, das verstehe ich«, wende ich schnell ein.

»Ich habe gehofft, dass du vorher noch wach wirst, damit ich mich von dir verabschieden kann. Irgendwie ist es doch blöd, wenn ich dir eine Nachricht schreiben muss.«

Bei seinen Worten richte ich mich ein Stück auf und schaue auf die Uhr, die auf dem Nachttisch neben ihm steht.

Es ist halb acht.

Kein Wunder, dass ich so müde bin. Nachdem ich in der letzten Nacht eindeutig zu wenig Schlaf bekommen habe, ist diese Uhrzeit zu früh für mich.

Langsam setze ich mich ganz auf und wische mir dabei über das Gesicht, um auch die restliche Müdigkeit zu vertreiben. Erst, als ich wieder in der Lage bin einen klaren Gedanken zu fassen, drehe ich mich in seine Richtung und schaue ihn an.

Luke lässt mich aber auch keine Sekunde aus den Augen. Abwartend sieht er mich an, obwohl ich keine Ahnung habe, worauf er eigentlich wartet.

»Du hättest mich auch wecken können. Dann hätten wir gemeinsam gefrühstückt«, erkläre ich ihm und nicke dabei leicht in die Richtung der Küche.

Dann schaue ich ihm in die Augen und muss mich zusammenreißen, damit ich nicht erneut über ihn herfalle. Obwohl ich zugeben muss, dass er mich in der letzten Nacht mindestens genauso oft flachgelegt hat wie ich ihn. Aber weder das, noch die Tatsache, dass ich wund bin, verpasst mir eine kalte Dusche. Luke sieht einfach heiß aus und dabei ist es egal, ob er angezogen oder nackt ist.

Ein wissendes Grinsen schleicht sich auf seine Gesichtszüge, welches mich rot anlaufen lässt.

»Du sahst so friedlich aus, dass ich dich nicht wecken wollte«, antwortet er mir schließlich.

»Danke, aber ich muss sagen, dass der Trick mit dem Kaffee gut funktioniert hat.«

Kaum habe ich ausgesprochen sieht er mich zufrieden an.

»Das war kein Trick«, erklärt er mir. »Eigentlich hatte ich gedacht, dass du so wenigstens einen guten Start in den Tag haben wirst, wenn ich schon nicht bei dir bin. Dass du von dem Geruch wach geworden bist, war ein angenehmer Nebeneffekt.«

Ein schelmisches Grinsen schleicht sich auf seine Gesichtszüge, was mich lachen lässt.

»Du bist unmöglich. Hat man dir das schon mal gesagt?«

»Nein, bis jetzt hat sich das wohl noch keiner getraut. Obwohl ich mir sicher bin, dass es die einen oder anderen sich vielleicht gedacht haben. Dir werde ich es aber durchgehen lassen.«

Seine Stimme klingt ausgelassen und glücklich. Mit ihm zusammen zu lachen, setzt eine Art innere Ruhe in mir frei. Es fühlt sich einfach richtig und vertraut an. Fast so, als würden wir uns schon seit Jahren kennen und nicht erst seit ein paar Tagen.

»Musst du heute arbeiten?«, fragt er mich nun und streicht dabei mit den Fingerspitzen über meinen Arm, so dass ich kurz abgelenkt bin.

Ich schaue auf die Stelle, an der wir uns berühren, und nicht zum ersten Mal frage ich mich, wieso ich so auf ihn reagiere. Ich vertraue ihm. Aber nicht auf die gleiche Art wie es nun mal ist, wenn man mit einem Mann schläft. Dieses Vertrauen geht sehr viel tiefer.

Ich bin so in Gedanken versunken, dass ich etwas Zeit brauche, bis mir wieder einfällt, dass er etwas gesagt hat. Doch dann schüttle ich ein wenig den Kopf und sehe ihn wieder direkt an.

»Ja, aber erst heute Abend um sechs. Nachher wollte ich noch zu Anna. Bei meinen Schwestern sollte ich mich auch mal wieder blicken lassen. Sonst werden die beiden bestimmt eine Vermisstenanzeige aufgeben.« Ich versuche lustig zu sein, was mir aber nicht gelingt. Nicht das leiseste Lachen dringt über seine Lippen.

Stattdessen sieht Luke mich mit einem nachdenklichen Ausdruck in den Augen an, den ich nicht ganz zuordnen kann. Ich habe die Hoffnung, dass er irgendetwas von dem, was in seinem Kopf vor sich geht, preisgibt. Aber er verzieht nicht einmal das Gesicht.

Kurz überlege ich, ob es ihm vielleicht nicht passt. Aber das kann ich mir nicht vorstellen. Wieso sollte er auch ein Problem damit haben, wenn ich zu meinen Schwestern fahre? Und er war schließlich derjenige, der mich zum ersten Mal mit in das Kinderheim genommen hat.

Eine Weile ist es still zwischen uns, doch dann lässt er seinen Kopf auf das Kissen sinken.

»Was ist los?«, frage ich ihn, da ich sein seltsames Verhalten nicht zuordnen kann.

»Nichts«, entgegnet er.

»Hm«, mache ich nur und ziehe dabei meine Augenbrauen ein Stück nach oben, um meine Skepsis zu verdeutlichen.

Luke klopft auf die freie Stelle neben sich. Kurz betrachte ich ihn noch, komme dann aber seinem Wunsch nach.

»Du scheinst dich gut mit ihr zu verstehen«, flüstert er schließlich.

Wir sind uns so nah, dass ich seinen Atem auf meiner Haut spüren kann. Er legt seine Hand auf meine und verschränkt seine Finger mit meinen.

Diese simple Geste ist so viel intimer als alles andere. Sie macht klar, dass wir zusammengehören, und irgendwie freut mich das.

»Sie ist ein liebes Mädchen«, wispere ich schließlich kaum hörbar.

»Ja, das ist sie.«

»Ich verbringe gerne Zeit mir ihr. Es tut mir leid, was mit ihr passiert ist. Jedoch trifft das auf alle Kinder dort zu. Sie sollten nicht schon so viel Mist durchgemacht haben. Anna hat allerdings eine Art an sich, die mich ein wenig an mich selber erinnert.« Während ich spreche sieht Luke mich durchdringend an.

»Wie meinst du das?«

»Ich habe zwar eine große Klappe, werde aber auch schnell unsicher. Und ich bin mir sicher, dass das bei ihr eigentlich auch der Fall ist«, antworte ich ihm, nachdem ich kurz darüber nachgedacht habe.

»Das habe ich gemerkt.« Auch ohne dass er es sagt, ist mir klar, dass er auf die Begegnung mit Victoria anspielt.

Aus diesem Grund sage ich nichts weiter dazu, sondern strecke ihm nur die Zunge heraus. Ich will mich gerade nicht über sie unterhalten. Der Tag fing so schön an, da würde Victoria mir nur die Laune verderben.

Als wüsste Luke ganz genau, was gerade in meinem Kopf vor sich geht, lehnt er sich ein Stück zu mir und gibt mir einen sanften Kuss.

»Du brauchst dir wegen ihr wirklich keine Sorgen machen. Es

ist vorbei, und das war es schon lange vor unserer Trennung. Ich werde den Laden in Zukunft sogar meiden. Jetzt, wo ich weiß, dass sie dort arbeitet, habe ich keine Lust ein Treffen heraufzubeschwören. Victoria gehört eindeutig zu der Sorte Ex-Frau, der man lieber aus dem Weg geht.«

»Aber du gehst doch gerne dahin«, wende ich ein.

Er soll nicht extra wegen mir darauf verzichten, dort Abende mit seinen Freunden zu verbringen.

»Ich bin gerne dorthin gegangen«, verbessert er mich sofort mit fester Stimme. »Das war, bevor ich erfahren habe, dass meine Ex-Frau dort arbeitet.« Seine Stimme lässt keinen Zweifel daran, dass er seine Worte wirklich ernst meint.

Obwohl mir noch ein paar Worte dazu auf der Zunge liegen, beschließe ich, dass es besser ist, wenn ich nichts sage. Noch immer kann ich nicht genau sagen, was genau zwischen ihnen passiert ist, und deswegen werde ich mich da auch nicht einmischen.

»Vielleicht sollte ich das Restaurant, in dem du arbeitest, von nun an zu meinem Lieblingsort machen. Mal von dem Bett hier abgesehen.«

Es dauert eine Weile, bis seine Worte wirklich in meinem Kopf ankommen, doch dann starre ich ihn mit offenem Mund an.

»Über mein Bett können wir sprechen, allerdings gibt es bei uns im Laden keine leckeren Steaks«, erkläre ich ihm. Dabei kann ich es mir nicht verkneifen, wie ein Schulmädchen leise zu kichern.

»Och, das bekomme ich zur Not auch noch alleine hin.« Er verzieht ein wenig das Gesicht, als wäre es ihm wirklich egal. Aber ein Rest Zweifel bleibt bei mir. »Außerdem brauche ich bei euch ja nichts essen. Es reicht ja, wenn ich dich beobachte.«

Während er spricht wackelt er mit den Augenbrauen, was mir ein Lachen entlockt.

»Soll ich dich heute von der Arbeit abholen?«, fragt er mich schließlich leise. Fast macht es den Eindruck, als hätte er Angst vor meiner Reaktion, aber das kann ich mir bei einem Mann wie ihm nun wirklich nicht vorstellen.

»Fragst du mich das nur, damit ich nicht mit meinem Wagen fahre?«, hake ich nach.

Für einige Sekunden macht es den Anschein, als würde er darüber nachdenken.

»Nein, obwohl ich zugeben muss, dass es ein angenehmer Nebeneffekt ist«, antwortet er mir schließlich.

Kurz schneide ich eine Grimasse und ziehe eine Schnute.

»Ich muss bis 24 Uhr dableiben, wahrscheinlich wird es zu spät für dich. Ich weiß ja nicht, wie du morgen arbeiten musst«, gebe ich zurück.

»Das ist nicht zu spät für mich. Wenn es um dich geht, dann würde ich auch noch ein paar Stunden länger wach bleiben.«

Seine einfachen Worte verschlagen mir die Sprache. Mir ist klar, dass ich gerade wahrscheinlich total bescheuert aussehen muss, aber ich kann es nicht ändern.

In meinem Kopf überschlagen sich die Gedanken, weil ich nach den richtigen Worten suche, die ich sagen kann.

»Luke, ich …«, beginne ich zögerlich, doch er lässt mich nicht aussprechen.

Mit einem leidenschaftlichen Kuss bringt er mich zum Schweigen. Dabei fahren seine Hände über meine Arme und meinen Hals. Zärtlich streicht sein Daumen über meine Wange und sorgt dafür, dass sich eine Gänsehaut auf meinem Körper bildet.

Dieser Kuss scheint eine Ewigkeit zu dauern. Als er sich ein winziges Stück von mir entfernt, bin ich völlig außer Atem.

»Das meine ich ernst und es hat nicht nur etwas mit deinem Wagen zu tun«, flüstert er an meinen Lippen. »Los Angeles ist eine große Stadt und um diese Uhrzeit treiben sich hier viele komische Gestalten herum, was sie gleichzeitig auch zu einer gefährlichen Stadt macht. Ich will einfach nicht, dass du dann noch alleine unterwegs bist und dir etwas passiert.«

Eine Weile ist es ruhig zwischen uns. Doch dann bildet sich ein leichtes Lächeln auf meinem Gesicht.

»Du bist süß«, murmle ich, lehne mich ein Stück zu ihm und drücke ihm einen Kuss auf die Lippen.

»Wenn du willst, kannst du mich auch um drei vom Revier abholen. Ich bringe dich dann zur Arbeit und hole dich wieder ab. Dann kannst du deinen Wagen hier stehen lassen.«

Hoffnungsvoll betrachtet er mich.

Ihn von der Arbeit abzuholen und umgekehrt mich von ihm zur Arbeit bringen zu lassen fühlt sich an, als wären wir ein richtiges Paar. Und dieser Gedanke setzt ein warmes Gefühl in mir frei.

»Gerne«, antworte ich ihm deswegen und betrachte ihn.

Ohne etwas zu sagen zieht er mich an sich und drückt mir einen Kuss auf die Stirn. Ich genieße die Ruhe, die gerade zwischen uns herrscht und schließe die Augen. Sein Geruch steigt mir in die Nase und gibt mir zu verstehen, dass er heute Morgen schon unter der Dusche stand.

»Nettes Duschgel.«

»Ja, ich dachte, dass ich mal etwas Neues probieren sollte«, scherzt er, wird in der nächsten Sekunde jedoch sofort wieder ernst. »Ich muss jetzt los, sonst komme ich noch zu spät. Bestell Anna nachher schöne Grüße von mir. Wir werden in den nächsten Tagen mal wieder gemeinsam dorthin fahren.« Ein letztes Mal küsst er mich, ehe er aufsteht und das Schlafzimmer verlässt. Doch bevor er in den Flur geht, dreht er sich noch einmal um und wirft einen wehleidigen Blick in meine Richtung.

»Hau ab«, fordere ich ihn auf. Dabei kann ich es aber nicht lassen, die Decke noch ein wenig weiter nach unten zu ziehen, so dass noch mehr Haut aufblitzt.

Ich sehe, dass er wirklich darüber nachdenkt, ob er nicht wieder zu mir kommen soll. Doch schließlich siegt sein Pflichtgefühl. Ein leises Seufzen dringt ihm noch über die Lippen, ehe er sich umdreht und aus meinem Sichtfeld verschwindet.

Es dauert kurz, doch dann höre ich, wie die Wohnungstür aufgeschlossen und wieder zugezogen wird.

Ein paar Minuten bleibe ich noch im Bett liegen. Meine Hand befindet sich auf der Stelle, auf der Luke gerade noch lag. Sie ist warm, und auch sein Geruch liegt noch in der Luft, den ich gierig einatme.

Es kommt mir vor, als würde ich ihm auf irgendeine Weise näherstehen. Und das nicht nur aus dem Grund, weil wir mehrmals miteinander geschlafen haben.

Nein, hierbei geht es um etwas anderes. Etwas Emotionales.

Leise seufze ich, während ich ein letztes Mal in die Richtung der Schlafzimmertür schaue. Nachdem ich einen großen Schluck aus der Tasse genommen habe, schnappe ich mir mein Handy, das neben mir auf dem Nachttisch liegt. Mit flinken Fingern entferne ich die Tastensperre und öffne das Testfeld meiner Nachrichten-App.

Habt ihr Zeit, oder seid ihr anderweitig beschäftigt?

Mehr schreibe ich nicht, sondern schicke die Nachricht an meine Schwestern. Nach allem, was in den letzten Stunden passiert ist, kommt es mir vor, als müsse ich mit jemanden darüber sprechen, der nicht Luke heißt. Und Melody und Haley sind die einzigen beiden, denen ich da wirklich vertrauen kann.

Während ich auf eine Antwort warte, driften meine Gedanken wieder zu Luke ab. Ich habe wieder sein Gesicht vor Augen, und für einen kurzen Moment kommt es mir wirklich so vor, als wäre er noch hier bei mir in diesem Raum, in diesem Bett.

Ich bin heute zu Hause und ich würde meinen Hintern darauf verwetten, dass auch Melody nichts vorhat.

Die Nachricht von Haley lässt mich lächeln. In der letzten Zeit passiert es nur selten, dass beide gleichzeitig Zeit haben.

Ich hole die Brötchen und du den Aufschnitt. In einer Stunde treffen wir uns bei ihr.
Bis nachher!

Um ihm noch einmal nah zu sein, lege ich mich auf die Seite, auf der Luke die Nacht verbracht hat und ziehe mir die Decke über den Kopf.

Ich will noch nicht aufstehen, am liebsten würde ich den ganzen Tag im Bett verbringen, bis ich ihn abholen soll. Der Gedanke ist zwar wirklich verlockend, aber ich will auch mal wieder Zeit mit meinen Schwestern verbringen und auch zu Anna fahren.

Vor allem zu Anna!

Also schlage ich die Decke zur Seite und stehe auf. Nackt gehe ich ins Badezimmer, um mich fertig zu machen.

»Wie komme ich denn zu der Ehre?«, fragt Melody uns, als Haley und ich eine Stunde später beladen vor ihrer Tür stehen.

»Wir dachten, dass wir dich einfach mal überraschen«, erwidere ich gut gelaunt und gehe an ihr vorbei, um die beiden Brötchentüten auf den Tisch zu legen.

»Ist Scott wach?«, fragt Haley nun und folgt mir.

Kurz ist es ruhig und ich kann hören, wie Melody die Tür hinter uns schließt, ehe sie antwortet.

»Ja, der ist aber schon unterwegs.«

»Um diese Uhrzeit ist er beim Training?«, erkundige ich mich.

»Was? Nein, das wäre dann doch etwas früh. Wir haben eine neue Wohnung gefunden und dafür wollte er irgendeine Überraschung besorgen. Keine Ahnung was, aber ich weiß, dass Scott ein Staatsgeheimnis daraus macht.«

An ihrem Ton kann ich erkennen, dass es sie nicht stört, dass Scott kein Wort darüber verliert. Aber ich weiß auch, dass sie es liebt, wenn er sie überrascht.

»Glückwunsch, das sind doch mal super Nachrichten«, rufe ich von der Küche aus. »Dann habt ihr es ja bald geschafft.«

Sie haben es sich wirklich verdient, endlich aus diesem kleinen Loch herauszukommen.

»Ja, ich freue mich auch«, seufzt Melody und holt dabei ein paar Teller aus dem Schrank, um sie auf dem Esstisch zu verteilen.

»Ihr bekommt eine neue Wohnung. Der Umbau des Hauses geht auch langsam voran. Nun müssen wir uns nur noch um Brooke kümmern«, verkündet Haley, nachdem sie den ganzen

Aufschnitt auf dem Tisch verteilt hat. »Aber irgendwie habe ich das Gefühl, als würde es bei ihr auch langsam bergauf gehen.«

Bei ihren Worten spanne ich mich automatisch an. Sie wissen ja noch nichts von meiner gemeinsamen Nacht mit Luke. Obwohl Haley es vorhin noch versucht hatte zu erfahren, war ich standhaft geblieben und habe kein Wort gesagt.

Doch das hat nur dafür gesorgt, dass ich endlich alles erzählen will.

»Na ja …«, beginne ich zögerlich und lasse mich dabei auf einen der Stühle sinken. Mit den Fingern streiche ich mir meine Haare aus dem Gesicht, die mir die Sicht versperren.

Vor wenigen Sekunden noch waren Haley und Melody dabei den Tisch zu decken. Aber dieses eine Wort hat gereicht, dass meine Schwestern sich zu mir umdrehen und mich neugierig betrachten.

»Na ja was?«, hakt Melody nach. Dabei zieht sie die Augenbrauen ein Stück nach oben und lässt mich keine Sekunde aus den Augen.

Ich winde mich, aber andererseits bin ich auch froh darüber, mit ihnen darüber sprechen zu können. Sie sind meine Schwestern und wenn es jemanden gibt, der mir helfen kann, dann sind es die beiden.

Also erzähle ich ihnen von der den letzten Stunden und auch vom Kinderheim. Es tut gut, ihnen endlich davon zu berichten. Es fühlt sich an, als würde ich ein lang gehütetes Geheimnis lüften.

»Wow, ich würde mal sagen, er hat eine harte Schale und einen weichen Kern«, erklärt Haley, nachdem sie sich ein Brötchen beschmiert hat.

Ich sehe zu ihr und bemerke das vergnügte Funkeln in ihren Augen.

»Ich möchte den Mann übrigens kennenlernen, der es geschafft hat, meiner Schwester den Kopf zu verdrehen.«

»Er hat mir nicht den Kopf verdreht«, protestiere ich sofort mit energischer Stimme.

An den Gesichtern meiner Schwestern erkenne ich, dass sie

mir nicht glauben. Sie schauen mich an und warten darauf, dass ich noch etwas sage.

Ein letztes Mal atme ich tief durch und nehme mir so wenigstens noch ein paar Sekunden, ehe ich spreche.

»Okay«, gebe ich also zu. »Aber nicht so, wie ihr es denkt.«

»Wie denn dann?«, fragt mich nun Melody.

Ja, wie denn dann? Kurz denke ich über die Frage nach.

»Okay, vielleicht doch so, wie ihr meint«, flüstere ich.

»Jetzt verstehe ich kein Wort mehr.« Haley scheint wirklich nicht mehr zu wissen, was sie denken soll und mir geht es irgendwie genauso.

Luke verwirrt mich, so dass ich nicht einmal mehr in der Lage bin einen klaren Gedanken zu fassen.

»Okay, Brooke. Spuck es schon aus. Das Gleiche haben wir mit Scott und Travis auch durchgemacht. Vielleicht haben wir ja einen Ratschlag für dich. Aber auch einfach darüber zu sprechen wirkt schon Wunder.« Die Stimme von Melody klingt ungeduldig. Neugierig sieht sie mich an, während sie darauf wartet, dass ich endlich etwas sage.

»Ich empfinde etwas für ihn«, platzt es schließlich aus mir heraus. »Aber ich weiß noch nicht, wo uns das hinführt. Ich weiß ja nicht einmal, ob er auch etwas für mich empfindet, oder es einfach nur ein Vergnügen für ihn ist.«

Kaum habe ich die Worte ausgesprochen geht es mir besser. Es fühlt sich an, als hätte man mir eine riesige Last von den Schultern genommen. Eine schwere Last, von der ich nicht einmal gewusst habe, dass ich sie trage.

Obwohl ich es nicht ihm gesagt habe, bin ich doch froh darüber, dass mir die Worte über die Lippen gekommen sind.

Nachdem meine Schwestern auch nach einer Ewigkeit nichts gesagt haben, wage ich einen kurzen Blick in ihre Gesichter. Beide schauen mich glücklich und zufrieden an.

»Mom wird das mit Sicherheit interessieren. Bring ihn doch am Samstag zum Essen mit.«

Kaum hat meine älteste Schwester ausgesprochen verschlucke

ich mich an einem Stück Käse. Hustend versuche ich mich wieder in den Griff zu bekommen, während ich diesen Vorschlag nicht aus dem Kopf bekomme.

»Super Idee. Ein paar Stunden mit unserer Familie und er spricht danach wahrscheinlich kein Wort mehr mit mir«, murmle ich und gebe ihr so zu verstehen, was ich von der Idee halte.

»Scott und Travis halten es doch auch aus«, gibt nun Melody von sich und grinst mich dabei auch frech an. »Ganz so schlimm scheint es also nicht zu sein.«

Stumm gebe ich Melody zu verstehen, dass sie ganz genau weiß, wie unsere Familie ist.

»Ja, aber die beiden sind auch fest mit euch zusammen. Luke und ich hingegen sind kein Paar. Das solltest du nicht vergessen.«

Melody verzieht ein wenig das Gesicht, als würde sie sagen wollen, dass das ja noch werden kann. Allerdings bin ich ihr dankbar, dass sie die Worte nicht ausspricht.

»Hast du Angst, dass wir ihn vergraulen könnten?«, fragt mich nun Haley. Als ich in ihre Augen sehe, erkenne ich das Funkeln, was mir zu verstehen gibt, dass sie ihre Frage nicht ernst meint.

»Ich liebe Mom und Dad und auch Oma, das wisst ihr. Aber ich weiß einfach nicht, ob es schon der richtige Zeitpunkt für diese Feuerprobe ist.«

»Na ja, Travis kannte Oma, bevor er mich kannte«, erinnert mich Haley.

»Und Scott war beim Essen zu Hause aufgetaucht, um mich abzuholen«, fügt Melody noch hinzu.

Im Stillen muss ich den beiden recht geben. Aber das ändert nichts an meiner Einstellung.

»Ich werde es mir überlegen«, gebe ich also schnell von mir, da ich die Befürchtung habe, dass die beiden erst dann aufgeben werden, wenn ich *Ja* gesagt habe.

Aber an den Gesichtsausdrücken meiner Schwestern kann ich erkennen, dass sie mit meiner Antwort zufrieden sind. Außerdem kann ich ihnen dabei zusehen, wie sie einen vielsagenden Blick untereinander austauschen.

»Und wann seht ihr euch wieder?«

Zögerlich antworte ich Melody auch auf diese Frage. Aufmerksam hören sie mir zu. Doch je mehr ich erzähle, umso mehr grinsen sie von einem Ohr bis zum anderen.

»Du hattest mir doch geschrieben, dass er verheiratet war«, wirft nun Melody in den Raum.

Haley bekommt große Augen und schaut dann zu Melody. Diese beachtet sie überhaupt nicht und lässt stattdessen mich nicht aus den Augen.

Da sie es nun schon erwähnt hat, berichte ich ihnen das über Victoria, was ich von ihr weiß.

»Scott hatte mir nicht gesagt, dass Luke verheiratet war. Aber wir haben auch nicht damit gerechnet, dass ihr euch so gut versteht. Ich habe wirklich nur gedacht, dass du diesen Kurs machst und dadurch mal etwas unter Menschen kommst, die du noch nicht kennst.«

Melody sieht mich mit einem entschuldigenden Ausdruck an. Aber ich bin nicht sauer auf sie.

»Ich mache dir auch keinen Vorwurf daraus. Genauso wenig, wie ich es Luke mache. Die Ehe mit ihr hätte ich wahrscheinlich auch für mich behalten«, erwidere ich und trinke einen Schluck Kaffee.

»Aber sie stört dich«, stellt Haley fest.

»Stören ist das falsche Wort. Aber sie hat etwas an sich, das ich nicht einordnen kann«, murmle ich leise vor mir hin.

»Hmm«, macht Melody nur und sagt ansonsten nichts mehr dazu. Darüber bin ich aber froh. Ich will mich nicht über diese Frau unterhalten.

»Wie sieht's eigentlich aus? Wollt ihr demnächst mal vorbeikommen und euch das Haus anschauen?«, wechselt Haley das Thema. »Ich weiß, dass ich eigentlich ein Geheimnis daraus machen wollte. Aber ich bin mir nicht sicher, ob ich mich auf dem richtigen Weg befinde, weswegen ich es euch gerne zeigen würde.«

Haley war immer unsere große Schwester gewesen, die den

Durchblick gehabt hatte und genau wusste, was sie tun musste. Sie hatte immer eine Vorstellung davon, wie etwas aussehen sollte. Dass sie nun aber unsere Hilfe dabei braucht zeigt mir, dass auch sie mal nicht weiß, ob etwas richtig oder falsch ist.

»Wenn du uns schon einlädst, dann werde ich auf jeden Fall nicht nein sagen«, erwidere ich. Auch Melody freut sich sofort darüber.

»Und wann können wir deine neue Wohnung sehen?«, sage ich und drehe mich zu Melody.

»Bis zum Umzug dauert es noch ungefähr vier Monate. Sie wird gerade komplett renoviert. Aber dann brauche ich auf jeden Fall eure Hilfe. Nicht beim Umzug direkt. Den wird Scott mit ein paar seiner Kumpels machen. Aber es gibt auch so genug zu erledigen.«

»Wenn was ist, sag Bescheid und wir sind sofort da«, erklärt Haley.

Sie hat noch nicht ganz ausgesprochen als ich höre, wie die Wohnungstür aufgeschlossen wird und kurze Zeit später wieder ins Schloss fällt.

»Ich wusste gar nicht, dass wir Besuch haben«, ertönt plötzlich die Stimme von Scott hinter mir.

Als ich mich zu ihm umdrehe sehe ich, dass er bereits auf Melody zugeht. Ich beobachte die beiden dabei, wie sie sich begrüßen.

Als ich die beiden betrachte werde ich eifersüchtig. Wie von alleine schleicht sich Luke in meine Gedanken. Ich sehe wieder sein Gesicht vor meinen Augen und spüre seine Lippen auf meinen. Seine Hände, wie sie immer wieder meinen Körper erkunden, und seine Küsse, mit denen er mir klar zu verstehen gegeben hat, dass er nur mich will.

Mir kommt wieder sein wehleidiger Ausdruck von heute Morgen in den Sinn. Und genau den kann ich auch nicht mehr zur Seite schieben.

»Die beiden haben mich überrascht«, klärt Melody Scott auf und reißt auch mich somit aus meinen Gedanken.

»Wie spät ist es?«, frage ich in die Runde, da ich die Uhrzeit total aus dem Auge verloren habe. Dabei will ich noch genug Zeit haben, um zu Anna zu fahren, bevor ich mich auf den Weg zu Luke mache.

»Gleich elf«, antwortet Melody.

»Dann muss ich auch langsam los. Ich habe noch eine Verabredung im Kinderheim.« Während ich spreche, greife ich nach meiner Tasche, die hinter mir auf dem Stuhl liegt.

»Bestell Luke nachher schöne Grüße von deinen Schwestern und sag ihm, dass wir ihn auf jeden Fall kennenlernen wollen«, erklärt Haley und zwinkert mir dabei einmal kurz zu.

In dem Moment, in dem ich Luft holen will, um etwas zu erwidern, dringt die tiefe Stimme von Scott an meine Ohren.

»Luke?« Dieses Mal ist es Scott, der mich neugierig ansieht.

»Das kann Melody dir erklären«, erwidere ich deswegen nur und stehe auf.

»Da bin ich ja mal gespannt.«

Ich hebe ein Stück meinen Kopf und schaue ihn an. Aber nicht wegen seiner Worte, sondern eher wegen der Art und Weise, wie er es gesagt hat. Er hat einen verschwörerischen Ton aufgesetzt, der mir genau zeigt, dass er sich schon denken kann, was da zwischen seinem Freund und mir läuft.

In mir kommt der Verdacht auf, dass Luke ihm etwas erzählt hat.

Die beiden haben in den letzten Tagen sicherlich miteinander gesprochen.

Die meisten Frauen wären jetzt wahrscheinlich sauer, oder zumindest wäre es ihnen peinlich. Aber ich muss sagen, dass es mich nicht stört. Schließlich habe ich doch auch vorhin mit meinen Schwestern darüber gesprochen.

Und der Gedanke, dass Luke sich mit Scott über mich unterhält lässt mich neugierig werden. Gerne würde ich ihn ausquetschen und fragen, was sein Freund genau gesagt hatte. Doch diesen Wunsch schiebe ich schnell wieder zur Seite. Ich bin mir nicht sicher, ob das so eine gute Idee wäre.

»Ich wünsche dir heute noch viel Spaß«, sagt Melody, als sie mich in ihre Arme schließt.

»Mal schauen«, murmle ich und verziehe dabei ein wenig das Gesicht. Da sie mich kennt weiß sie genau, dass ich meine Worte nicht auf Luke beziehe sondern auf meine Arbeit. Wir haben zwar noch nicht darüber gesprochen, aber sie wird mir ansehen, dass ich nicht mehr so zufrieden bin, wie es noch vor einem Jahr der Fall war.

»Such dir endlich etwas anderes. Etwas, was dir Spaß macht. Etwas, was du gerne machst. Ich meine es ernst. Und irgendwie habe ich das Gefühl, als würdest du jetzt auf dem richtigen Weg sein.« Mit diesen Worten drückt sie mir einen Kuss auf die Wange.

Ich hasse es, wenn meine jüngere Schwester recht hat, aber trotzdem erwidere ich nichts. Stattdessen lächle ich sie kurz an und verabschiede mich ebenfalls von Haley.

Dann verlasse ich die Wohnung und gehe zu meinem Wagen.

Auf der Fahrt zum Kinderheim habe ich immer wieder über die Worte meiner Schwester nachgedacht. Etwas zu finden, was mir Spaß macht und mit dem ich mir vorstellen kann, mein Geld zu verdienen ist gar nicht so einfach. Genau das habe ich während meiner Schulzeit immer und immer wieder versucht. Schon damals war ich daran gescheitert.

Aber nun bin ich älter, erwachsen, und deswegen kenne ich mich und meine Interessen besser. Trotzdem fällt es mir nicht leicht darüber nachzudenken.

Während ich mit Anna spielte, habe ich diese Sorge vergessen. Ich habe mich nur auf sie konzentriert. Und sie ist dabei aufgeblüht. Ich konnte ihr förmlich dabei zusehen, wie sie von Minute zu Minute lockerer wurde.

Doch nachdem ich mich von ihr verabschiedet habe, kamen die Gedanken schlagartig zurück. Alles in meinem Kopf drehte sich um Luke und meine berufliche Zukunft.

»Verdammt«, murmle ich leise vor mich hin, als ich langsam an der Straßenseite entlangfahre.

Alle Parkplätze sind belegt und keiner der Fußgänger macht Anstalten, sich in eines der Autos zu setzen und es wegzufahren.

Ich will gerade schon eine erneute Runde drehen, als ich sehe, wie ein Wagen ein paar Meter vor mir aus einer Lücke fährt. Schnell halte ich darauf zu, damit kein anderer sie mir vor meiner Nase wegschnappt, und stelle meinen Wagen dort ab.

Ein sanftes Lächeln bildet sich auf meinem Gesicht, als ich im Rückspiegel das Auto von Luke entdecke.

Ich bin so nervös, dass ich am ganzen Körper zittere. Der Gedanke daran, dass ich ihm gleich gegenüberstehen werde, lässt mein Herz schneller schlagen. Schmetterlinge erwachen in meinem Bauch und fliegen wild durcheinander.

Ein paar Sekunden bleibe ich noch sitzen, um mich wieder in den Griff zu bekommen. Allerdings merke ich, dass es nicht besser wird, so dass ich aussteige.

Doch kaum habe ich den Bürgersteig betreten, würde ich mich am liebsten wieder umdrehen und verschwinden. Wie angewurzelt bleibe ich stehen, während mein Kopf versucht zu verarbeiten, was ich da sehe. Dass alle anderen gerade um mich herum laufen müssen ist mir bewusst, interessiert mich aber überhaupt nicht.

»Scheiße«, murmle ich leise vor mir hin.

Victoria.

In einiger Entfernung steht sie und schaut immer wieder auf die Uhr, als würde sie auf jemanden warten. Da sie sich im Schatten befindet und immer wieder Menschen vor uns den Gehweg überschreiten, sieht sie mich nicht, worüber ich froh bin.

Bitte, lass sie nicht auf Luke warten, fährt es mir durch den Kopf. Dieser Gedanke gefällt mir nicht. Das wäre das Letzte, was ich heute noch gebrauchen kann.

Ich atme noch einmal tief durch, ehe ich meine Schultern straffe und mich wieder in Bewegung setze.

Doch kaum habe ich mich der großen Treppe ein paar Schritte genähert sehe ich, dass sie ein breites Lächeln aufsetzt und sich ebenfalls bewegt. Kurz habe ich die Befürchtung, dass Luke herausgekommen ist.

Jedoch werden diese schnell verstreut, als ich ihr mit den Augen folge. Aus dem Gebäude tritt ein Mann, der ungefähr das Alter von Luke hat, und geht auf sie zu. Ich beobachte Victoria dabei, wie ihm um den Hals fällt und ihn glücklich anstrahlt.

Ein riesiger Stein fällt von meinem Herzen.

So unauffällig wie möglich gehe ich an den beiden vorbei und steuere dabei auf die große Tür zu, aus der ihr Freund gerade gekommen ist. Ich hoffe nur, dass ich im Inneren verschwinden kann, bevor sie mich doch noch bemerkt hat.

Mir ist klar, dass mein Verhalten kindisch ist, aber ich habe das Gefühl, dass es besser ist, wenn ich ihr aus dem Weg gehe.

Ich komme nicht weit, denn im nächsten Moment geht die Tür erneut auf und Luke kommt heraus.

Noch in der gleichen Sekunde entdeckt er mich. Ein glücklicher Ausdruck macht sich auf seinem Gesicht breit, den ich nur erwidern kann.

Luke steht nicht einmal direkt vor mir, hat aber trotzdem eine Wirkung auf mich, der ich mich nicht entziehen kann.

Es dauert ein paar Sekunden, bis ich bemerke, dass er sich umgezogen hat. Aber trotzdem sieht er noch so verführerisch aus wie heute Morgen.

Sein enges schwarzes Shirt betont seine Muskeln bei jeder Bewegung. Seine helle Jeans sitzt ihm so tief auf den Hüften, dass ich mir sicher bin, würde er kein Oberteil tragen, würde man ganz genau das sexy V erkennen, das zu seinem besten Stück führt. Die Tatsache, dass er an seinem Gürtel noch immer seine Dienstwaffe in dem Holster trägt, lässt ihn sogar noch heißer aussehen.

Er verschlägt mir den Atem, so dass ich kurz nicht in der Lage bin weiterzugehen.

Luke dreht sich zu den beiden Männern und sagt etwas zu ihnen. Leider bin ich zu weit von ihm entfernt, um seine Worte zu verstehen.

Doch dann sieht er mich wieder an und kommt schnell auf mich zu.

»Hi«, begrüße ich ihn.

Aus dem Augenwinkel kann ich erkennen, dass ein paar der Frauen, die sich um uns herum befinden, ihn neugierig ansehen. Luke macht jedoch nicht den Anschein, als würde er davon etwas mitbekommen. Er sieht nur mich an. Fast ist es so, als wären wir alleine auf der Welt.

Nach ein paar Sekunden kommt es mir vor, als könnte ich all meine Empfindungen nicht mehr vor ihm verstecken. Ich erwarte schon fast, dass er irgendetwas sagt, aber das tut er nicht.

Stattdessen überbrückt er die restliche Distanz zwischen uns, schließt mich in seine Arme und küsst mich leidenschaftlich. Ich spüre, dass die Männer, mit denen er gerade das Gebäude verlassen hat, uns beobachten. Blende sie aber aus, als ich meine Hände auf seine Brust lege.

Das hier fühlt sich viel zu gut an, als dass ich es unterbrechen will.

Ein paar Sekunden später schießt mir das Blut ins Gesicht, als ich die leisen Pfiffe um uns herum höre. Die kann ich leider nicht so gut ignorieren.

Trotzdem versuch ich sie auszublenden und konzentriere mich stattdessen auf Luke.

Es dauert einen Moment, doch schließlich lösen sich unsere Lippen voneinander und er sieht mich an. Nachdem er mich aufmerksam betrachtet hat, wird sein glücklicher Gesichtsausdruck sofort fragend.

Mir ist klar, dass er mir ansieht, dass mir einige Dinge im Kopf herumgehen, aber gerade will ich nicht darüber sprechen. Deswegen schüttle ich leicht den Kopf und gebe ihm so zu verstehen, dass wir uns später darüber unterhalten können.

»Hi Luke, willst du uns deine Freundin nicht vorstellen?«, ertönt es nun hinter ihm. Die Frage lenkt ihn ein wenig ab, worüber ich in diesem Moment froh bin.

Luke schaut mich an und zwinkert dabei sogar verschwörerisch, ehe ich neugierig an ihm vorbeischaue. Die beiden Männer stehen in einiger Entfernung, lassen uns aber keine Sekunde aus den Augen.

Luke zieht mich dicht an sich heran, so dass ich vor ihm stehe. Nicht einmal mehr ein Blatt Papier würde zwischen uns passen.

»Das sind meine Kollegen, Malcolm und Jim«, stellt er mir die beiden Männer vor. »Jungs, das ist meine bessere Hälfte Brooke.«

Bei seinen letzten Worten kann ich nicht verhindern, dass ich mich ein wenig anspanne. Wir haben noch nie darüber gesprochen, ob wir ein Paar sind oder nicht. Ich war immer davon ausgegangen, dass er seine Freiheit genießt.

Trotzdem muss ich zugeben, dass es ein schönes Gefühl ist, dass er mich so nennt und mich sogar seinen Freunden vorstellt.

Doch bevor ich mir noch weiter darüber den Kopf zerbrechen kann, beschließe ich, dass ich seine Worte einfach so stehen lassen werde und genieße das wunderbare Gefühl.

»Schön, dass wir dich endlich mal kennenlernen. Seit ein paar Tagen hört man ja schon keinen anderen Namen mehr von Luke. Es gibt nur noch Brooke hier und Brooke dort«, erklärt Jim. Ein freches Grinsen hat sich auf seine Gesichtszüge geschlichen.

Redet Luke wirklich so viel über mich?, frage ich mich, während ich zwischen den beiden Männern hin und her schaue. Luke hat seinen Griff um meine Hüfte noch verstärkt und gibt so stumm für alle zu verstehen, an welche Seite ich gehöre.

Obwohl mir die Worte seines Kollegen ein wenig peinlich sind, bin ich doch glücklich darüber. Sie zeigen mir, dass ich ihm wirklich genug bedeute, damit er sogar seinen Kollegen von mir erzählt. Obwohl man sich ja sonst immer erzählt, dass Männer eher etwas zurückhaltend sind.

Als ich mich zu ihm drehe, begegne ich seinem etwas unsicheren Gesichtsausdruck. Aufmunternd lächle ich ihn an, da ich ihm deswegen nicht böse bin. Ich finde es sogar süß.

Glücklich kuschle ich mich an ihn und genieße die Zweisamkeit. Obwohl seine Freunde neben uns stehen, will ich ihm nahe sein. Sollen sie doch ruhig wissen, dass er mich genauso in seinen Bann gezogen hat wie ich ihn anscheinend auch.

Luke unterhält sich noch ein wenig mit den Jungs über die Arbeit, doch ich höre kaum zu.

Gerade fühle ich mich rundum zufrieden.

Dieses Gefühl verschwindet aber schnell wieder, als die schrille Stimme von Victoria an meine Ohren dringt.

»Ach, so eine schöne Überraschung«, ruft sie aus und klatscht dabei begeistert in die Hände. Bei ihren Worten spanne ich mich automatisch an.

In der gleichen Sekunde spüre ich, wie Luke mich noch ein Stückchen näher an sich heran zieht. Ich hebe meinen Kopf und betrachte ihn. Luke hingegen schaut kurz zu seinen Freunden, die ihn fragend ansehen, bevor er mich wieder ansieht.

Wahrscheinlich hat er Angst, dass ich wieder verschwinde, überlege ich.

Jetzt, da ich von ihr weiß, gibt es keinen Grund, wieso ich verschwinden sollte. Ich bin nun gewappnet, auch wenn ich nicht sonderlich glücklich darüber bin, dass sie uns bemerkt hat.

Ich werde hier stehen bleiben und mich dieser Frau stellen.

Ich muss zugeben, dass sie auch jetzt wieder makellos aussieht, allerdings nur vom Hals aufwärts. Jedes einzelne Haar liegt perfekt und ihr Make-up ist dezent gewählt. Ihre Klamotten sind das genaue Gegenteil. Sie sind auffällig, so dass man hinschauen muss. Aber ich bin mir sicher, dass sie diese mit Absicht gewählt hat.

»Kann ich nicht gerade behaupten«, erwidert Luke mit unterkühlter Stimme. Dabei schaut er kurz zu dem Mann, der neben ihr steht.

»Ach, Luke«, zwitschert sie mit lieblicher Stimme und schaut ihn dabei von unten herab an. »Ich dachte eigentlich, dass wir diese Feindseligkeit bereits hinter uns gelassen haben.«

Chrystal, schießt es mir erneut durch den Kopf, so dass ich kurz überlege, ob die beiden sich vielleicht kennen. Ich bin mir sicher, dass sie sich blendend verstehen würden.

Luke hingegen geht nicht auf ihre Worte ein.

»Was willst du?«, fragt er und lässt sie dabei nicht aus den Augen. Nachdem er seine Frage beendet hat, blickt sie zu mir.

Doch dieses Mal lasse ich keinen Zweifel daran, wie wir zueinander stehen. Ich stelle mich ein wenig dichter an ihn heran und lege meine Hand auf seine Brust.

Bis auf Chrystal habe ich noch nie jemanden getroffen, dem ich gerne eine verpasse, aber bei ihr würde ich sofort eine Ausnahme machen.

Für einen kurzen Moment betrachtet sie mich, als würde sie abzuschätzen versuchen, ob ich gleich auch noch den Mund aufmache oder nicht. Aber ich ziehe es vor zu schweigen.

Die Worte, die mir über die Lippen kommen würden, wären nicht jugendfrei und ich bin mir sicher, dass es ihr nicht gefallen würde. Und das wiederum würde bedeuten, dass wir uns hier vor allen streiten, und darauf habe ich keine Lust.

»Ich wollte Pascal nur etwas zu essen vorbeibringen, da er heute Überstunden machen muss.« Die Überheblichkeit in ihrer Stimme kann ich genau hören. Außerdem erkenne ich, wie sie sich ein Stück in die Richtung des Mannes lehnt, um zu verdeutlichen, dass sie ihn meint.

Wahrscheinlich erhofft sie sich, dass Luke irgendetwas von sich gibt. Irgendetwas, nur damit sie noch einen Grund hat, um weiter die Oberzicke zu spielen. Vielleicht will sie mir aber auch zeigen, was für ein Arsch er ist. Doch würde er ihr ein paar Beleidigungen an den Kopf werfen, könnte ich das sogar verstehen.

Als Luke auch nach wenigen Sekunden nichts gesagt hat, verzieht sie beleidigt den Mund.

»Ich kann mich noch sehr gut daran erinnern, wie fertig du warst, wenn du Überstunden machen musstest.«

Bei ihren letzten Worten sieht sie demonstrativ in meine Richtung. Jedoch gehe auch ich nicht darauf ein. Jetzt, wo ich verdaut habe, dass er schon einmal verheiratet war, habe ich kein Problem mehr mit ihren Anspielungen.

Es ist sogar eher der Fall, dass ich der Meinung bin, dass sie ihn nie wirklich gekannt hat.

Pascal scheint über die Worte seiner Freundin gar nicht glücklich zu sein. Er sieht ein wenig unsicher aus, während er immer wieder zwischen uns dreien hin und her schaut.

»Ich bin begeistert«, gibt Luke in einem spöttischen Ton von sich. »Du kannst dich an etwas erinnern, das mehr als dreißig Minuten zurückliegt.«

Bei dem Klang seiner Stimme hebe ich meinen Kopf und drücke beruhigend seine Hand. Ich will nicht, dass er sich wegen ihr ärgert.

»Du hast dich wirklich kein Stück verändert«, erklärt sie nun.

»Wieso sollte ich auch?« Fragend zieht er eine Augenbraue nach oben.

Auf Lukes Frage sagt sie gar nichts mehr. Stattdessen sieht sie mich mit einem giftigen Blick an. Ohne mit der Wimper zu zucken erwidere ich diesen. Auf diese Weise gebe ich ihr zu verstehen, dass sie mich nicht noch einmal in die Knie zwingen kann.

Ein paar Sekunden ist es ruhig. Ich beschließe, dass wir verschwinden sollten, bevor der Streit in die nächste Runde geht. Bereits jetzt schauen einige seiner Kollegen in unsere Richtung.

»Komm«, sage ich zu Luke und schaue ihn dabei an. »Wir sollten langsam los, sonst komme ich noch zu spät zur Arbeit.« Meine Stimme hat einen genervten Ton angenommen, als ich endlich beschließe etwas zu sagen.

An seinen Augen erkenne ich, dass er dankbar dafür ist, von hier wegzukommen.

Victoria ist definitiv eine Naturgewalt, und keine von der guten Art.

Ohne sie weiter zu beachten dreht Luke sich wieder zu seinen Kollegen um. Noch immer schauen die beiden so, als würden sie die Unterhaltung gerade nicht einschätzen können.

»Man sieht sich, Jungs«, verabschiedet Luke sich von ihnen.

»Hat mich gefreut dich kennenzulernen. Nun habe ich endlich ein Gesicht zum Namen«, erklärt Malcolm mit einem Grinsen im Gesicht in meine Richtung.

»Schleimer«, murmelt Luke kaum hörbar neben mir. Ein leises Lachen dringt über meine Lippen, das ist aber auch meine einzige Reaktion darauf.

»Mich auch«, erwidere ich, ohne Luke dabei zu beachten.

Nachdem ich mich auch von Jim verabschiedet habe, tritt Luke neben mich und greift nach meiner Hand. In der nächsten Sekunde spüre ich seine Lippen auf meiner Haut. Meine Augen schließen sich von alleine und ich muss mich zusammenreißen, damit ich nicht seufze.

»Na komm«, murmelt er dicht an meinem Ohr.

Sein heißer Atem hinterlässt dabei eine Gänsehaut auf meinem Körper. Obwohl seine Freunde uns aufmerksam ansehen, spüre ich, wie meine Brustwarzen sich aufrichten.

Sie wollen, dass er sich wieder genauso um sie kümmert, wie er es letzte Nacht getan hat.

Das hier ist aber definitiv der falsche Ort, um so auf seine Nähe zu reagieren. Deswegen atme ich so unauffällig wie möglich tief durch und versuche mir dabei nicht anmerken zu lassen, welche Reaktion er mir mit Leichtigkeit entlockt.

»Ja«, flüstere ich nur, da ich zu mehr nicht in der Lage bin. Es kommt mir vor, als müsse ich etwas sagen.

Luke betrachtet mich noch einmal mit so viel Gefühl, dass mir schwindelig wird, bevor er sich umdreht und in Bewegung setzt.

Hand in Hand gehen wir an den anderen vorbei, um zu den Autos zu gelangen. Mir ist bewusst, dass Victoria noch immer dort steht und uns beobachtet. Aber das interessiert mich überhaupt nicht. Luke hat nun zum zweiten Mal klargestellt, dass er nichts mehr mit ihr zu tun haben will und das ist alles, was ich wissen muss.

Soll sie doch mit Pascal glücklich werden.

»Ich fahre dir nach«, verkündet Luke, nachdem wir vor meinem Auto stehen geblieben sind.

Als er mich anspricht, zucke ich leicht erschrocken zusammen, habe meine Reaktion jedoch schnell wieder im Griff. Ich schaue zu ihm auf. Er steht so dicht vor mir, dass seine Brust bei jedem Atemzug meine berührt. Meinen Kopf muss ich ein Stück in den Nacken legen, damit ich ihn betrachten kann.

»Alles klar«, erwidere ich nur, nachdem seine Worte in meinem Kopf angekommen sind.

»Was ist los mit dir?« Fragend sieht er mich an. »Ich merke schon etwas länger, dass du etwas auf dem Herzen hast.«

Es scheint fast so, als würden seine Augen mich durchdringen. Mir ist klar, dass er so versucht mich zum Reden zu bekommen, wie er es wahrscheinlich auch als Polizist macht. Aber das hier ist nicht der richtige Zeitpunkt, geschweige denn die richtige Umgebung, um über so etwas zu sprechen.

»Nichts«, flüstere ich. Ich trete einen Schritt nach hinten und öffne dabei meine Handtasche, um den Schlüssel für das Auto herauszuholen.

»Hmmm.« Mehr gibt er nicht von sich, aber das muss er auch nicht. Mir ist klar, dass er es mir nicht glaubt.

Irgendwie ist es gruselig, dass er mich bereits so gut kennt. Auf der anderen Seite finde ich es aber auch beruhigend.

»Keine Ahnung. Ich mache mir in der letzten Zeit nur ein paar Gedanken«, gebe ich schließlich nach und zucke dabei gleichgültig mit den Schultern. »Vielleicht sollte ich damit ein wenig aufhören.«

Nachdenklich sieht er mich an. In seinen Augen erkenne ich so viele Gefühle, dass ich gar nicht weiß, wo ich anfangen soll.

»Na komm, damit du dich noch etwas ausruhen kannst, bevor du zur Arbeit musst.« Mit diesen Worten schiebt er mich auf die Fahrerseite meines Autos und öffnet die Tür. Dies macht er aber nicht, ohne einen argwöhnischen Blick auf den Wagen zu werfen.

»Ich weiß«, murmle ich und strecke ihm dann die Zunge heraus.

Als Antwort zieht er nur die Augenbraue nach oben.

»Männer«, seufze ich und verdrehe dabei ein wenig die Augen, während ich einsteige und mich anschnalle.

Und da sag noch mal jemand, dass wir Frauen kompliziert sind!

10

»Mir tun die Füße weh«, grummle ich, als ich mich neben Luke in seinen riesigen Wagen setze. »Sorry, dass du so lange warten musstest, aber heute war einer der wenigen Tage, an denen ich nicht pünktlich herauskomme, weil so viel zu tun war.«

Ich lehne mich zu ihm, um ihm einen Kuss auf die Lippen zu drücken, ehe ich mich wieder in meinen Sitz sinken lasse. Das mir nur die Füße weh tun ist leicht untertrieben. Ich spüre jeden einzelnen Knochen und vor allem einen.

Damit ich ihm nicht in die Augen schauen muss, schnalle ich mich an.

»Kein Problem«, erwidert Luke nur und greift mit der Hand nach meiner, um sie zärtlich zu drücken. Seine warme Haut auf meiner zu spüren lässt den Stress der letzten Stunden von mir abfallen, so dass ich mich ein wenig entspanne. »Nun bist du ja da.«

»Ja, und ich habe nicht vor, so schnell wieder zu verschwinden«, gebe ich mit einem Grinsen zurück.

Eine Weile ist es ruhig zwischen uns. Luke sieht mich ein letztes Mal an, bevor er den Wagen startet und sich in den fließenden Verkehr einfädelt. Obwohl das Auto so riesig ist, befördert er es mit Leichtigkeit aus der Parklücke.

Wahrscheinlich würde ich bei dem Versuch diesen Wagen und die anderen beiden zu Schrott fahren, denke ich und kichere leise.

»Was ist?«, fragt Luke und schaut zu mir.

»Nichts, ich habe mir gerade nur etwas vorgestellt«, gebe ich zurück, schaue dabei an ihm vorbei.

»Irgendwie kann ich mir auch vorstellen, was.« Sein tiefes Lachen dringt durch das ruhige Auto.

Müde betrachte ich ihn. Obwohl ich gerne Scherze mit ihm mache, bin ich nach den letzten Tagen einfach zu müde und will nur noch in mein Bett.

»Schließ doch deine Augen ein wenig. Ich beeile mich auch, damit du schnell aufs Sofa kannst.«

Einen kurzen Moment denke ich über seinen Vorschlag nach, doch dann schüttle ich den Kopf.

»Ist schon in Ordnung. Würdest du mich nicht abholen, müsste ich ja schließlich auch alleine mit meinem Wagen fahren«, erwidere ich. Doch an seinem angespannten Kiefer kann ich sehen, dass er nicht glücklich über meine Worte ist.

»Erinnere mich daran, dass ich dich immer um diese Uhrzeit abhole. Egal ob ich Nachtschicht habe oder nicht.«

Seine Worte sorgen dafür, dass ich ihn mit großen Augen ansehe.

Ist das sein Ernst?

An seinem Gesichtsausdruck kann ich erkennen, dass er es wirklich so gemeint hat.

Ich überlege, ob ich etwas dazu sagen soll, doch da ich zu müde bin, um mit ihm zu diskutieren, entscheide ich mich dagegen.

»Und was hast du während der letzten Stunden gemacht?«, erkundige ich mich stattdessen, um das Thema zu wechseln.

Als er hinter einem LKW warten muss, dreht er sich ein wenig zu mir. Stumm gibt er mir zu verstehen, dass er ganz genau weiß, was ich vorhabe.

»Erst habe ich trainiert, wo mir übrigens auch Scott über den Weg gelaufen ist. Dann war ich noch in meiner Wohnung, um dort nach dem Rechten zu sehen und ein paar Sachen einzupacken«, antwortet er mir. Während er spricht zeigt er auf eine Tasche, die sich auf dem Rücksitz befindet.

Verblüfft schaue ich ihn an.

»Du hast ein paar Sachen geholt?«, frage ich vorsichtig nach.

Mein Herz schlägt noch in der gleichen Sekunde in einem Tempo weiter, was mich atemlos zurücklässt.

»Es sei denn, du willst mich nicht bei dir haben. Ich kann auch nach Hause fahren.«

»Nein!«, rufe ich, nachdem er ausgesprochen hat. Ich bin selber ein wenig erschrocken darüber, so dass ich mich schnell räuspere und möglichst normal weiterspreche. »Ich meine, klar will ich dich bei mir haben.«

Er verschränkt seine Finger mit meinen und führt meine Hand an seinen Mund, um einen zarten Kuss auf meine Haut zu drücken. Dieser ist kaum spürbar, aber er sorgt dafür, dass sich ein Kribbeln in meinem Bauch breitmacht.

»Und dann habe ich uns noch etwas vom Chinesen geholt. Hoffentlich hast du noch nichts gegessen. Ich war mir nicht ganz sicher.«

Erst jetzt fällt mir der Geruch von Essen in dem Auto auf. Wie auf Kommando beginnt mein Magen zu knurren.

Gemeinsam fangen wir an zu lachen.

»Ich glaube mein Magen hat dir gerade die Antwort darauf gegeben. Seit dem Frühstück mit meinen Schwestern habe ich nichts mehr gegessen«, erkläre ich ihm.

Nachdem ich seine Hand losgelassen habe, fahre ich mir über mein Gesicht. Ich habe die Hoffnung, dass ich so die Müdigkeit vertreiben kann, aber dem ist leider nicht so. Sie hat mich fest im Griff und macht keine Anstalten wieder zu verschwinden.

»Wieso hast du das nicht gesagt? Wir hätten etwas essen können, bevor ich dich zur Arbeit gebracht habe. Ich hätte uns schnell eine Kleinigkeit machen können.«

Seine Stimme klingt vorwurfsvoll, was dafür sorgt, dass ich ein schlechtes Gewissen bekomme.

Ich antworte nicht auf seine Frage, sondern streiche mit den Daumen über seine Hand, die auf meinem Bein liegt. Sanft massiert er die Stelle, was dafür sorgt, dass meine Augen wieder etwas schwerer werden.

Müde sinke ich noch ein wenig tiefer in den Sitz hinein. Obwohl ich meine Augen kaum noch offenhalten kann, schlafe ich nicht ein.

Stattdessen schaue ich Luke an. Die Schatten der vorüberziehenden Lichter lassen ihn noch gefährlicher und gleichzeitig verführerischer aussehen.

Ich bin so auf ihn konzentriert, dass ich gar nicht merke, wie mein Wohnhaus in Sichtweite kommt.

Erst, nachdem er seinen Wagen hinter meinen eingeparkt hat, bricht er das Schweigen, was zwischen uns herrschte.

»Dieser Job ist nichts für dich«, erklärt Luke mit fester Stimme.

Ein wenig verwundert über seine Worte schaue ich ihn an. Mit seinen Worten spricht er das aus, was mir in den letzten Tagen auch durch den Kopf gegangen ist. Doch das kann er nicht wissen.

»Ja, wahrscheinlich hast du recht«, seufze ich und lasse meinen Kopf dabei nach vorne fallen.

»Wieso kündigst du dann nicht einfach und suchst dir etwas, was dir mehr Spaß macht?«

Noch während er spricht, hebe ich langsam wieder meinen Kopf und schaue ihn an. Obwohl wir im Dunkeln stehen, kann ich seinen fragenden Gesichtsausdruck erkennen.

Ich nehme mir ein paar Sekunden Zeit, um über meine Antwort nachzudenken. Doch dann hole ich tief Luft.

»Ich habe keine Ahnung, was ich sonst machen soll.« Ohne darauf zu warten, ob er noch etwas sagen will, steige ich aus und schließe die Tür wieder hinter mir.

Diese Worte auszusprechen fällt mir schwer. Sie halten mir vor Augen, dass ich noch lange nicht an dem Punkt bin, an dem ich mich für einen Weg entschieden habe.

Kaum habe ich mich zwei Schritte entfernt, höre ich, wie Luke die Tür hinter sich schließt und den Wagen abschließt. Schweigend läuft er neben mir her zur Tür, was aber nichts daran ändert, dass er mich immer wieder prüfend ansieht. Allerdings ignoriere ich es, beziehungsweise ich versuche es.

Hand in Hand gehen wir die Treppen nach oben, bis wir die

Tür zu meiner Wohnung erreicht haben. Luke nimmt mir den Schlüssel aus der Hand und schließt sie auf.

»Setzt dich aufs Sofa. Ich werde mich ums Essen kümmern«, weist er mich an, nachdem wir sie betreten haben.

Gerne würde ich erwidern, dass ich das doch auch machen kann, doch noch bevor ich die Gelegenheit habe den Mund zu öffnen, küsst er mich sanft, aber bestimmt. Nachdem er sich ein Stück von mir entfernt hat lächelt er mich an, dreht mich herum und schiebt mich vor sich her in das Wohnzimmer.

Normalerweise würde ich protestieren, aber ich bin froh darüber, dass er mir diese Anweisung gegeben hat. Mir tun die Füße weh, auch meine Schultern sind total verspannt. Ich bin froh darüber, dass ich mich überhaupt noch bewegen kann. Und allein schon, weil mein rechter Oberarm vorhin etwas abbekommen hat, bin ich glücklich, dass ich nichts mehr machen muss.

Nachdem ich mich auf das große Sofa gesetzt habe, beobachte ich ihn dabei, wie er wieder im Flur verschwindet. Nach zwei Sekunden kommt er wieder zurück. In den Händen hält er die beiden Tüten und verteilt den Inhalt auf dem kleinen Tisch.

Nachdem er sich neben mich gesetzt hat, reicht er mir eine Schachtel, in der sich Reis und Hähnchen befindet.

»Danke«, murmle ich leise und hebe dabei meinen schmerzenden Arm, um nach der Gabel zu greifen, die auf dem Tisch liegt.

Da mir bewusst ist, dass Luke mich aufmerksam ansieht, versuche ich mir nichts anmerken zu lassen. Als ich jedoch in sein Gesicht schaue weiß ich, dass er es genau bemerkt hat.

»Ist alles in Ordnung?«, fragt er mich.

»Ja, ich bin einfach nur müde.« Mehr sage ich nicht, sondern hoffe, dass er es mir abkauft. Der Mist heute auf der Arbeit hat den letzten Tagen noch die Krone aufgesetzt.

»Du kannst deinen Arm kaum bewegen«, stellt er fest, als wäre es das Normalste auf der Welt.

Ich hingegen halte mitten in der Bewegung inne.

Was hast du erwartet? Er ist ein Polizist und deswegen auf-

merksamer als andere. Außerdem kann er in dir lesen wie in einem Buch, ermahne ich mich selbst. Ich war wirklich so dumm gewesen und hatte geglaubt, dass ihm nichts auffällt.

»Was ist passiert?«, fragt er mich und sieht mich dabei abwartend an.

»Es gab heute eine Schlägerei im Restaurant«, antworte ich ihm.

»Eine Schlägerei?« Ungläubig betrachtet Luke mich. Er lässt die Flasche sinken, die er gerade noch in der Hand hatte, bis er sie schließlich auf den Tisch stellt. Dies macht er, ohne die Augen von mir zu nehmen.

»Ja, wie sich herausgestellt hat, war es nur ein Missverständnis«, erkläre ich ihm schnell.

»Und wie ist es zu diesem *Missverständnis* gekommen?« Abwartend sieht er mich an.

Ich weiß, dass ich seiner Frage nicht ausweichen kann. Trotzdem nehme ich mir ein wenig Zeit, um mir die richtigen Worte zurechtzulegen. Das ist jedoch gar nicht so einfach.

»Eine Frau kam mit einem Mann rein. Keine Ahnung, so genau habe ich die beiden auch nicht beobachtet. Ich wusste ja nicht, dass es noch einmal wichtig werden würde. Auf jeden Fall kam irgendwann ein anderer Mann reingestürmt und ist auf den Typen losgegangen, ohne ersichtlichen Grund.«

»Ohne Grund?« Luke zieht die Augenbrauen ein Stück nach oben.

»Er kam rein und hat sich gleich auf ihn gestürzt«, wiederhole ich meine Worte und zucke dabei mit den Schultern.

»Und was ist dann passiert?«, fragt er mich, nachdem es einige Sekunden ruhig zwischen uns war.

»Nichts Besonderes. Die Polizei wurde gerufen und ein paar Männer haben versucht sie zu trennen, was ein wenig gedauert hatte. Wie sich später herausgestellt hat, war er der Mann dieser Frau und durch einen dummen Zufall gerade an dem Restaurant vorbeigegangen. Er wusste nicht, dass es sich um ein Geschäftsessen handelt. Für ihn sah es nach etwas ganz anderem aus.«

Aufmerksam sieht Luke mich an. Ich hingegen verziehe ein wenig das Gesicht, da ich nicht weiß, was ich sonst machen soll.

»Und wieso tut dir dann der Arm weh?« Luke streckt seine Hand aus und streicht sanft mit den Fingern über meine Haut.

»Als die beiden Männer versucht haben sie zu trennen, wollte ich schnell zur Seite gehen und bin dabei gegen den Türrahmen gestolpert«, erkläre ich ihm.

»Wenn du den Arm kaum noch vernünftig bewegen kannst, bist du aber mehr als nur gestolpert.«

Seine Augen durchdringen mich und lassen keinen Zweifel daran, dass er wütend ist. Ich spüre, dass er nicht auf mich sauer ist, ich kann ja schließlich nichts für die Schlägerei. Und deswegen bleibt nur noch die Möglichkeit, dass er schlechte Laune hat, weil er nicht dabei war.

Und diesen Gedanken finde ich irgendwie süß.

Mit meinen Fingern greife ich nach seinen und drücke sie fest.

»Ein paar deiner Kollegen waren da«, füge ich noch schnell hinzu und hoffe, dass es seine Stimmung ein wenig bessert.

Ich will ihm auf diese Weise zeigen, dass er sich keine Gedanken machen muss.

An seiner Körperhaltung kann ich erkennen, dass meine Worte auch nicht dazu beitragen, dass es ihm bessergeht. Er presst die Lippen zu einer dünnen Linie zusammen und betrachtet mich dabei aufmerksam. Jeden Zentimeter meiner Haut, denn er sehen kann, tastet er mit den Augen ab. Es kommt mir vor, als würde er sichergehen wollen, dass ich nicht noch mehr Verletzungen habe.

Die nächsten Sekunden kommen mir wie Minuten vor. Sehnsüchtig warte ich darauf, dass er irgendetwas sagt, um mir zu zeigen, dass er es verdaut hat.

Ich verstehe ja, dass er sich Sorgen macht, aber deswegen heißt es nicht, dass er sie sich machen soll.

»Okay«, raunt er schließlich leise und streicht dabei mit der Hand über meine schmerzende Stelle. Ich bin mir sicher, dass ich eine schöne Prellung morgen dort sehen kann, aber das ist mir gerade egal.

Aus diesem Grund lächle ich ihn einfach an und lasse mich wieder nach hinten in die Kissen sinken.

»Nun bin ich noch mehr davon überzeugt, dass dieser Job nichts für dich ist.«

Mit diesen Worten erinnert er mich an die Unterhaltung, die wir vorhin im Auto angefangen haben.

»Und was soll ich stattdessen machen? Soll ich wieder bei meinen Eltern einziehen? Ich habe nicht einmal eine Berufsausbildung. Etwas anderes werde ich also nicht finden«, erinnere ich ihn.

An dem Blick, den er mir zuwirft erkenne ich, dass er mit meiner Antwort nicht zufrieden ist. Ich bin es ja selber nicht einmal, aber sie ist wahr. Eine andere Möglichkeit habe ich nicht.

Auf jeden Fall so lange, wie ich etwas anderes noch nicht habe.

Diese Erkenntnis ist für mich selber ja schon nicht einfach. Aber leider kann ich in der nächsten Zeit nichts daran ändern.

Ich sehe ihm an, dass er noch etwas dazu sagen will. Aber er tut es nicht, was ihm allerdings schwerfällt. Das erkenne ich an seinem verbissenen Ausdruck in den Augen.

Das restliche Essen verläuft ruhig. Obwohl ich öfter seine Augen auf mir spüre gehe ich nicht darauf ein. Aber auch Luke sagt nichts mehr.

Nachdem wir gegessen haben, setzt er sich hinter mich und beginnt meine verspannten Schultern zu massieren. Glücklich sinke ich an seine Brust, bis ich schließlich einschlafe.

Die nächsten Tage gehen genauso vorbei wie dieser. Wenn Luke auf der Arbeit ist, bin ich entweder selber arbeiten, oder ich verbringe die Zeit mit Anna.

Ich sehe ihr dabei zu, wie sie immer offener und lockerer wird, während ich immer mehr das Gefühl habe, als würde mein Leben mich zerdrücken.

Von Tag zu Tag habe ich weniger Lust auf meinen Job. Meine Freiheit lockt mich nicht mehr so, wie es in den letzten Jahren der Fall gewesen war.

Mehrmals erwische ich mich dabei, dass ich mich frage, wieso ich nicht einfach nach der Highschool aufs College gegangen bin, um wenigstens zu studieren. Das würde es mir wenigstens einfacher machen, einen anderen Job zu finden.

Trotzdem bereue ich es nicht, dass ich damals so gehandelt habe. Ich hatte so die Chance selbständig zu sein, ohne vorher jahrelang etwas dafür getan haben zu müssen.

Doch mit jeder Sekunde, die ich mit Luke und Anna verbringe, sehne ich mich mehr nach etwas anderem.

Ich will eine Familie haben, ich will etwas in meinem Leben tun, auf das ich stolz sein kann. Und anderen ihr Essen zu bringen zählt auf jeden Fall nicht dazu.

Nun sitze ich auf meinem Bett, während Luke neben mir tief und fest schläft. Leise seufze ich und streiche mir dabei ein paar Haare aus dem Gesicht. Obwohl ich müde bin, schaffe ich es nicht, die nötige Ruhe zu bekommen, um endlich zu schlafen.

Immer wieder schaue ich zu Luke. Aber das ist nicht der Grund dafür, dass ich nicht schlafen kann. Die Bilder von ihm zusammen mit den Kindern gehen nicht aus meinem Kopf.

Heute waren wir gemeinsam wieder beim Kinderheim. Maggy hatte sich darüber gefreut, mindestens genauso sehr wie die Kinder. Vor allem die Jungs hatten ihn sofort in Beschlag genommen.

Zusammen waren sie am Toben und Lachen gewesen. Er sah glücklich und zufrieden aus, genauso wie ich mich in der Gegenwart von Anna fühle.

Ein paarmal hatte er gemerkt, dass ich ihn beobachte und mich angegrinst, bevor die Jungs wieder über ihn hergefallen sind.

So sehr ich es auch versuche, aber diese Bilder gehen mir nicht mehr aus dem Kopf.

Ich bin so in meine Gedanken vertieft, dass ich überhaupt nicht merke, dass Luke sich neben mir bewegt.

»Hi, wie spät ist es?«, dringt seine leise Stimme durch meine Gedanken zu mir hindurch.

Erschrocken zucke ich zusammen, als ich seine Hand auf meinem Bein spüre.

»Es ist vier Uhr morgens«, antworte ich ihm, nachdem ich auf die Uhr gesehen habe.

Luke greift nach meiner Hand und zieht mich ruckartig an seinen Oberkörper heran.

Kaum habe ich neben ihm das Kissen berührt, dringt sein Geruch in meine Nase und lässt mich meine Augen schließen.

»Verrätst du mir auch, was um diese Uhrzeit dafür sorgt, dass du nicht schlafen kannst?«, fragt er mich weiter. Dabei streicht er sanft über meinen Rücken.

Seine Stimme ist so leise, dass sie nicht mehr als ein Wispern ist. Da sich seine Lippen direkt an meinem Ohr befinden, kann ich jedes Wort deutlich verstehen.

Sein heißer Atem streift über meine empfindliche Haut. Sie sorgt dafür, dass ich für einen Moment nicht mehr weiß, wo oben und unten ist.

»Eine Menge«, antworte ich schließlich und drücke einen Kuss auf seine Brust.

»Hmmm«, macht er nur.

»Was soll das denn heißen?«

»Ich habe einen kleinen Verdacht, um was es sich dabei handelt.« Seine Worte sorgen dafür, dass ich meinen Kopf hebe, um ihn ansehen zu können. Frech grinst er mich von einem Ohr bis zum anderen an.

Ich reagiere nicht direkt darauf, sondern strecke ihm bloß die Zunge raus, ehe ich mich auf meiner Hand neben ihm abstütze.

»Ja, meine Arbeit und auch mein Auto sind Bestandteile davon«, gebe ich von mir.

»Wenn du meinst«, erklärt er mir.

In diesem Moment frage ich mich, was im schlimmsten Fall passieren könnte. Er könnte abhauen und mich verfluchen. Ich genieße die Zeit viel zu sehr, als dass ich es deswegen kaputt machen will. Irgendwann werden wir darüber sprechen müssen, ewig werde ich es nicht vor ihm geheim halten können. Gerade will ich aber einfach nur die Zweisamkeit genießen.

»Du weißt, dass du jederzeit mit mir sprechen kannst. Egal, was dich beschäftigt.« Kaum hat er ausgesprochen, greift er nach meinem Hintern und zieht mich auf sich drauf.

Erschrocken gebe ich einen leisen Schrei von mir. Überrascht halte ich mich an seinen Schultern fest, um mein Gleichgewicht wieder zu finden.

In der nächsten Sekunde ziehe ich scharf die Luft ein, als ich spüre, dass sein Schwanz hart ist. Er drängt sich an meine Mitte, die sofort feucht wird.

Da ich kein Höschen trage, wäre es leicht für ihn, einfach in mich einzudringen. Allerdings tut er das nicht. Stattdessen greift er mit der linken Hand nach meinem Hals und hält mich fest, während mir heißer wird.

»Und was machen wir das ganze Wochenende? Ich muss schließlich nicht arbeiten und kann mich deswegen voll und ganz auf dich konzentrieren«, flüstert er in einem geheimnisvollen Ton.

Mit wenigen Worten schafft er es, dass Bilder vor meinem inneren Auge auftauchen, die definitiv nicht jugendfrei sind. Und auf jedem einzelnen davon sind wir nackt.

Mein Mund wird trocken und mein Puls schießt in die Höhe. Allein bei der Vorstellung, dass wir genau das die nächsten Stunden machen, richten sich meine Brustwarzen auf.

Er zieht mich weiter zu sich hinunter und macht dabei keine Anstalten, seine Augen von mir zu nehmen.

Aus halb geschlossenen Augen sehe ich, wie er seinen Kopf ein Stück hebt.

Es dauert einen Moment, bis ich mich daran erinnere, über was wir gerade noch gesprochen habe. Doch dann versuche ich eine Antwort auf die Reihe zu bekommen.

»Keine Ahnung«, raune ich, während er mit der Zunge über meine Halsschlagader fährt.

Ich habe Mühe das Zittern zu unterdrücken, was meinen

Körper entlanglaufen will. Mit einem Schmunzeln nimmt er zur Kenntnis, dass mir ein leises Stöhnen über die Lippen dringt.

»Wie wäre es, wenn wir die nächsten zwei Tage im Bett verbringen?«, schlägt er vor, während seine Fingerspitzen über meinen Rücken streichen.

Ich muss zugeben, dass dieser Vorschlag verführerisch klingt und ich genau das auch gerne machen würde. Trotzdem habe ich im Hinterkopf, dass ich eine Verabredung dieses Wochenende habe, die ich unbedingt einhalten muss. Mal abgesehen von dem Date mit Anna.

»Zwischendurch muss ich nur raus, da wir uns jeden Samstagmittag bei meinen Eltern zum Essen treffen«, gebe ich tonlos von mir.

Ich bin nicht in der Lage klar zu denken, während er so etwas mit mir macht. Und ich bin mir sicher, dass er genau das auch weiß.

Seine Lippen gleiten über meine Schultern und mit den Zähnen beißt er sanft hinein. In der nächsten Sekunde küsst er die Stelle.

»Und was soll ich in der Zwischenzeit machen?«

Bei seinen Worten entferne ich mich ein Stück von ihm und schaue ihn an.

»Wie wäre es, wenn du mitkommst? Scott wird auch da sein, so dass du auf jeden Fall schon mal eine Person kennst. Und ich bin mir sicher, dass du dich auch gut mit Travis, dem Verlobten meiner großen Schwester, verstehen würdest.«

Kaum habe ich ausgesprochen, beiße ich mir auf die Lippen. Er sieht mich auf eine Weise an, bei der mir ganz anders wird. Die Lust, die ich gerade noch verspürt habe, ist schlagartig verschwunden.

Die nächsten Sekunden kommen mir wie eine Ewigkeit vor.

In meinem Kopf überlege ich schon, wie ich es ihm am besten sagen soll, dass er es nicht muss, wenn er keine Lust hat. Schließlich will ich ihn nicht dazu zwingen. Doch da öffnet er schon den Mund.

Mir stockt der Atem, während ich hoffe, dass er mir keine Abfuhr erteilt.

»Falsch«, entgegnet er mit fester Stimme.

Fragend schaue ich ihn an, da ich mir nicht sicher bin, worüber er überhaupt spricht.

»Ich kenne zwei Personen dort. Du bist mir ja schließlich auch nicht fremd.«

Erleichterung macht sich in mir breit. Ein glückliches Lächeln erscheint auf meinem Gesicht. Er hat zwar nicht zugesagt, mich auch nicht für bescheuert erklärt.

Ich habe keine Chance etwas zu erwidern, da er sich bereits in der nächsten Sekunde so gedreht hat, dass er auf mir liegt. Seine sanften Lippen fahren über meine Haut und die Stoppeln seines Bartes kitzeln mich.

»Also?«, frage ich ihn, als er mir einen Moment zum Durchatmen gibt.

»Ich komme gerne mit. Vorausgesetzt, dass es für deine Eltern in Ordnung ist.«

»Mach dir darum mal keine Sorgen«, raune ich und habe dabei im Hinterkopf, dass vor allem meine Oma sich sicherlich freuen wird. Sie macht kein Geheimnis daraus, dass sie ein Fan von Scott und Travis ist, was vor allem dem Aussehen der Jungs zu verdanken ist. Sie ist aber auch froh darüber, dass meine Schwestern zwei Männer gefunden haben, auf die sie sich verlassen können. Denn in dem Punkt braucht man sich nichts vormachen, sie werden von ihnen auf Händen getragen.

Aber auch meine Eltern freuen sich, was mich zu der Vermutung bringt, dass sie fast schon erwarten, dass ich auch bald einen Partner mit nach Hause bringe. Und aus diesem Grund glaube ich kaum, dass sie sich beschweren würden, wenn sie Luke kennenlernen.

In der nächsten Sekunde zieht er wieder meine Aufmerksamkeit auf sich, als er meine Brustwarze in seinen Mund zieht. Ein leises Stöhnen dringt mir über die Lippen und meine Fingernägel kratzen über seine Arme.

Ich spüre, wie er immer weiter nach unten wandert, bis er an meinen Hüften angekommen ist. Ohne Vorwarnung schiebt er zwei Finger in mich hinein. Er entlockt mir ein Geräusch, das ich vorher noch nie von mir gegeben habe.

Mein Rücken biegt sich durch und meine Augen schließen sich ein Stück. Gleichzeitig krallen sich meine Fingernägel in dem Bettlaken fest.

Langsam kommt er wieder nach oben, während er meine Beine ein Stück auseinanderschiebt und mich immer wieder mit den Fingern bearbeitet. Als nächstes merke ich, wie er seinen steifen Schwanz in mich hineinschiebt.

Scharf ziehe ich die Luft ein, während ich mich noch etwas mehr für ihn öffne. Er weckt ein Verlangen in mir, das ich vorher noch nie gespürt habe. Ich wusste nicht einmal, dass es dieses Ausmaß annehmen kann.

Immer weiter dringt er in mich ein, bis er sich ganz in mir befindet.

»Luke«, stöhne ich und versuche dabei verzweifelt all meine Empfindungen in den Griff zu bekommen.

Doch das ist gar nicht so einfach. Immer wieder entfernt er sich von mir, nur um mich dann wieder komplett auszuweiten. Dabei leckt er über meine harten Nippel.

Es dauert nur wenige Sekunden, bis ich nicht mehr weiß, wo oben und unten ist.

Unter meinen Fingern spüre ich, wie auch Luke sich anspannt. Ich weiß, dass nicht mehr viel fehlt, ehe er kommt. Aber so lange kann ich nicht mehr warten.

Noch während ich meine Beine enger um seine Hüfte schlinge, erfasst mich wie aus dem nichts der Orgasmus und zieht mich mit sich. Luke kommt im gleichen Moment wie ich. Immer wieder flüstert er meinen Namen, während er sein heißes Sperma in mich pumpt.

Es dauert eine Ewigkeit, bis ich wieder zu mir komme. Luke lässt mich nicht aus den Augen, während mein Puls sich langsam beruhigt.

Dieser Höhepunkt war mit Abstand der intensivste, den ich je hatte.

Nachdem sich mein Herzschlag wieder einigermaßen beruhigt hat, drückt er seine Lippen sanft auf meine. Die Berührung ist zwar nur oberflächlich, aber trotzdem klammere ich mich an ihm fest.

Als er sich wieder von mir löst, sieht er mich mit einem frechen Grinsen auf den Lippen an.

Langsam gleitet er aus mir heraus, was mir ein leises Seufzen entlockt. Ich will nicht von ihm getrennt sein, aber mir ist klar, dass wir nicht ewig so hier liegen können. Irgendwann würde er mir wahrscheinlich auch zu schwer werden.

Luke legt sich neben mich und zieht mich dicht an seinen Körper heran. Müde und erschöpft sinkt mein Kopf auf seine Brust, so dass ich seinen Herzschlag hören kann. Ruhig, aber gleichzeitig auch stark, kann ich es wahrnehmen.

Es verleiht mir das Gefühl, als wäre ich angekommen, dabei weiß ich, dass genau dieses Gefühl gefährlich ist.

»Es ist egal, wie oft ich deinen Körper erkunde, wie oft ich ihn streichle und küsse, ich kann einfach nicht genug von dir bekommen«, raunt er mit vielversprechender Stimme.

Seine Worte sorgen dafür, dass mir das Blut ins Gesicht schießt. Ich bin froh, dass das Zimmer nicht hellerleuchtet ist, so dass ich mir keine Gedanken darum machen muss ob er es sieht.

»Mir geht es genauso«, murmle ich leise vor mir hin, während ich immer wieder über seine Brust streichle.

Kurz überlege ich, ob es richtig war, es zuzugeben, doch diesen Gedanken schiebe ich schnell wieder zur Seite.

Wieso sollte ich es verheimlichen? Wahrscheinlich hat er eh längst mitbekommen, dass ich feucht werde, wenn er mich nur ansieht.

Ich spüre noch, wie er mir einen Kuss auf die Haare drückt, ehe sich meine Augen schließen.

In den nächsten Stunden schlafe ich friedlich, weil ich endlich Ruhe finde.

11

Unruhig trete ich von einem Fuß auf den anderen. Immer wieder starre ich auf das Haus, das mir gerade zu groß erscheint. Doch dann schaue ich zu Luke, der gerade seinen Wagen abschließt und sich dann zu mir stellt.

Dabei lächelt er mich verführerisch an, so dass ich ihn am liebsten wieder zu seinem Wagen schleppen würde, um mit ihm zu verschwinden.

Doch da das hier der falsche Zeitpunkt ist, um über so etwas nachzudenken, wende ich mich wieder ab und schaue stattdessen auf die Haustür.

Wieso habe ich ihn bloß gefragt, ob er Lust hat mitzukommen?, frage ich mich mehrmals, aber wirklich eine Antwort kenne ich nicht darauf.

Wahrscheinlich sind mir in diesem Moment die Worte meiner Schwestern durch den Kopf gegangen. Sie hatten es ja schon vor ein paar Tagen angesprochen. Zusammen mit den Dingen, die er in diesem Moment mit mir angestellt hat, hat es dafür gesorgt, dass ich nicht mehr richtig denken konnte.

Vielleicht könnte man es auch als Kurzschlussreaktion bezeichnen.

Aber in diesem Moment kam es mir richtig vor. Und irgendwie ist das noch immer der Fall, obwohl ich das Gefühl habe, dass ich gleich nicht mehr weiß, wie ich eigentlich heiße. Meine Nervosität lässt mich unruhig werden.

Ich bin mir nicht einmal sicher, ob ich noch aufrecht stehen würde, wenn Luke sich nicht direkt neben mir befinden würde.

»Alles in Ordnung?«, fragt er mich. Während er spricht greift er nach meiner Hand und drückt sie sanft, als würde er eigentlich genau wissen, was in meinem Kopf vor sich geht.

»Ja … nein … ach, ich weiß es selber nicht«, seufze ich und lasse mich dabei gegen ihn sinken.

Kurz drückt Luke mich an sich, ehe er sich so bewegt, dass er dicht vor mir steht. Er nimmt mein Gesicht in seine Hände und schaut mich an.

»Ich muss nicht hier sein, obwohl ich deine Familie gerne kennenlernen würde. Du musst es mir nur sagen.« Kaum hat er die Worte ausgesprochen schüttle ich energisch den Kopf. Ich will gar nicht erst, dass er auf die Idee kommt, dass es anders sein könnte.

Ich will ihn hier bei mir haben!

»Das ist es nicht«, erwidere ich schnell, um meinen Taten Nachdruck zu verleihen.

»Und was ist es dann?«

In diesem Moment hasse ich ihn dafür, dass er mich dazu zwingt es auszusprechen. Um dieses Gefühl loszuwerden, halte ich mir vor Augen, dass er nicht wissen kann, wie es gerade in mir aussieht.

Wahrscheinlich wird er mich deswegen für total bescheuert erklären, aber er hat nun mal gefragt.

»Ich habe noch nie einen Mann in das Haus meiner Eltern gebracht. Keine Ahnung wieso, aber so ist es.«

Obwohl ich die Worte mit einer festen Stimme über meine Lippen bringe, bin ich unsicher. Er lässt nicht zu, dass ich ihm ausweiche. Mit einem sanften Griff umfasst er mein Kinn und zwingt mich so, ihn wieder zu betrachten.

»Und deswegen machst du dir solche Sorgen?«, fragt er mich mit einer beruhigenden Stimme.

»Ich mache mir nicht direkt Sorgen«, weiche ich ihm aus.

»Und was ist dann das Problem?«

»Es ist nur so, dass es sich anfühlt, als …«, beginne ich, breche jedoch ab. So sehr ich es mir auch wünsche, aber ich kann diesen Satz nicht aussprechen.

»Als was?« Neugierig sieht er mich an. Da Luke mich keine Sekunde aus den Augen lässt, entgeht ihm auch keine Reaktion. »Als wären wir ein Paar?«, hakt er schließlich nach.

Überrascht hebe ich meinen Kopf. Ich muss zugeben, dass ich nicht damit gerechnet habe, dass er es so direkt anspricht. Deswegen dauert es ein wenig, bis ich diese wenigen Worte verdaut habe.

Doch auch dann bekomme ich kein Wort über die Lippen, so dass ich nur kurz nicke. Ich weiß nicht genau, mit was ich gerechnet habe, aber sicherlich nicht damit, dass er sich stumm zu mir beugt und mich sanft küsst.

Auch wenn er dieses Mal seine Zunge bei sich behält, werde ich zu Wachs in seinen Händen. Er hat eine Wirkung auf mich, der ich mich einfach nicht entziehen kann. Obwohl das gerade ein Moment wäre, indem ich das gerne machen würde.

Wie von alleine legen sich meine Hände auf seine Oberarme und krallen sich in dem dünnen Stoff seines Shirts fest.

Dieser Kuss ist leider viel zu schnell vorbei. Als er einen kleinen Schritt zurücktritt, halte ich ihn zwar noch immer fest, lasse es aber zu. Seine dunklen Augen wandern über meinen Körper, ehe er mir wieder in die Augen sieht.

»Na komm.«

»Wirklich?«, frage ich ihn, da ich mir das gerade überhaupt nicht vorstellen kann.

»Sicher. Und dann rückt die Zeit näher, an der ich wieder über dich herfallen kann.«

Mit diesen Worten greift er nach meiner Hand und führt mich zur Haustür. Ich bin ein wenig perplex, so dass ich mehr hinter ihm her stolpere, als wirklich zu laufen.

Als wir vor der Tür stehen bleiben lächelt er mich aufmunternd an. Ich bin mir sicher, dass ich gerade einen Nervenzusammenbruch bekommen würde, wenn er nicht so zuversichtlich wäre.

Ein letztes Mal atme ich tief durch, ehe ich meinen Schlüssel aus der Tasche ziehe und in das Schloss stecke.

Kaum habe ich sie geöffnet, dringen die lauten Stimmen meiner Verwandten an meine Ohren. Nachdem ich kurz gelauscht habe stelle ich fest, dass sie sich nicht streiten.

Gerade könnte ich es überhaupt nicht gebrauchen, mich über die Hochzeit zu unterhalten. Und ich bin mir sicher, dass meine Mutter mich damit nicht in Ruhe lassen würde.

Ich erwarte schon fast, dass Luke ein wenig unsicher aussieht. Aber das ist er nicht. Man sieht ihm nicht an, dass er noch nie hier war und er eigentlich keine Ahnung hat, was ihn erwartet. Denn ich habe ihm nichts gesagt.

In diesem Punkt kommt ihm sein Job definitiv zur Hilfe.

Aber wahrscheinlich spielt auch die Tatsache dabei eine große Rolle, dass er schon einmal verheiratet war. Dieser Gedanke gefällt mir überhaupt nicht. Doch bevor ich mich noch mehr reinsteigern kann, verbanne ich ihn.

Das laute Lachen von meiner Oma ertönt und führt mich ins Wohnzimmer.

Sie sind so in ihr Gespräch vertieft, dass sie uns gar nicht bemerken. Ich hingegen bin froh darüber, da sie so nicht direkt über Luke herfallen.

»Brooke«, ruft meine Oma wenige Sekunden später begeistert aus, nachdem sie mich entdeckt hat. Ein strahlendes Lächeln erscheint auf ihrem Gesicht, welches noch größer wird, nachdem sie Luke bemerkt hat. Innerlich hoffe ich, dass sie während des Essens keine allzu offensichtlichen Blicke in seine Richtung wirft. Doch wirklich sicher bin ich mir nicht.

»Hi«, begrüße ich alle und umgreife seine Hand dabei noch ein wenig fester.

»Luke, altes Haus. Wie schön dich zu sehen«, ruft Scott.

Aus dem Augenwinkel sehe ich, dass Melodys Freund aufsteht, um seinen Freund zu begrüßen.

Bevor Luke zu den Männern geht, drückt er mir noch einen kurzen Kuss auf die Schläfe.

»Wo sind Mom und Dad?«, frage ich Melody, nachdem sie ebenfalls aufgestanden ist und sich neben mich gestellt hat.

Doch da sie immer wieder zwischen Luke und mir hin und her sieht, hat sie erst einmal gar nichts von meiner Frage mitbekommen. Erst, als ich mit meiner Hand, vor ihrem Gesicht herumfuchtle, zuckt sie kurz zusammen und sieht mich an.

»Mom ist in der Küche und Dad ist gerade noch mal losgefahren. Er wird mit Sicherheit aber gleich wieder da sein«, antwortet sie mir.

Ich will gerade den Mund öffnen, um etwas zu erwidern, als ich sehe, dass meine Oma sich ebenfalls neben uns stellt.

»Wer ist denn der junge Mann?«, fragt sie mich nun und schaut erst mich und dann Luke neugierig an.

»Ein Freund«, erwidere ich, während ich die Männer beobachte.

»Ihr Freund«, berichtigt mich Haley sofort und grinst dabei.

»Ahhh, das habe ich mir schon gedacht«, erwidert meine Oma.

Abwartend lehne ich mich an dem Schrank an, der hinter mir steht, und verschränke die Arme vor der Brust. Ich bin mir sicher, dass noch etwas kommt.

»Aber ich wusste ja gar nicht, dass du einen Freund hast«, wirft sie noch nach und zieht dabei die Augenbrauen ein Stück nach oben.

Mir liegen die Worte auf der Zunge, dass er auch nicht mein Freund ist. Allerdings haben wir einen Punkt erreicht, bei dem ich mir schon selber nicht mehr so ganz sicher darüber bin, weswegen ich es vorziehe zu schweigen.

»Er ist gut gebaut«, fährt sie fort, nachdem ich auf ihre Aussage nichts erwidert habe. »Ist er auch Kampfsportler?«

»Polizist«, antworte ich ihr.

Überrascht schaut meine Oma mich an. Ich kann ihr förmlich ansehen, dass sie Näheres wissen möchte. Doch noch bevor ich etwas sagen kann, erhellt sich ihr Gesicht und ein strahlendes Lächeln macht sich darauf breit.

»Auf jeden Fall muss ich sagen, dass du dir da ein hübsches Exemplar ausgesucht hast. Bei diesem Prachtexemplar von Hintern werden die Frauen bestimmt alle schwach. Aber den haben alle drei.«

Gerade habe ich noch in die Richtung der Männer geschaut, doch nun sehe ich sie mit großen Augen an. Normalerweise dürfte es mich eigentlich nicht mehr schockieren, solche Sätze aus ihrem Mund zu hören. Wenn ich mir ihr Alter vor Augen halte, muss ich jedes Mal aufs Neue schlucken.

Trotzdem freue ich mich darüber, dass sie kein Blatt vor den Mund nimmt und das anscheinend auch nicht so schnell vorhat.

Sie grinst mich von einem Ohr bis zum anderen an, ehe sie sich umdreht und verschwindet.

Als ich die Gesichter meiner Schwestern betrachte, sehe ich, dass sie sich kaum ein Grinsen verkneifen können. Ich weiß, dass es ihnen nicht anders erging, als sie mit Scott und Travis zusammengekommen sind, und die beiden wissen das auch.

»Keine Sorge«, entgegnet Melody, als sie meinen Blick bemerkt. »Sie wird es dir noch öfter vor die Nase halten.«

»Ja, das weiß ich. Man braucht sich nur euch beide anzusehen«, kontere ich und strecke ihr die Zunge heraus.

In der nächsten Sekunde muss ich lachen.

»Was ist los mit dir?«, fragt mich nun Haley und schaut mich dabei prüfend an.

»Was soll denn mit mir sein?«

»Keine Ahnung. Du bist so komisch, das ist mir schon bei unserem letzten Treffen aufgefallen.«

Einen Moment überlege ich, ob ich ihnen die Wahrheit sagen soll. Allerdings entscheide ich mich dagegen. Das hat nichts damit zu tun, dass ich nicht mit meinen Schwestern darüber reden will, denn das will ich. Ich will wirklich ihre Meinung dazu hören, obwohl ich mir bereits denken kann, was sie sagen werden.

Es hat eher was damit zu tun, dass man in diesem Haus nie wissen kann, wer noch etwas von dem Gespräch mitbekommt. Bereits als Kind haben wir diese Erfahrung mehr als einmal gemacht. Und drei potentielle Zuhörer befinden sich nur ein paar Schritte von uns entfernt.

Nachdem Melody meinen Augen gefolgt ist, greift sie ohne zu zögern nach meiner Hand.

»Jungs, wir sind gleich wieder da«, verkündet sie laut und zieht mich sofort hinter sich her.

»Wir kommen schon klar«, höre ich die Stimme von Scott hinter uns.

Ohne zu warten steuern meine Schwestern das Arbeitszimmer unseres Vaters an und schließen die Tür hinter uns, sobald wir es betreten haben. Sie drehen sich in meine Richtung und schauen mich mit einem erwartungsvollen Ausdruck an.

Ich hingegen schlucke den dicken Kloß hinunter, der sich in meinem Hals gebildet hat.

Obwohl ich ihnen gerne alles erzählen würde, fällt es mir schwer, die passenden Worte zu finden und sie auch auszusprechen.

»Raus mit der Sprache«, fordert Melody mich auf und verschränkt dabei die Arme vor der Brust. Ein wenig erinnert sich mich an unsere Mutter, wenn wir Mist gebaut haben.

Aber auch nur ein wenig.

Denn auf ihrem Gesicht hat sich definitiv nie ein so vergnügter Ausdruck breitgemacht, wie es nun bei meiner jüngeren Schwester der Fall ist.

Um mir noch ein wenig Zeit zu nehmen, gehe ich zu dem gemütlichen Schreibtischstuhl und lasse mich darauf sinken.

»Ich weiß es selber nicht«, seufze ich und betrachte dabei meine Hände, als würde ich dadurch der Antwort näherkommen.

»Du weißt es selber nicht? Solltest du das nicht eigentlich?« Ich erkenne den misstrauischen Ton in der Stimme von Haley. Dafür muss ich sie nicht ansehen.

Meine Schwestern sind meine besten Freundinnen. Aus diesem Grund weiß ich auch immer ganz genau, was gerade in ihren Köpfen vor sich geht.

»Ich denke seit ein paar Tagen, oder vielleicht sind es auch schon Wochen, keine Ahnung, einfach über ein paar Dinge nach«, erkläre ich den beiden und zucke dabei mit den Schultern.

»Und über was?« Melody lehnt sich gegen die Fensterbank und sieht mich dabei herausfordernd an.

»Irgendwie habe ich eine Idee, was du meinst«, erklärt Haley in einem leisen Ton.

Als ich kurz zu ihr schaue sehe ich, dass sie mich mitleidig ansieht.

»Ich war immer glücklich mit meinem Job und meinem Leben. Das wisst ihr. Und aus diesem Grund kam es für mich nie in Frage, etwas daran zu ändern. Aber in der letzten Zeit denke ich öfter, dass es nicht das ist, was ich machen soll«, flüstere ich in die Stille des Raumes hinein.

Bis jetzt waren mir diese Worte immer nur durch den Kopf gegangen. Aber sie nun auszusprechen, fühlt sich an, als würde ich es vor mir selber zugeben. Und erstaunlicher Weise fällt es mir leicht.

»Seit wann denkst du das?«, fragt Melody mich und zieht so meine Aufmerksamkeit auf sich.

Sie sieht mich nicht an, als würde sie gleich sagen, dass sie es schon immer gewusst hat. Sondern eher so, als würde sie sich darüber freuen, weil ich auch endlich zu dieser Erkenntnis gekommen bin.

»Eigentlich schon länger. Aber in der letzten Zeit ist dieses Gefühl immer stärker geworden, so dass ich es nicht mehr ignorieren konnte.«

Eine Weile ist es ruhig im Zimmer.

»Hast du dir auch Gedanken darüber gemacht, was du machen willst?«, fährt Melody fort und unterbricht so die Stille, die sich zwischen uns gebildet hat.

»Ja, das habe ich, jedoch bin ich zu dem Ergebnis gekommen, dass ich es nicht weiß.«

»Und wieso kommst du darauf?«

Ohne es zu wissen, hat Haley eine gute Frage gestellt. Auch darüber habe ich öfter nachgedacht. Angefangen hatte es schon, als ich die beiden und ihre Männer gesehen habe. Meine Schwestern sind glücklich, weil sie mit ihrem Leben zufrieden sind. Und dabei wurde mir klar, dass ich das nicht bin. Auf jeden Fall nicht so, wie ich es sein sollte.

»Es ist in der letzten Zeit nur so viel passiert, dass ich das Gefühl habe, als …«, beginne ich den Satz, beende ihn aber nicht.

Irgendwie fühlt es sich merkwürdig an, darüber zu sprechen, da ich die letzten Jahre immer wieder betont habe, dass ich mein Leben genauso liebe, wie es ist.

Aber ist es nicht so, dass sich das Leben immer wieder ändert? Dass Menschen sich ändern?

»Okay«, gibt nun Haley von sich und setzt sich dabei auf den großen Sessel, der in einer Ecke des Zimmers steht. Sie hat so viel Platz darin, dass sie sich fast hinlegen kann.

»Du willst etwas anderes machen, das finde ich super, wirklich. Ich habe ja schon lange darauf gewartet, dass du es sagst und bin mir sicher, dass es auch die anderen immer gehofft haben. Aber woher kommt dein plötzlicher Sinneswandel? Ist irgendetwas passiert?«

Bei ihren Worten werde ich hellhörig. Ob etwas passiert ist in der letzten Zeit?

Ja, es ist eine Menge passiert.

»Du meinst, mal abgesehen davon, dass Luke in mein Leben getreten ist und vieles verändert hat?«, frage ich sie und ziehe dabei herausfordernd meine Augenbrauen nach oben.

»Luke«, kommt es nun Melody mit lauter Stimme über die Lippen. Dabei sieht sie erst zu Haley, bevor sie sich zu mir dreht.

»Was ist mit ihm?«, frage ich vorsichtig nach.

»Hat er vielleicht etwas damit zu tun?«

Noch bevor sie ausgesprochen hat, spanne ich mich an. Ich kann nicht verhindern, dass ihre Worte sich in meinem Kopf festsetzen. Kurz denke ich darüber nach. Es war zwar auch vorher schon der Fall gewesen, aber nicht so. Erst seitdem ich Luke kenne, merke ich immer mehr und mehr, dass es etwas anderes in meinem Leben geben muss.

Da ich gerade kein Wort herausbringe, nicke ich nur.

Dabei schließe ich die Augen und lasse mich gegen die Lehne sinken.

»Das Gefühl hatte ich vorher auch schon, aber erst, seitdem ich ihn kenne, setze ich mich wirklich damit auseinander.«

»Wie läuft es denn zwischen euch?« Als die Worte in meinem Kopf ankommen, schaue ich auf.

Ich kann die Neugier von Haley verstehen und deswegen sage ich nichts dazu. Ich bin schon alleine aus dem Grund nicht böse auf sie, weil ich es bei den beiden schließlich auch war. So ist das bei uns.

Wenn eine leidet, leiden alle und wenn eine sich freut, dann freuen sich alle.

»Bei ihm werde ich ruhiger. Ich kann mich fallen lassen und muss mir keine Sorgen machen, dass er es ausnutzt, wenn ich mich ihm von meiner verletzlichen Seite zeige. Wir verstehen uns einfach, und das nicht nur im Bett.« Während ich spreche, weiche ich den beiden aus.

»Und was ist mit seiner Ex-Frau?«

»Die interessiert mich überhaupt nicht.«

»Und wieso machst du dir dann so einen Kopf?«, hakt nun Haley nach.

»Ich mache mir keinen Kopf. Es ist in letzter Zeit nur so viel auf mich eingestürzt, dass ich nicht weiß, wo ich anfangen soll. Ich habe das Gefühl, als müsste ich mir über alles gleichzeitig klarwerden.«

»Wie wäre es, wenn du bei Luke anfängst? Wenn ich dich richtig verstanden habe, dann hast du dich in ihn verliebt. Sobald ihr euren Beziehungsstatus geklärt habt, kannst du dich um deine berufliche Zukunft kümmern. Mit ihm an deiner Seite, wird es dir leichter fallen, den richtigen Job für dich zu finden. Und die Sache mit deinem Auto ist wohl das kleinste Problem.«

Ich bekomme kaum noch etwas von dem mit, was meine Schwester da gerade von sich gibt, da ich noch immer bei dem Punkt hänge, dass ich mich in ihn verliebt habe.

Liebe? Habe ich mich etwa wirklich in Luke verliebt? Ich? Obwohl ich noch nie wirklich einen Mann an mich herangelassen habe?

Ja, in seiner Gegenwart brauche ich mich nicht zu verstellen. Und seitdem ich ihn kenne, bin ich zufriedener.

Aber es ist nicht nur das.

In seiner Gegenwart fühle ich mich sicher. Er versteht mich, ohne dass ich etwas sagen muss. Es ist fast so, als könnte ich nur bei ihm zu dem Menschen werden, der ich eigentlich bin.

Wenn er nicht bei mir ist, vermisse ich ihn und wenn er bei mir ist, will ich mich an ihn kuscheln.

Scheiße, fährt es mir durch den Kopf. *Ich habe mich in ihn verliebt. In der kurzen Zeit, dir wir miteinander verbracht haben, habe ich mich in ihn verliebt.* Bei dieser Erkenntnis beginnt mein Herz schneller zu schlagen. Wie von alleine wandert mein Blick zu der Tür, auf deren anderer Seite sich Luke befindet. Ich kann hören, wie er lacht und sich mit den anderen beiden Männern unterhält. Auch die Stimme meines Vaters kann ich erkennen.

»Er hat mich seine bessere Hälfte genannt«, murmle ich mehr zu mir selber als zu meinen Schwestern. Dabei denke ich an die Situation, in der ich seine Freunde kennengelernt habe.

»Müsste ich raten, dann würde ich sagen, dass er das Gleiche für dich empfindet.«

Melody schafft es mit wenigen Worten, mir den Atem zu rauben. Mir wird schwindelig, und würde ich nicht schon sitzen, hätte ich wahrscheinlich Angst, dass ich den Boden unter den Füßen verliere.

»Was?«, frage ich meine Schwester noch einmal, um sicher zu gehen, dass ich sie richtig verstanden habe.

Doch sie grinst mich nur wie ein Honigkuchenpferd an und gibt mir so zu verstehen, dass ich mich nicht verhört habe.

»Du kannst es ruhig zugeben, es zu leugnen macht keinen Sinn«, fügt nun auch noch Haley hinzu.

Ein paarmal atme ich tief durch, bis das Gefühl der völligen Hilflosigkeit verschwunden ist. Das heißt, ganz verschwunden ist es nicht, aber wenigstens habe ich es besser im Griff.

»Okay, ja, ich habe mich in ihn verliebt. Es ist aber doch etwas sehr weit hergeholt zu sagen, dass es ihm genauso geht.«

Als ich in die Gesichter meiner Schwestern schaue, sehen sie mich an, als würden sie mich für bescheuert erklären wollen.

Als ich aufstehe, an ihnen vorbeitrete und das Zimmer verlasse, bleibe ich bei meiner Meinung. Mit festen Schritten gehe ich auf die Küchentür zu und öffne sie. Nachdem ich einen Schritt in den Raum gemacht habe, dringt der Geruch des Essens an meine Nase. Er sorgt dafür, dass mir das Wasser im Mund zusammenläuft.

Ich drehe mich in Richtung des Esstisches und sehe, dass bis auf meine Schwestern und ich bereits alle dort versammelt sind.

Als Luke mich bemerkt, lächelt er mich an und zeigt mit dem Kopf auf den leeren Stuhl, der neben ihm steht.

Es dauert ein paar Sekunden, bis ich mich in der Lage fühle, mich in Bewegung zu setzen. Langsam gehe ich auf ihn zu und lasse mich auf den Stuhl sinken. Kaum hat mein Hintern das Polster berührt, greift Luke unter dem Tisch nach meiner Hand und drückt sie sanft.

Ich drehe meinen Kopf in seine Richtung und sehe, dass er mich aufmunternd anlächelt. In diesem Moment tritt alles in den Hintergrund. Ich nehme nichts mehr wahr, da sich all meine Sinne nur noch auf ihn konzentrieren.

Ich liebe ihn, das kann ich nicht abstreiten, und deswegen versuche ich es auch erst gar nicht. Wie er für mich empfindet, weiß ich nicht. Ob ich ihn darauf ansprechen soll, weiß ich auch nicht. Aber vor allem weiß ich nicht, *wie* ich das machen soll.

Ja, eigentlich habe ich eine große Klappe und kein Problem damit, jemandem meine Meinung ins Gesicht zu sagen. Aber bei diesem Thema bin ich schüchtern. Vielleicht bin ich auch ein wenig altmodisch, weil ich der Meinung bin, dass der Mann den ersten Schritt machen sollte.

Innerlich seufzend erwidere ich sein Lächeln, ehe ich mich auf meine Umgebung konzentriere.

Das Essen verläuft in angenehmer Atmosphäre. Wie sich herausstellt, sind meine Mom und meine Oma nicht nur Fans von Scott und Travis, sondern auch von Luke. Sie behandeln ihn, als würden sie ihn schon seit Jahren kennen und nicht erst seit ein paar Minuten. Aber das freut mich.

Ich bin erleichtert darüber, dass sie ihn so gut akzeptieren. Vor allem, da ich nun weiß, dass ich ihn liebe. Trotzdem zucke ich immer wieder zusammen, wenn wir uns berühren. Dabei ist es egal, ob es durch Zufall ist, oder er unter dem Tisch seine Hand auf mein Bein legt und sanft darüberfährt.

Ich spüre immer wieder seinen fragenden Gesichtsausdruck auf mir, bin aber froh darüber, dass er hier nichts sagt. Dass ich ihm nicht ewig ausweichen kann, weiß ich.

Der Gedanke daran, ihm meine Gefühle zu gestehen, bereitet mir Magenschmerzen, so dass ich kaum einen Bissen herunterbekomme.

Als ich zu meinen Schwestern schaue sehe ich, dass es ihnen ebenfalls aufgefallen ist. Und sogar meine Oma sieht mich zwischendurch mit einem wissenden Gesichtsausdruck an. All das führt dazu, dass ich am liebsten die Küche verlassen würde.

Doch ich tue es nicht. Stattdessen bleibe ich sitzen und versuche mich so gut es geht an den Unterhaltungen zu beteiligen, die um mich herum geführt werden.

Drei Stunden später verabschieden wir uns von meiner Familie.

»Sag es ihm. Glaub mir, es wird einfacher, wenn ihr euch darüber unterhalten habt«, raunt Melody in mein Ohr, nachdem sie mich umarmt hat.

Bei ihren Worten schaue ich in die Richtung von Luke und sehe, dass er sich gerade von meinem Vater verabschiedet. Da ich noch immer nicht weiß, ob das so eine gute Idee ist, nicke ich nur. Irgendwann werde ich es ihm sagen müssen, aber wenn es nach mir geht, dann kann bis dahin noch eine Menge Zeit vergehen.

Aber auch Haley lässt nicht locker, als sie mich noch einmal fest an sich drückt.

»Du wirst die richtige Entscheidung treffen, Schwesterherz. Egal, ob es dabei um Luke geht oder um deinen Job.« Aufmunternd lächelt sie mich an.

Dieses Gefühl kann ich jedoch nicht teilen.

Doch noch bevor ich etwas erwidern kann, greift Luke nach meiner Hand, nachdem er neben mich getreten ist.

»Ich hoffe, dass wir uns bald mal wiedersehen werden«, erklärt meine Oma mit fester Stimme und zwinkert mir dabei noch zu.

Mit ihrer Aussage macht sie es auch nicht besser. Sie wirft einen letzten prüfenden Blick auf ihn, der seinen ganzen Körper mit einschließt, bevor sie sich zufrieden umdreht und wieder im Haus verschwindet.

»Komm«, fordert Luke mich auf, als nur noch meine Eltern uns gegenüberstehen, und führt mich zu seinem Wagen, wo er die Beifahrertür öffnet. Ich winke ihnen noch zu, ehe ich mich wieder auf Luke konzentriere.

»Ich muss zugeben, dass du eine sehr interessante Familie hast.«

Ein leises Lachen dringt mir über die Lippen, während Luke sich ein Stück nach vorne beugt und mich sanft küsst. Nachdem er sich wieder von mir gelöst hat, hält er mir die Autotür auf, bis ich mich gesetzt habe. Erst dann umrundet er ihn und steigt ebenfalls ein.

»Gilt dein Vorschlag noch?«, frage ich ihn, während wir durch die Straßen fahren.

»Welcher Vorschlag?«, hakt Luke nach, bevor er in die Straße einbiegt, in der ich wohne.

»Dass wir das ganze Wochenende im Bett verbringen, mal abgesehen von unseren Besuchen bei Anna«, antworte ich und rufe ihm somit seine Worte wieder ins Gedächtnis.

»Bett, Sofa, mir egal. Aber der Vorschlag steht auf jeden Fall noch.« Ein glückliches Lächeln erscheint auf meinem Gesicht. Nach dem Gespräch mit meinen Schwestern will ich mich einfach mit ihm unter der Decke verkriechen und die Welt hier draußen vergessen.

Schweigend fährt er weiter, bis er schließlich in einer kleinen Seitenstraße stehen bleibt, die sich in der Nähe meines Wohnhauses befindet.

»Das ihr keinen eigenen Parkplatz habt, ist ein echtes Problem.«

»Mich regt das auch auf. Aber ich wollte gar nicht so lange hier wohnen bleiben«, kläre ich ihn auf.

»Und wieso bist du dann noch hier?«

»Die Wohnung ist günstig, wahrscheinlich weil der Parkplatz fehlt, und die Lage ist auch nicht so schlecht. Eigentlich würde ich von hier aus auch ohne Auto überall gut hinkommen, aber irgendwie will ich nicht darauf verzichten.« Gleichgültig zucke ich mit den Schultern. Ich habe mich zwar selber schon ein paarmal darüber aufgeregt, dass ich meinen Wagen hier parken muss, aber im Endeffekt hat die Höhe der Miete immer gesiegt.

Eine Weile betrachtet Luke mich, als würde er noch etwas sagen wollen. Doch er schluckt die Worte hinunter, obwohl ich mir sicher bin, dass es ihm schwerfällt. Gerade deswegen bin ich ihm dankbar dafür.

»Na komm, lass uns die nächsten Stunden auf dem Sofa verbringen«, fordert er mich auf, nachdem ich aus dem Wagen gestiegen bin, und greift dabei nach meiner Hand.

12

Mal abgesehen von unseren Besuchen bei Anna und den anderen Kids haben wir das Wochenende auf dem Sofa verbracht. Ich habe die Zeit mit ihm mehr genossen, als ich es mir eingestehen will. Aber seine ungeteilte Aufmerksamkeit zu haben bedeutet mir viel.

Nun sitze ich in meinem Wagen und habe den Weg in die Richtung des Kinderheims eingeschlagen. Luke war heute Morgen noch früher verschwunden, als ich noch geschlafen habe. Allerdings hatte er mir eine kleine Nachricht geschrieben, die mir noch immer ein Lächeln ins Gesicht zaubert.

Da das Kinderheim auf der anderen Seite der Stadt ist, dauert es ein wenig, bis ich mein Ziel endlich erreicht habe. Zwischendurch muss ich an fast jeder Ampel halten und warten. Dabei schaue ich mir meine Umgebung aber genauer an. Alle Menschen sind in ihre Gedanken versunken und scheinen nicht sehr viel von dem mitzubekommen, was um sie herum passiert. Entweder sie schauen immer wieder auf ihre Handys oder sind so in Eile, dass sie alle anderen beinahe umrennen.

Als ich die Straße erreiche, in der sich das Kinderheim befindet, kann ich einige Pfützen auf dem Gehweg und der Straße erkennen. Auch in der letzten Nacht hat es wieder ordentlich geregnet. Doch da bereits heute Morgen wieder die Sonne schien, sieht man nun kaum noch etwas davon.

Nachdem ich eine freie Lücke am Straßenrand gefunden habe, parke ich dort meinen Wagen und steige aus. Sofort dringen die lauten Rufe der Kinder an meine Ohren.

Die jüngeren Kinder spielen draußen, während die Betreuer zwischen ihnen hin und her laufen und dabei ein wachsames Auge auf sie haben. Eine Weile bleibe ich noch an Ort und Stelle stehen und beobachte das Schauspiel. Ein paar von ihnen hüpfen durch die Pfützen, während andere mit dem Schlamm spielen, den der Regen in dem großen Sandkasten hinterlassen hat.

Während ich über die Truppe schaue, halte ich Ausschau nach Anna. Aber so sehr ich mich auch bemühe, ich kann sie nirgends entdecken. Nachdem ich sie auch beim zweiten Rundblick nicht gefunden habe, erfasst mich ein ungutes Gefühl. Mit großen Schritten gehe ich auf das Tor zu und betrete das Grundstück.

Die Betreuer, an denen ich vorbeigehe, begrüßen mich. Auch ein paar der Kinder scheinen sich darüber zu freuen, mich zu sehen. Mit freudigen Gesichtern rennen sie auf mich zu und versuchen meine Aufmerksamkeit auf sich zu ziehen. Die Jungs, die mir über den Weg laufen, fragen mich nach Luke.

Während ich auf ihre Fragen antworte, schaue ich mich immer wieder nach Anna um. Es dauert einen Moment, doch schließlich entdecke ich sie. Die Kleine steht einsam und verlassen in der Tür, die ins Innere führt, und schaut mich traurig an.

Das Bild sorgt dafür, dass ich mich nur noch auf sie konzentriere. Es gefällt mir nicht, dass sie sich wieder von den anderen abwendet, obwohl sie das in den letzten Tagen nicht mehr gemacht hatte. Das hatte mir sogar Maggy bestätigt.

»Geht doch schon mal spielen. Anna und ich werden gleich nachkommen«, sage ich zu den Kindern und nicke einer der Betreuerinnen dankbar zu, weil sie die Mädchen sofort ablenkt.

»Sie hat den ganzen Tag noch nichts gesagt«, flüstert sie mir zu, ehe sie sich umdreht und mit den Kindern verschwindet.

Kurz schaue ich ihr nach, doch dann drehe ich mich wieder in die Richtung von Anna. Noch immer steht sie da und macht nicht den Anschein, als würde sie zu mir kommen wollen.

»Hi«, begrüße ich Anna, nachdem ich mich neben sie auf die Treppe gesetzt habe.

Ich habe erwartet, dass sie meine Begrüßung wenigstens erwidert, doch sie sagt nichts. Stattdessen sieht sie mich traurig an, bevor sie den Kopf wieder hängen lässt und auf den Boden schaut.

»Willst du mir sagen, was passiert ist?«, frage ich sie. Dabei stupse ich sie leicht mit dem Ellbogen an, um sie wenigstens ein wenig zum Lachen zu bringen.

Doch ihre Lippen bleiben verschlossen. Es erscheint nicht einmal ein kleines Lächeln auf ihrem Gesicht.

Nichts.

Dieser Anblick sorgt dafür, dass mein Herz bricht. Sie sieht wieder genauso aus wie an dem Tag, an dem ich sie kennengelernt habe, und das gefällt mir überhaupt nicht.

Fieberhaft überlege ich, wie ich sie etwas aufmuntern kann, doch mir fällt nichts ein.

»Louise wurde adoptiert«, kommt es ihr schließlich leise über die Lippen.

Ihre Worte sorgen dafür, dass ich mich kurz anspanne. Damit habe ich nicht gerechnet, weswegen ich kurz nicht weiß, was ich sagen soll.

Das ich keine ausgebildete Fachkraft bin, bekomme ich jetzt wieder voll zu spüren. Sie wüsste mit Sicherheit, was sie jetzt zu ihr sagen müsste.

»Sie bekommt eine neue Familie«, schluchzt Anna nun leise und zieht so meine Aufmerksamkeit wieder auf sich.

Ich betrachte das kleine Mädchen, das in seinem kurzen Leben schon so viel erleben musste. Die Erfahrungen der anderen Kinder sind mit Sicherheit auch nicht besser, aber sie scheinen es besser zu verkraften als Anna. Obwohl ich zugeben muss, dass ich bei ihnen keine Ahnung habe, wie es am Anfang aussah.

Aber das Mädchen, das neben mir sitzt, ist schon lange genug hier, so dass sie es eigentlich hätte verarbeiten sollen.

Mit traurigen Augen betrachtet sie mich. Es tut mir weh, sie so zu sehen. Ein Kind in ihrem Alter sollte lachen und Spaß haben und sich nicht Sorgen darüber machen, ob es irgendwann einmal vielleicht eine Familie haben wird.

Es sollte eine Familie haben!

Sofort kommen mir Bilder in den Kopf von den Sachen, die meine Schwestern und ich gemacht haben, als wir jünger waren. Wir waren unzertrennlich und sind das bis heute. Ich bin glücklich, dass ich die beiden habe, und genauso sollte es Anna auch gehen.

Um sie zu trösten nehme ich sie in die Arme und drücke ihren winzigen Körper fest an mich.

Eine Weile ist es ruhig zwischen uns. An ihrer Atmung spüre ich, dass sie sich langsam beruhigt. Aber auch das Zittern ihres Körpers lässt langsam nach.

Nach einer Ewigkeit hebt sie ihren Kopf ein Stück und sieht mich an.

»Kannst du mich adoptieren?«, fragt sich mich nun leise.

Diese wenigen Worte sorgen dafür, dass mein Herz stehenbleibt. Krampfhaft überlege ich, was ich dazu sagen soll. Dabei fallen mir keine Worte ein, die richtig wären. Egal welche Möglichkeit mir durch den Kopf schießt, sie kommt mir falsch vor.

Als ich sehe, dass sie mich fragend betrachtet, entscheide ich mich dazu, dass die Wahrheit die beste Antwort ist. Wenigstens ein Teil der Wahrheit.

»Das ist nicht so einfach«, entgegne ich und versuche mir dabei den Schmerz, den ich gerade empfinde, nicht anhören zu lassen.

Nur mit Mühe gelingt es mir, die Tränen, die sich in meinen Augen gesammelt haben, wegzublinzeln.

»Wieso? Ich wäre so gerne bei dir!«, erklärt sie mit fester Stimme. Dabei macht sie mir ohne Worte klar, dass sie keine Ahnung hat, wovon ich spreche.

Und ich hätte dich gerne bei mir zu Hause, kleine Maus!, denke ich und streiche ihr dabei über die Haare.

»Ich bin nicht verheiratet«, sage ich. »Ich habe nicht einmal einen richtigen Job.« Bei meinen letzten Worten schaue ich sie nicht an, da ich nicht weiß, ob sie es versteht.

Kurz schaue ich an ihr vorbei, um mich wieder zu sammeln.

Als ich meinen Blick wieder auf ihr ruhen lasse, erkenne ich das sanfte Lächeln, das sich auf ihre Gesichtszüge gelegt hat.

»Aber du kannst doch Luke heiraten. Dann wären wir eine richtige Familie.«

In diesem Moment verfluche ich mich dafür, dass ich nicht mehr Erfahrung im Umgang mit Kindern habe. Bevor ich Anna kennengelernt habe, habe ich auch nie den Wunsch verspürt, eins zu haben.

In meinem Kopf überschlagen sich die Gedanken, auf der Suche nach einer passenden Antwort. Ich will nicht, dass sie noch länger traurig ist, aber ich will sie auch nicht anlügen. In so einer Zwickmühle habe ich noch nie gesteckt.

Gerade kann ich es nachvollziehen, wenn meine Eltern sich früher hilflos angesehen haben, weil sie nicht wussten, was sie sagen sollten.

In der gleichen Situation bin ich auch gerade.

»Anna, geh doch mit den anderen Kindern spielen. Brooke wird gleich nachkommen, ich möchte nur kurz mit ihr sprechen«, ertönt die Stimme der Heimleiterin plötzlich hinter mir.

Fast schon ein wenig zu erleichtert darüber, atme ich tief durch und lächle Anna aufmunternd an, die wiederum nicht ihren Blick von mir nimmt.

»Geh schon, ich bin gleich bei dir«, fordere ich sie auf, nachdem sie keine Anstalten macht zu gehen.

Mit einem Gesichtsausdruck, der mir klar zu verstehen gibt, dass sie nicht ganz so begeistert davon ist, steht Anna schließlich auf und geht zu den anderen. Dabei lässt sie wieder den Kopf hängen. Nachdem sie sich ein paar Schritte entfernt hat, dreht sie sich noch einmal um, um mich anzusehen.

Es fällt mir schwer, die Leiterin nicht einfach sitzen zu lassen und stattdessen Anna wieder an mich zu ziehen. Für kurze Zeit bleibt sie dort stehen, ehe sie mir den Rücken zudreht und weitergeht. An ihre Stelle setzt sich die Heimleiterin neben mich und lächelt mich an.

»Es hat sich angehört, als hätten Sie ein wenig Hilfe gebraucht.«

»Ja, danke. Ich hatte wirklich keine Ahnung, was ich dazu sagen soll.«

»Das ist normal. Es kommt auch oft genug vor, dass wir Erzieher nicht wissen, was wir von uns geben sollen. Dabei sollte man meinen, dass wir immer die passende Antwort auf Lager haben, schließlich haben wir es ja gelernt.«

Dankbar erwidere ich ihr Lächeln.

Ein leises Seufzen dringt über Maggys Lippen. Erst jetzt erkenne ich eine gewisse Müdigkeit in ihren Augen, von der ich mir nicht sicher bin, ob sie auch schon in den letzten Tagen da gewesen war. Auf jeden Fall war sie mir nicht aufgefallen. Aber da ich die meiste Zeit mit Anna beschäftigt war oder Luke beobachtet habe, würde ich nicht meinen Hintern darauf verwetten.

»Für Kinder scheint das alles immer so einfach zu sein. Manchmal wünsche ich mir, dass es tatsächlich so ist. Aber die Realität sieht leider ganz anders aus. Egal was man machen will, es ist alles mit einem Haufen Papierkram und Bürokratie verbunden.«

Während sie spricht, schaut die Heimleiterin zu den spielenden Kids. Ich atme tief durch und betrachte sie ebenfalls für einige Sekunden.

Sie sind vergnügt und haben gute Laune. Es ist keine Frage, in der Welt eines Kindes laufen die Uhren anders.

»Ja, so kann man das auch nennen«, erwidere ich. Aber in Wahrheit ist es noch viel komplizierter. »Haben Anna und Louise sich gut verstanden?«, frage ich sie und wende mich dabei ihr wieder zu.

»Eigentlich versteht Anna sich mit allen Kindern, falls sie ihnen erlaubt mit ihr zu spielen. Aber Louise war eine Art Vorbild für sie. Ich habe oft gesehen, dass Anna sie heimlich beobachtet hat beim Essen. Die Adoption hat sie vielleicht daran erinnert, was Anna glaubt nie haben zu können.«

»Einen Ort, an den sie gehört«, murmle ich leise vor mich hin.

»Dieser Job ist wirklich nicht immer einfach.«

»Das glaube ich Ihnen.«

»Aber dann gibt es wieder Momente, die einen für den ganzen Stress entlohnen. Anna mag Sie, das ist nicht zu übersehen. Selbst, wenn ich die Kleine nicht so gut kennen würde, würde ich es bemerken. Sie redet ständig über Sie, was für eine gute Mutter Sie einmal sein werden und wie glücklich Ihre Kinder sein können, Sie und Luke zu haben. Für Anna sind Sie Traumeltern.«

Automatisch spanne ich mich an. Diese Unterhaltung ist mir sogar noch unangenehmer als vorhin mit Anna. Ich weiß nicht wieso, denn es ist ja nichts Schlimmes dabei.

»Luke und ich sind nicht zusammen, auf jeden Fall nicht so. Ich meine, wir haben noch nie darüber gesprochen«, versuche ich meine Gedanken irgendwie in Worte zu packen.

Mit einem leicht belustigten Grinsen auf dem Gesicht sieht sie mich an, bevor sie sich abwendet.

»Er empfindet etwas für Sie, da bin ich mir sicher. Sonst hätte er Sie nicht hergebracht. Und Sie haben ein gutes Verhältnis zu Anna, die sich wiederum auch immer darüber freut, wenn Luke kommt. Auch in diesem Teil ist das Leben nicht immer einfach, aber sie beide wären die Einzigen, bei denen ich wirklich wüsste, dass Anna gut aufgehoben ist.«

Mehr sagt sie nicht, ehe sie aufsteht und mich alleine auf der Treppe sitzen lässt. Ich hingegen muss erst einmal ihre Worte verdauen.

Ja, das Leben ist nicht immer einfach, es ist sogar in manchen Hinsichten unfair, vor allem wenn ich an Anna und all die anderen Kinder denke. Sie müssen das ausbaden, was die Erwachsenen versaut haben.

Aber so sehr ich es auch versuche, ich kann ihre Worte einfach nicht aus dem Kopf bekommen.

Als ich mich um zwölf Uhr von Anna verabschiede, sieht sie zwar schon etwas glücklicher aus, aber ich bemerke, dass sie immer noch schwer damit zu kämpfen hat. Es fällt mir schwer, sie alleine zu lassen, aber nachdem die Leiterin mir noch einmal gesagt hat, dass ich morgen wiederkommen kann, trenne ich mich von ihr und gehe zu meinem Wagen.

Ich bin noch immer völlig durch den Wind, so dass ich planlos durch die Stadt fahre. Aber vor allem Annas Frage, ob ich sie nicht adoptieren kann, geht mir nicht mehr aus dem Kopf. Immer wieder kreisen meine Gedanken um diese Worte.

Ich muss mit jemandem darüber sprechen, denke ich.

Da Melody heute mit Scott unterwegs ist und Haley sich auf der Arbeit befindet, schlage ich schließlich den Weg zu dem Haus meiner Eltern ein.

Die Fahrt dorthin kam mir noch nie so lange vor. Als ich endlich vor dem Haus stehen bleibe, habe ich das Gefühl, als würde ich gleich auch noch meine restlichen Nerven verlieren.

Aus irgendeinem Grund habe ich das Bedürfnis, mit ihnen zu sprechen. Aber sie sind nicht alleine, wie der Wagen meiner Oma, der ebenfalls am Straßenrand steht, mir verrät.

Ich muss zugeben, dass er ein wenig aus der Reihe fällt, schließlich fahren wir anderen alle normale Autos. Wobei das Wort *normal* auch nicht gerade zutreffend ist, wenn ich daran denke, dass mein Vater einen riesigen Truck fährt, der kaum in die Garage passt.

Doch ich freue mich darüber, da ich so auch die Chance habe, ihre Meinung zu hören, ohne alles doppelt erzählen zu müssen.

Nachdem ich meinen Opel Astra hinter ihrem geparkt habe, steige ich aus und schließe ihn ab.

Der Geruch von frisch gebackenem Kuchen schlägt mir entgegen, nachdem ich den Flur betreten habe. Noch bevor ich die Chance habe, die Tür hinter mir zu schließen, geschweige denn mich umzusehen, höre ich bereits meinen Namen.

»Brooke! Was machst du denn hier? Hatten wir eine Verabredung, die ich vergessen habe?«, fragt mich meine Mutter.

Mit einem besorgten Gesichtsausdruck mustert sie mich von oben bis unten. Ihre Reaktion entlockt mir ein leises Lachen, während ich gleichzeitig den Kopf schüttle.

»Ich war in der Nähe und dachte, dass ich mal vorbeischaue«, erwidere ich.

Meine Mutter wollte sich gerade in Bewegung setzen, doch nun bleibt sie stehen und schaut mich skeptisch an.

Mist, denke ich, während ich überlege, mit was ich mich verraten haben könnte. Doch anstatt darauf einzugehen, entscheide ich mich dazu, ein neutrales Gesicht zu machen.

»Ist alles in Ordnung?«, fragt sie mich. »Ihr drei treibt euch doch sonst nicht in der Nähe herum.«

Bei ihren Worten zucke ich unwillkürlich zusammen. Ich weiß, dass meine Mutter recht hat. Das Leben meiner Schwester und auch meines spielt sich in der Stadt ab. Unsere Eltern hingegen wohnen eher am Stadtrand.

»Es ist wirklich alles in Ordnung«, erkläre ich ihr nun und gehe an ihr vorbei ins Wohnzimmer, wo ich mich neben meine Oma auf das Sofa sinken lasse.

»Du siehst ein wenig blass aus«, gibt sie nun von sich, nachdem sie mich ebenfalls ausgiebig betrachtet hat. »Aber bei dem Mann kann ich das verstehen.« Kaum hat sie ihre letzten Worte ausgesprochen, zieht sie ihre Augenbrauen nach oben und grinst mich frech an.

Auf diese Weise entlockt sie mir ein leises Lachen.

»Das hat nichts mit Luke zu tun«, erwidere ich und schüttle dabei ein wenig den Kopf.

Ich kann sehen, dass meine Oma noch etwas sagen will, doch bevor sie etwas von sich geben kann, durchschneidet die strenge Stimme meiner Mutter den Raum.

»Mutter«, ruft meine Mom sofort und sieht sie ermahnend an. Doch meine Oma beachtet sie überhaupt nicht und betrachtet stattdessen mich.

»Ach komm, jetzt tu mal nicht so, als wären hier kleine Kinder anwesend. Wir sind doch alle erwachsen.« Um ihren Worten noch Nachdruck zu verleihen, verdreht meine Großmutter kurz die Augen.

Als ich der kurzen Unterhaltung der beiden Frauen lausche,

kann ich es mir gerade noch verkneifen zu lachen. Jedoch dringt mir ein leiser Ton über die Lippen, der dafür sorgt, dass meine Mom nun mich wieder ansieht.

»Wieso glaube ich dir kein Wort?«, fährt sie fort, nachdem sie mich noch kurz gemustert hat.

Beide Frauen sehen mich an und warten dabei nur darauf, dass ich endlich mit der Sprache herausrücke.

»Ich weiß nicht, ob ihr es schon mitbekommen habt, aber ich war in den letzten Tagen im Kinderheim«, beginne ich und ziehe dabei meine Knie an den Oberkörper.

»Was hast du da gemacht?«, fragt mich nun meine Großmutter.

Nachdem ich mir ein paar Sekunden Zeit genommen habe, berichte ich den beiden von Anna. Aber vor allem erzähle ich ihnen, wie traurig sie heute war.

»Auch wenn es wahrscheinlich etwas schwieriger ist, aber du kannst auch als Single ein Kind adoptieren«, beginnt meine Mom, nachdem ich geendet habe. »Ich bin mir sicher, dass sonst nur die Hälfte aller Kinder ein neues Zuhause finden würden.«

Meine Oma sagt nichts, beobachtet mich aber aufmerksam. Was sie denkt weiß ich nicht, aber gerade bin ich mir auch nicht so sicher, ob ich das unbedingt wissen will.

»Ich weiß nicht, ob ich es wirklich schaffen könnte, mich alleine um Anna zu kümmern. Zu zweit wäre es wirklich einfacher«, entgegne ich. Dabei kann ich nicht verhindern, dass ich mich dabei ein wenig enttäuscht anhöre.

Es wundert mich aber auch, dass ich wirklich darüber nachdenke, Anna zu adoptieren. Eigentlich bin ich eher dafür bekannt, dass ich großer Verantwortung aus dem Weg gehe. Dass ich nun darüber nachdenke, ob ich die Verantwortung für ein Kind übernehmen soll, ist etwas ganz Neues.

»Natürlich könntest du das. Wir sind ja schließlich auch noch da. Deine Schwestern würden dir mit Sicherheit helfen. Daran sollte es nicht scheitern. Babysitter haben wir hier wohl genug.«

Die ernste Stimme meiner Mutter lässt mich ein wenig verwirrt zurück. Normalerweise gehört sie zu den Frauen, die der Meinung sind, dass man erst heiratet und dann Kinder bekommt. Und genau diesen Punkt hat sie uns in den letzten Jahren auch immer wieder gesagt.

»Ich werde darüber nachdenken«, erwidere ich leise und stelle mir dabei Anna vor, wie sie in meiner Küche sitzt und Cornflakes isst. Aber es gibt noch eine zweite Person, die sich in das Bild geschoben hat.

Luke.

Er sitzt ihr gegenüber und trinkt Kaffee, während er in der Zeitung liest. Dabei hebt er aber immer wieder seinen Kopf und lächelt mich glücklich an.

Dieses Bild ist nicht sehr hilfreich. Um es loszuwerden, schüttle ich leicht meinen Kopf und schließe meine Augen.

»Was gibt es bei euch Neues?«, frage ich die beiden, um nicht länger darüber nachdenken zu müssen, was sich gerade in meinen Kopf geschlichen hat. Schließlich sehe ich ihn gleich schon wieder und bin deswegen schon nervös genug.

Während der nächsten Stunde höre ich den beiden Frauen dabei zu, wie sie darüber diskutieren, welcher Brunnen in dem Garten meiner Eltern am besten aussieht. Normalerweise wäre ich gefahren, da mich solche Themen nicht interessieren. Gerade ist es aber eine willkommene Abwechslung von dem Chaos in meinem Kopf.

»Na gut, ich werde jetzt abhauen. Bevor ich nach Hause fahre muss ich noch einkaufen«, erkläre ich ihnen schließlich und stehe dabei auf.

»Musst du heute nicht arbeiten?«, fragt meine Oma mich, nachdem sie ebenfalls aufgestanden ist.

»Ehrlich gesagt habe ich mir vorhin ein paar Tage frei genommen. Begeistert waren sie zwar nicht, aber nachdem ich ihnen erklärt habe, dass ich mich um einige Dinge kümmern muss, haben sie schließlich eingewilligt.« Nachdem ich geendet habe, zucke ich mit den Schultern, als wäre das keine große Sache.

Da ich mir in den letzten Jahren nur selten Urlaub genommen habe, ist es das aber.

Dementsprechend schaut mich meine Mutter auch an. Sie sieht aus, als würde sie etwas sagen wollen, tut es aber nicht.

Um den beiden erst gar nicht die Chance zu geben, noch etwas zu sagen, stehe ich auf und gehe in den Flur, um meine Tasche zu nehmen.

»Falls etwas sein sollte, du weißt ja, wo du uns findest«, verabschiedet sich meine Mutter von mir. »Wenn du willst, dann kann ich mich ein wenig schlau machen.«

»Danke, Mom. Das ist wirklich lieb von dir. Aber ich glaube kaum, dass es in diesem Fall einen besonders guten Eindruck macht, wenn ich meine Mutter vorschicke.« Dankbar lächle ich sie an.

»Rede mit Luke darüber. Wenn du noch mehr Zeit vergehen lässt, wird es auch nicht einfacher werden«, flüstert meine Großmutter mir zu, als sie mich an sich drückt.

Kurz schaue ich sie an, ehe ich hinaus in die Sonne trete. Nachdem ich gehört habe, wie die Tür hinter mir ins Schloss gefallen ist, lasse ich meinen Kopf in den Nacken fallen und schaue in den Himmel. Nicht eine einzige Wolke kann ich entdecken. Aber so ist das Wetter nun einmal in Los Angeles. Die meiste Zeit des Jahres ist es trocken und warm. Das ist auch einer der Gründe, wieso ich diese Stadt so liebe.

Ein leiser Seufzer dringt mir über die Lippen, als ich an Luke denke. Meine Oma hat recht, es wird nicht einfacher, wenn ich ihm noch länger meine Gefühle verheimliche, aber ich kann es ihm nicht sagen. Auf jeden Fall jetzt noch nicht.

Um nicht länger nachdenken zu müssen, gehe ich zu meinem Wagen und mache mich daran alles zu besorgen, was ich brauche.

13

»Hi«, begrüße ich Luke, als er nach der Arbeit vor meiner Tür steht.

Mit einem glücklichen Gesichtsausdruck kommt er auf mich zu und betrachtet mich dabei. Als er endlich vor mir steht, muss ich meinen Kopf in den Nacken legen um ihn anschauen zu können, da er ungefähr zwei Köpfe größer ist als ich.

In der nächsten Sekunde haben sich seine warmen und weichen Lippen schon auf meine gelegt. Wie von alleine schlinge ich meine Arme um seinen Hals und stelle mich auf die Zehenspitzen, damit ich etwas größer bin.

Dieser Kuss dauert eine Ewigkeit, aber das ist mir nur ganz recht, da ich mich nicht von ihm lösen will. Aber schließlich trennt er sich doch ein Stück von mir, wobei seine Augen mich keine Sekunde loslassen.

Als ich schon die Befürchtung habe, dass ihm irgendetwas aufgefallen ist, verzieht er ein wenig die Nase.

»Nach was riecht es hier?«, fragt er und schaut sich dabei suchend im Flur um.

»Ich dachte, dass ich etwas für dich koche. Ich weiß, normalerweise machst du das, aber ich dachte, dass ich es auch kann, wenn ich schon ein paar Tage frei habe«, erkläre ich ihm. Während ich spreche drehe ich mich um und verschwinde wieder in die Küche.

Ich höre, wie er mir nach wenigen Sekunden folgt.

»Das riecht gut.«

»Es sind nur Nudeln, mit einer Gemüsesauce, da meine Fähigkeiten in der Küche sich in Grenzen halten.« Nachdem ich ausgesprochen habe, reiche ich Luke einen Teller, und gebe ihm ein Zeichen, dass er ins Wohnzimmer gehen soll.

Mit einem schiefen Grinsen auf den Lippen, setzt er sich in Bewegung und folgt meinem stummen Befehl.

Mit meinem ebenfalls vollen Teller in der Hand folge ich ihm und lasse mich auf das Sofa sinken.

Das Essen verläuft mehr oder weniger schweigend. Luke erzählt nur ein wenig von seinem Arbeitstag, bis sich Stille zwischen uns breitmacht. Aber sie bedrückt mich nicht. Es ist eher das Gegenteil der Fall.

Dadurch fühle ich mich ihm noch näher.

Zwischendurch sehe ich, dass er in meine Richtung schaut, aber die meiste Zeit konzentriert er sich auf den Fernseher.

»Du hast dir Urlaub genommen?«, fragt er mich nun und nimmt dabei Bezug auf meine Worte, die ich ihm gesagt habe, nachdem er gekommen ist.

»Ja«, antworte ich ihm. »Ich muss einfach mal meinen Kopf frei bekommen. Und das geht nicht, wenn ich nebenbei noch arbeiten muss.«

»Und worüber?« An seiner Stimme höre ich, dass er sich nicht sicher ist, ob er diese Frage stellen darf. Ich weiß, dass der Polizist in ihm neugierig ist. Mir würde es aber wahrscheinlich auch nicht anders ergehen.

»Ich war heute wieder bei Anna«, flüstere ich und kuschle mich dabei noch tiefer in die Kissen hinein.

»Und?«, fragt er mich vorsichtig. An dem dazu passenden Gesichtsausdruck kann ich erkennen, dass er keine Ahnung, was das mit meinem Verhalten zu tun hat.

Dabei legt Luke seine Hand auf mein Bein und streicht immer wieder sanft über die nackte Haut.

»Eines der anderen Mädchen wurde adoptiert und konnte heute in die neue Familie ziehen«, erkläre ich ihm, wobei ich wieder ihren traurigen Ausdruck vor meinen Augen habe.

In meinen Augen sammeln sich die Tränen, die ich mir vorhin schon nur mit Mühe verkneifen konnte. Doch jetzt, wo ich ihm davon erzähle, fällt es mir noch schwerer, sie für mich zu behalten.

Luke sagt nichts. Er lässt mich aber auch nicht eine Sekunde aus den Augen. Stumm gibt er mir zu verstehen, dass ich weiterreden kann, wenn mir danach ist.

Also berichte ich ihm über die Unterhaltung, die ich mit ihr geführt habe. Kurz zögere ich, ob ich ihn auch über die Unterhaltung mit der Heimleiterin aufklären soll, entscheide mich dann aber dafür.

Aufmerksam hört er mir zu und macht dabei keine Anstalten etwas zu sagen. *Wahrscheinlich hat es ihn eh schon abgeschreckt, dass Anna der Meinung ist, dass Luke und ich heiraten sollen*, überlege ich, während ich auf einen Punkt an der Wand starre. Obwohl ich ihm gerne ins Gesicht sehen würde, kann ich es nicht, da sonst meine Beherrschung komplett verschwinden würde.

»Ich habe mit meiner Mutter und meiner Oma gesprochen«, sage ich schließlich. Damit komme ich zu dem Punkt, der mir schon seit Stunden Kopfzerbrechen bereitet.

Ich war sogar beim Einkaufen so abgelenkt gewesen, dass ich mehrmals durch den Laden gegangen bin, bis ich auch wirklich alles zusammen hatte.

»Worüber?«, hakt er nach.

»Was ich wohl für Chancen hätte, wenn ich Anna adoptieren will. Ich meine, man hört ja immer wieder, dass Alleinstehende es nicht leicht haben, wenn sie ein Kind zu sich holen wollen.«

Ich spüre, wie er sich bei meinen Worten kurz anspannt. Aber ich habe auch nichts anderes erwartet, und das meine ich nicht böse.

Über Kinder oder Adoption zu sprechen ist sogar für Paare nicht leicht, die schon jahrelang zusammen sind. Und wir sind es nicht einmal richtig. Wir haben in den letzten Tagen nicht einmal darüber gesprochen, was bedeutet, dass wir uns irgendwie in einem Schwebezustand befinden.

Zumindest glaube ich das.

Im Gegensatz zu vorhin ist die sich nun ausbreitende Ruhe nicht schön. Ich habe keine Ahnung, was genau ich erwarte, aber ich mache mich auf alles gefasst.

Vielleicht wird er gleich versuchen, mir die Idee auszureden. Oder er wird einfach verschwinden, überlege ich, während ich auf den Fernseher starre.

»Du hast aber noch etwas. Das habe ich schon am Samstag gespürt, nachdem du mit deinen Schwestern gesprochen hast.«

Seine Stimme klingt ein wenig angespannt.

Auf diese Worte kann ich nicht sofort antworten. Stattdessen atme ich tief durch und stehe auf. Wenn ich gerade wirklich dieses Gespräch führen soll, dann muss ich ein wenig Abstand zwischen uns bringen.

»Brooke, was ist los?«, dringt seine sanfte Stimme an meine Ohren. »Ich spüre, dass dir noch etwas auf dem Herzen liegt. Mit deinem Verhalten machst du mir ein wenig Angst.«

Bei seinen Worten drehe ich mich ruckartig herum und schaue ihn an. Ich muss zugeben, dass er wirklich nicht sehr gut aussieht. Auch wenn es beinahe schon ein wenig lustig wirkt, dass ein Mann wie er unsicher ist, ist mir gerade nicht zum Lachen zumute.

Die nächsten Sekunden kommen mir wie Stunden vor. Ich habe keine Ahnung, wie lange ich so da vor ihm stehe und ihn betrachte, aber es fühlt sich wie eine Ewigkeit an.

So sehr ich es mir auch wünsche, aber ich bekomme diese drei kleinen Worte einfach nicht über die Lippen. Meine Angst, dass Luke nicht so empfindet, ist viel zu groß.

»Okay«, entgegnet er schließlich und steht dabei vom Sofa auf. »Vielleicht hilft es dir ja, wenn ich den Anfang mache.«

Ein wenig verwirrt starre ich ihn an. Gerade habe ich keine Ahnung, wovon er spricht, was er auch weiß, denn sonst würde er mich nicht so angrinsen.

»Bei dem Gespräch mit deinen Schwestern ging es um uns, oder?«, fragt er mich, während er nähertritt. Dabei bewegt sich sein Zeigefinger zwischen uns hin und her.

»Ja«, murmle ich so leise, dass ich es selber kaum verstehen kann.

Dicht vor mir bleibt er stehen, so dass ich die Wärme spüre, die von ihm ausgeht. In der nächsten Sekunde greift er nach mir, drückt mich fest an sich und küsst mich.

»Und worum ging es genau?«, fragt er mich, nachdem er sich ein Stück von mir gelöst hat.

Innerlich ringe ich mit mir. Die Worte meiner Schwestern und meiner Oma gehen mir durch den Kopf. Ich weiß, dass sie recht haben. Ich habe nicht damit gerechnet, jetzt schon diese Unterhaltung mit ihm führen zu müssen.

Stattdessen habe ich gehofft, dass ich wenigstens noch ein paar Tage Zeit habe.

Doch mir ist klar, dass ich ihm nicht ausweichen kann und irgendwie muss ich zugeben, dass ich auch erleichtert darüber bin.

Ich will ihm diese Worte endlich sagen. Auch wenn es vielleicht bedeutet, dass er sofort umdreht und verschwindet.

»Ja, es ging um uns beide«, erkläre ich, nachdem ich mich ein paar Schritte von ihm entfernt habe. Gerade kann ich ihm nicht so nah sein.

»Ich habe in den letzten Tagen über einiges nachgedacht. Mir ist klargeworden, dass dieser Job, denn ich habe, nichts für mich ist. Obwohl nein, das ist falsch. Das ist mir schon klargeworden, bevor wir uns kennen gelernt haben«, berichtige ich mich selber.«Aber mir ist auch klargeworden, dass ich dich liebe. Und, dass du dieses Gefühl vielleicht nicht erwiderst«, flüstere ich.

Wo ist meine große Klappe, wenn ich sie mal brauche?

»Wie kommst du darauf?«, fragt Luke mich schließlich.

Als ich in seine Richtung schaue, sehe ich, dass er sich mir wieder ein wenig genähert hat.

Ich atme tief durch, um die Gedanken, die mir wirr durch den Kopf gehen, in die richtige Reihenfolge zu bringen. Aber so wirklich schaffe ich es nicht.

»Brooke, sag es mir. Ich habe keine Ahnung, was in deinem Kopf vor sich geht, wenn du es mir nicht sagst. Und dann kann ich dir auch nicht helfen, beziehungsweise dich davon abbringen.« Durchdringend sieht er mich an.

Seine Atmung ist genauso ruhig wie seine Stimme. Das macht es für mich noch schwieriger herauszufinden, wie er über meine Worte denkt.

Allerdings bin ich mir sicher, dass auch das eine Sache ist, die er in seinem Beruf gelernt hat.

»Wegen Victoria und dem ganzen Mist«, erkläre ich ihm leise und starre dabei wie gebannt auf meine Füße.

Kaum habe ich ausgesprochen höre ich, wie er sich mir nähert.

»Schau mich an«, fordert er mich auf.

Es dauert einen kurzen Moment, bis ich wirklich in der Lage bin, um seinen Worten Folge zu leisten. Doch dann ziehe ich überrascht die Luft ein.

Ich erkenne Liebe in seinen Augen.

Liebe!

Liebe und Geborgenheit!

In diesen Sekunden bin ich zu überrascht davon, so dass ich nicht weiß, wie ich darauf reagieren soll. Dicht vor mir bleibt er stehen und hebt seine Hand. Sie berührt meine Wange und streicht zart darüber.

»Ich gebe zu, dass ich nach dem Ende der Ehe mit ihr ein paar Dinge neu lernen musste. Mit dazu gehörte es, anderen zu vertrauen. Und ich gebe auch zu, dass ich in den letzten Jahren so ziemlich jeder festen Beziehung aus dem Weg gegangen bin. Teilweise habe ich den Frauen nicht einmal meinen Namen gesagt, oder sogar einen falschen.«

Bei seinen Worten bekomme ich große Augen. Mein Herz schlägt schneller und mir wird schlecht.

Aber im Endeffekt bestätigt er damit nur meinen Verdacht. Er will keine Beziehung mehr führen!

Ich will mich von ihm trennen, aber Luke lässt es nicht zu. Mit festem Griff hält er mich umklammert und hat dabei seine Augen auf mich gerichtet.

»Ich bin noch nicht fertig«, fährt er mit fester Stimme fort.

»Luke …«, beginne ich, doch er bringt mich mit einem Kuss zum Schweigen. Ich kann nicht verhindern, dass sich Hoffnung in mir breitmachen will, die ich zu unterdrücken versuche. Aber so ganz gelingen will mir das nicht.

»Als Scott mir von dir erzählt hat, wurde ich neugierig. Das gebe ich offen und ehrlich zu. Und als ich dich dann das erste Mal gesehen habe, musste ich dich einfach kennenlernen.«

Seine Worte verschlagen mir die Sprache. Mein Mund öffnet sich ein Stück, obwohl ich nicht einmal weiß, was ich dazu sagen soll. Doch ich habe das Gefühl, als müsste ich irgendetwas von mir geben. Mein Kopf verweigert aber die Arbeit.

»Ich will dir damit sagen, dass es einen Grund dafür gibt, dass ich so ein Problem mit deinem Wagen oder deinem Job habe. Ich liebe dich, Brooke, und ich will nicht, dass dir etwas passiert.«

Als seine Worte bei mir ankommen, schießen mir die Tränen in die Augen. Ich kann nicht verhindern, dass sie mir ungehindert über die Wangen laufen.

In der nächsten Sekunde spüre ich seine Lippen auf meinen. Der Kuss ist sanft und verlockend zugleich. Wie von alleine schlingen sich meine Arme um seinen Hals und ziehen ihn noch näher an mich heran.

In diesem Moment bin ich die glücklichste Frau auf dieser Welt. Ich bin nicht nur froh darüber, dass ich endlich den Mut gefunden habe mit ihm darüber zu sprechen, sondern auch, dass er die gleichen Gefühle für mich hat.

Verträumt schaue ich ihn an, als er sich ein Stück von mir entfernt hat.

»Und das mit deinem Job werden wir auch in den Griff bekommen. Genauso wie mit Anna. Aber als Erstes werden wir uns um deinen Wagen kümmern.«

Mit großen Augen starre ich ihn an. »Luke, ich habe kein Geld, um mir einen anderen Wagen zu kaufen. Und genauso wenig kann ich einfach meinen Job in dem Restaurant kündigen. Vor allem solange ich noch nichts anderes habe. Ich muss schließlich die Wohnung bezahlen«, erinnere ich ihn.

Während ich spreche mache ich eine Kopfbewegung in den Raum hinein, um meine Worte noch einmal zu unterstreichen.

»Und was ist, wenn wir zusammenziehen? Ich bin doch eh die meiste Zeit hier.«

Mein Mund wird trocken. Ich kann nicht verheimlichen, dass ich gerade nichts mehr mitkomme, weil alles so schnell geht. Vor wenigen Minuten hatte ich noch Angst davor, ihm meine Liebe zu gestehen, und nun reden wir schon darüber, ob wir zusammenziehen sollen.

Allerdings muss ich ihm recht geben. Die letzten Tage haben wir zusammen verbracht und zwar hier. Er ist von mir aus zur Arbeit gefahren und danach wieder hier hergekommen. Das hat zur Folge, dass er auch die meisten seiner Sachen schon bei mir hat.

Außerdem gefällt mir der Gedanke, dass ich immer neben ihm aufwache und einschlafe. Er gefällt mir so sehr, dass mir kein Grund dafür einfällt, wieso das eigentlich eine blöde Idee ist.

Da ich gerade nicht in der Lage bin, klar zu denken, bekomme ich nicht mehr als ein Nicken zustande.

Doch das reicht ihm. Auf seinem Gesicht erscheint ein glückliches Strahlen.

Erneut zieht er mich an sich und bedeckt mein Gesicht mit Küssen.

Ich spüre, dass es die richtige Entscheidung war. Auch wenn es wahrscheinlich etwas überstürzt ist.

Aber bei meinen Schwestern war es doch eigentlich nichts anderes, und die beiden sind glücklich mit ihren Männern.

Wieso sollte es bei mir anders sein?

14

»Er wohnt nun bei dir?«, erkundigt Melody sich, als wir am nächsten Tag miteinander telefonieren.

»Ja, ich meine nein. Noch nicht. Bis jetzt haben wir nur darüber gesprochen. Aber er will sich in den nächsten Tagen freinehmen, damit wir seine Wohnung leerräumen können und er sie kündigen kann«, antworte ich ihr. Gleichzeitig greife ich nach der nassen Wäsche, um sie aus der Maschine zu ziehen.

Dabei habe ich das Telefon zwischen Kopf und Schulter eingeklemmt.

»Ich freue mich für euch. Wir haben dir doch gesagt, dass du dir keine Gedanken machen musst.«

Ich höre das leise Lachen, das durch die Leitung dringt und beschließe, dass ich nicht weiter darauf eingehen werde.

Es dauert etwas, bis sie sich wieder beruhigt hat und einen normalen Ton von sich geben kann.

»Sehen wir uns nachher?«, fragt sie mich nun und spielt dabei auf die Nachricht an, die Haley uns heute Morgen geschickt hatte.

»Sicher, das lasse ich mir doch nicht entgehen. Sie will uns endlich einmal das Haus zeigen«, antworte ich mit fester Stimme. Mit dem Wäschekorb im Arm gehe ich auf den winzigen Balkon, um die Klamotten aufzuhängen.

»Wir sehen uns dann also später. Ich auf jeden Fall freue mich für euch. Und falls du deinen Freund vorher noch siehst, bestell ihm schöne Grüße.«

»Wahrscheinlich nicht, aber falls doch, grüße ich ihn.«

»Ihr zwei seid süß zusammen. Ihr habt euch richtig entschieden. Bis später.«

»Man sieht sich«, verabschiede ich mich noch von ihr, ehe ich auflege.

Als die Ruhe mich umgibt werden meine Gedanken zum ersten Mal nicht davon bestimmt, dass ich keine Lösung für meine Probleme habe.

Es ist das erste Mal, dass ich gute Laune habe, wenn ich daran denke, was alles noch auf mich zukommen wird. Das ist nur der Fall, weil ich weiß, dass ich Luke an meiner Seite habe.

Mein Leben ist gerade dabei sich zu ändern, und ich habe es in der Hand, ob es gut wird oder nicht.

Als ich zwei Stunden später das Haus verlasse, um zu meinen Schwestern zu fahren, begutachte ich den alten Opel. Ja, er hat wirklich seine besten Zeiten schon hinter sich. Aber bis ich einen anderen Job habe, wird er noch durchhalten müssen.

Denn nur weil wir uns die Miete und alle Nebenkosten nun teilen, heißt es nicht, dass ich Geld über haben werde. Egal, ob es Luke in den Kram passt oder nicht.

Ich bin so sehr auf meinen Wagen konzentriert, dass ich gar nicht merke, dass jemand neben mich tritt. Erst, als diese Person mich anspricht, zucke ich erschrocken zusammen.

»Brooke, was für eine Überraschung.« Ruckartig drehe ich mich herum und starre in die Augen von Victoria. Mit einem strahlenden Lächeln bedenkt sie mich, was ich jedoch nicht erwidere.

Irgendetwas tief in mir drin sagt mir, dass es nicht so ein Zufall ist, wie sie mir glauben machen will. Aus diesem Grund gehe ich innerlich ein wenig auf Abstand und schaue sie skeptisch an, was sie jedoch nicht zu interessieren scheint.

»Hi«, murmle ich und suche dabei nach einem Ausweg. Da sie so vor meinem Wagen steht, dass sie die Fahrertür versperrt, kann ich nicht einmal einsteigen und einfach verschwinden. Und zurück ins Haus gehen will ich auch nicht. Ich will ihr nicht auch noch zeigen, wo Luke und ich von nun an gemeinsam wohnen werden.

»Kann ich dir irgendwie helfen?«, frage ich schließlich, nachdem sie keine Anstalten gemacht hat weiterzusprechen.

Mir ist klar, dass es irgendeinen Grund dafür geben muss, dass sie mich anspricht. Und der wird nicht sein, dass ich mit ihrem Ex-Mann zusammen bin.

»Ich hatte gehofft, dass wir uns irgendwann noch einmal alleine über den Weg laufen.«

Ihre Worte sorgen dafür, dass die Alarmglocken in meinem Kopf laut schrillen und ich vorsichtig werde. Ich habe nicht so die Erfahrung mit Ex-Frauen, aber mir ist klar, dass ihre Worte nichts Gutes bedeuten können.

»Und wieso?« Neugierig schaue ich sie an.

Vorsicht hin oder her.

»Ich wollte mit dir über Luke sprechen«, antwortet sie. Dabei lässt sie mich nicht aus den Augen. Aber auch ich wende meine Augen nicht von ihr ab.

»Was ist mit ihm?«

»Wahrscheinlich hat er dir nichts davon erzählt, aber ich bin der Meinung, dass du es erfahren solltest.«

Bei ihren Worten werde ich hellhörig und das ungute Gefühl verstärkt sich noch ein wenig.

»Was sollte ich erfahren?«, frage ich sie und versuche dabei so ruhig wie möglich zu klingen. Allerdings fällt mir das gar nicht so leicht.

Victoria sieht mich mit einem Ausdruck im Gesicht an, den ich nicht so ganz zuordnen kann. Sie scheint abwägen zu wollen, ob es wirklich eine gute Idee ist, wenn sie mir davon erzählt. Da sie nun aber davon angefangen hat, will ich auch alles wissen. Und das zeige ich ihr auch mit meiner abwartenden Körperhaltung.

Unruhig spiele ich mit den Schlüsseln in meiner Hand herum.

»Es ist schon ein paar Jahre her, er war gerade ein paar Monate bei der Polizei, als gegen ihn ermittelt wurde.«

Mit diesen wenigen Worten schafft sie es, meine volle Aufmerksamkeit zu bekommen. Ungläubig starre ich sie an. Mir ist klar, dass ich wahrscheinlich gerade total dämlich aussehe, aber ich kann nichts dagegen unternehmen. Mein Gehirn ist mehr damit beschäftigt die Worte zu verarbeiten, als die richtigen Befehle an meinen Körper zu leiten.

»Gegen ihn wurde ermittelt?« Ich bin kein Papagei, aber gerade habe ich das Gefühl, als müsste ich irgendetwas sagen. Irgendetwas, um nicht komplett wie eine Idiotin dazustehen. Ich bin mir aber auch nicht sicher, ob meine Frage da irgendetwas dran ändert.

»Ja«, erklärt sie nur und zieht dabei entschuldigend die Schultern ein Stück nach oben. Ich habe jedoch so meine Bedenken, ob sie es auch wirklich so meint.

»Und warum?«

In ihrem Gesicht suche ich nach irgendeinem Anzeichen dafür, dass es ein Scherz war. Wenn auch ein gemeiner. Aber da ist nichts. Nicht einen Muskel verzieht sie.

Sie meint es wirklich ernst.

»Das soll er dir lieber selber erzählen. Du musst ihn nur auf diese Ermittlung ansprechen.« Mit diesen Worten dreht sie sich um und macht Anstalten zu verschwinden. Aber ich greife nach ihrem Handgelenk und hindere sie daran.

Ein wenig irritiert schaut sie mich an, nachdem sie sich noch mal in meine Richtung gedreht hat.

»Wieso erzählst du es mir?«

»Das habe ich doch schon gesagt. Ich bezweifle, dass Luke es getan hat. Und das gehört definitiv zu den Dingen, die *ich* gerne über meinen neuen Freund wissen würde. Ich bin mir sicher, dass Luke es nicht einmal angedeutet hat.«

Bei ihren Worten zucke ich unwillkürlich zusammen.

Luke hat tatsächlich nichts gesagt, aber wenn ich genauer darüber nachdenke muss ich zugeben, dass einige Sachen nun Sinn ergeben. Ich kann mich noch sehr genau daran erinnern, dass er ein paarmal komisch reagiert hat, wenn ich nach seinem Job gefragt habe. Dass es dafür mehr als einen Grund geben kann, ist mir klar. Aber es wäre eine Erklärung.

»Er ist nicht sonderlich stolz darauf, deswegen wird er wahrscheinlich sauer sein, wenn ich dir davon erzähle.« Mit diesen Worten entzieht sie mir ihren Arm, dreht sich um und verschwindet.

Klar ist er nicht sonderlich stolz darauf. Das wäre wahrscheinlich niemand. Am liebsten würde ich ihr diese Worte hinterherrufen, aber das kann ich mir gerade noch verkneifen.

Eine Ewigkeit bleibe ich noch an Ort und Stelle stehen und schaue ihr nach. Das ungute Gefühl, was ich von der ersten Sekunde an verspürt habe, hat sich bestätigt.

»Verdammt«, murmle ich, als ich mir sicher bin, dass sie auch wirklich verschwunden ist, und öffne dabei meinen Wagen.

Ich muss hier weg. Und zwar bevor sie es sich doch noch einmal anders überlegt und zurückkommt.

Es dauert ein wenig, bis ich den richtigen Weg gefunden habe, so dass ich ein paar Minuten zu spät ankomme. Aber das Haus ist so gut in den Bergen versteckt, dass ich mich ein paarmal verfahren habe.

Haley und Melody stehen bereits in der Einfahrt, unterhalten sich und warten dabei auf mich. Als sie mich entdecken, scheinen sie erleichtert darüber zu sein und gehen ein Stück zur Seite, damit ich meinen Wagen zwischen ihren beiden parken kann.

»Wir hatten schon die Befürchtung, dass du überhaupt nicht mehr kommst«, ruft Melody, als ich meinen Wagen verlasse.

»Hübsch hast du es hier«, begrüße ich Haley, nachdem ich ausgestiegen bin. Dabei gehe ich nicht auf die Worte meiner jüngeren Schwester ein.

Die beiden werfen sich einen kurzen Blick zu, halten aber den Mund. Stumm stellen sie mir aber die Frage, ob etwas passiert ist.

»Wenn du das schon hübsch findest, dann will ich gar nicht wissen, wie du es findest, wenn es fertig ist.« Auf ihrem Gesicht breitet sich ein freches Grinsen auf.

»Wo warst du so lange?«, meldet sich nun Melody zu Wort und stellt damit die Frage, die ich eigentlich nicht hören wollte.

»Ich wurde noch aufgehalten«, antworte ich ausweichend. Dabei presse ich meine Zähne aufeinander und mache ihr so klar, dass ich nicht darüber sprechen will. Auf jeden Fall nicht jetzt.

»Wie ich höre, ziehst du mit dem sexy Cop zusammen«, ruft nun Haley. Sie hat sich bereits ein paar Schritte entfernt und geht auf eine Tür zu.

Zum Glück hat sie von der kurzen Unterhaltung nichts mitbekommen, so dass sie nun etwas zu einem Thema sagt, über das ich mich lieber unterhalte.

»Ja«, antworte ich und folge ihr dabei. »Wir haben über alles gesprochen und wie sich herausgestellt hat, hattet ihr beide recht, er liebt mich, genauso wie ich ihn auch. Und da wir eh immer bei mir sind, haben wir uns zu diesem Schritt entschieden. Außerdem habe ich so die Chance, dass ich mich um einen anderen Job kümmern kann. Außerdem will ich so viel Zeit wie möglich mit ihm verbringen.«

»Das ist so romantisch«, schwärmt Haley. In der gleichen Sekunde öffnet sie die Tür und betritt das Haus.

Ich hingegen entscheide mich, dass ich nichts weiter dazu sagen werde. Stattdessen gehe ich hinter meinen Schwestern in das Haus und schaue mich um.

Überall liegt Werkzeug herum und Möbel sind zur Hälfte aufgebaut. Aber an den wenigen, die bereits stehen, erkenne ich, dass wir uns in der Küche befinden.

Der Boden ist stellenweise zum Schutz mit einer Plane ausgelegt worden. Aber an den Stellen, die offenliegen sieht man, dass er aus hellen Fliesen besteht.

»Du lässt dir also endlich deine geliebte Kücheninsel einbauen«, stelle ich fest, als ich die halb fertiggestellten Schränke in der Mitte des Raumes sehe.

Haley schwärmt schon seit Jahren davon, da sie aber in einer Mietwohnung gelebt hatte, konnte sie sich diesen Traum nie erfüllen.

»Ja, ich kann mich hier voll austoben. Zwischendurch mischt Travis sich zwar ein, aber die wenigen Kommentare, die er von sich gibt, die bekomme ich schon irgendwo eingebaut.« Während sie spricht, kann ich den Stolz in ihrer Stimme erkennen.

Sie ist glücklich und das zeigt sie auch, als sie uns durch die anderen Räume führt. Doch so wirklich kann ich mich nicht darauf konzentrieren.

Während wir hinter ihr gehen und uns die chaotisch aussehenden Zimmer fertig vorstellen, muss ich immer wieder an die kurze Unterhaltung mit Victoria denken. Dabei sehe ich mehrmals auf die Uhr.

Ich will mit Luke darüber sprechen und seine Version davon hören, wobei ich ja nicht einmal ihre gehört habe. Und das macht mich noch neugieriger. Leider dauert es noch ein wenig, bis ich ihn sehe und danach fragen kann.

»Und das ist der Garten«, verkündet Haley nun stolz, als wir durch eine große Glastür treten, die sich im Wohnzimmer befindet.

»Wow«, entfährt es mir, während ich von rechts nach links schaue.

Er ist riesig und mittendrin stehen ein paar Bäume die mindestens drei Meter hoch sind. Man kann erkennen, dass das Geländer der Veranda und der hohe Gartenzaun neu gestrichen wurden. Daran entlang sind Beete angelegt, die noch leer sind.

Der Rasen sieht so aus, als wäre er gerade erst gemäht worden. Über den Bäumen kann ich sogar ein paar Lichter erkennen, die zwischen den Baumkronen gespannt wurden.

»Das war eine super Idee«, erkläre ich und zeige dabei auf sie.

»Da wir die erste Nacht in diesem Garten verbracht haben, kam Travis darauf, dass wir sie aufhängen sollten. Damit wir es in den kommenden Nächten wenigstens etwas hell haben«, erklärt sie lachend.

Ihre Worte sorgen dafür, dass ich nicht anders kann, als ein wenig neidisch zu werden. Doch dann ermahne ich mich selber.

Schließlich habe ich Luke, und schon bald werden wir zusammenwohnen. Auch wenn ich noch nicht weiß, was da damals genau passiert ist, liebe ich ihn. Und das wird sich auch nicht ändern!

»Es sieht auf jeden Fall wundervoll aus«, spricht nun Melody und zieht so meine Aufmerksamkeit wieder auf sich.

Als Letztes führt Haley uns noch zu der Stelle, an der die Garage für einen ganz besonderen Wagen entsteht. Bis jetzt ist sie nur halb fertig.

»Ich kann es immer noch nicht glauben, dass Travis ihn ihr wirklich abgekauft hat«, raune ich.

»Ja, ich weiß was du meinst«, erklärt nun Melody und schaut dabei in die Richtung unserer ältesten Schwester. »Als Scott mir davon erzählt habe, habe ich auch erst gedacht, dass es ein Scherz ist.«

Haley sieht bei unseren Worten in unsere Richtung und verspannt sich sofort. Ich kann ihr ansehen, dass sie ein schlechtes Gewissen hat, obwohl sie das eigentlich nicht sollte.

»Nur weil ich ihn habe heißt das nicht, dass ihr damit keine Spitztour machen dürft. Ihr braucht gar nicht erst meinen, dass ich den Wagen unter Verschluss halte.« Ihre Stimme klingt fest und lässt keinen Zweifel daran, dass sie jedes Wort ernst meint.

»Das wissen wir, und wir haben es auch nicht böse gemeint«, wirft Melody schnell ein. Um die Worte meiner Schwester zu bekräftigen nicke ich.

»Und was ist, wenn Chrystal eine Runde drehen will?«, frage ich sie.

Als ich ihren Namen erwähne sehe ich, dass Haley mich mit zusammengekniffenen Augen betrachtet. Die beiden waren noch nie die besten Freundinnen.

»Dann werde ich sie mit einem Besen verjagen. Von mir aus kann jeder ihn fahren, aber bei ihr würde ich eine Ausnahme machen. Mir egal, ob ich unfair bin oder nicht.«

Wie auf Kommando beginnen Melody und ich zu lachen.

Dieses Hochgefühl bleibt auch, als wir uns auf die Stufen setzen und uns noch unterhalten. Das ändert sich aber schlagartig, als ich mich von den beiden verabschiede.

»Was auch immer dir durch den Kopf geht, mach dir nicht so viele Gedanken. Ich bin mir sicher, dass sich alles aufklären wird«, gibt Haley noch von sich, als ich mich von den beiden verabschiede.

Als ich einen prüfenden Blick auf Melody werfe sehe ich, dass auch sie mein seltsames Verhalten mitbekommen hat. Na ja, sehr schwer war das ja schließlich nicht. Schließlich mussten die beiden mich öfter mehr als einmal ansprechen, bevor ich ihnen eine Antwort gegeben habe.

»Ich bin zwar neugierig, aber ich werde dich nicht fragen«, erklärt sie mir. »Du weißt, wo du uns findest.«

»Das ist lieb von euch. Irgendwann werde ich es euch mit Sicherheit erzählen, aber vorher will ich mit Luke darüber sprechen.«

»Das können wir verstehen. Ihr seid nun ein Paar und dazu gehört auch, dass man über manche Sachen erst mit seinem Partner spricht.«

Damit ich nicht doch noch Gefahr laufe, etwas zu sagen, verabschiede ich mich schnell von den beiden.

Auch wenn es vielleicht gemein klingt, aber ich will ihre Meinung nicht hören, bis ich alles weiß.

Während ich wieder in die Stadt fahre beschließe ich, dass ich Anna besuchen werde. In diesem Moment ist sie die Einzige, die es schaffen kann mich komplett abzulenken, da ich mich nur auf sie konzentriere, wenn ich bei ihr bin.

Die nächsten zwei Stunden verbringe ich bei ihr. Ich bin froh darüber, dass es ihr wieder besser geht als am Vortag, aber das ändert nichts daran, dass ich immer wieder ihren traurigen Blick auf mir spüre. In diesen Momenten weiß ich ganz genau, was ihr durch den Kopf geht. Alleine diese Tatsache lässt mein Herz bluten.

Ich weiß nicht, ob ich dazu etwas sagen soll oder nicht. Ich weiß auch nicht, ob ich so tun soll, als hätte ich sie nicht bemerkt.

Mehrmals sehe ich mich um, in der Hoffnung, dass ich Maggy irgendwo entdecke. Aber obwohl ich mir sicher bin, dass sie in der Nähe ist, kann ich sie nirgends entdecken.

Fast habe ich schon die Hoffnung, dass einer der Betreuer mir Rückendeckung gibt, aber auch sie beobachten uns überhaupt nicht. Es ist fast so, als würden sie uns überhaupt nicht wahrnehmen.

Da ich nicht weiß, was ich sonst machen soll entscheide ich mich dafür, einfach ganz normal mit ihr weiterzuspielen.

Sobald ich mit Luke gesprochen habe und das Problem mit meinem Job geklärt habe, kann ich mir Gedanken darüber machen, ob ich wirklich den Schritt gehe und Anna adoptiere.

Doch das muss gut überlegt sein. Denn ich bin mir sicher, wenn ich diese Entscheidung übers Knie breche, dann werden wir beide damit nicht glücklich werden.

Und das will ich. Ich will, dass Anna glücklich ist.

»Bestell Luke schöne Grüße«, flüstert Anna in mein Ohr, als sie sich von mir verabschiedet.

Ein glückliches Lächeln hat sich auf ihrem Gesicht breitgemacht, als ich sie ansehe.

»Mach ich«, entgegne ich.

Ein letztes Mal umarmt sie mich, bevor sie hinter den anderen Kindern hergeht, die sich alle in die Richtung des Heimes aufgemacht haben.

»Ich bin mir sicher, dass Sie die richtige Entscheidung treffen werden«, erklärt mir die Heimleiterin, nachdem sie mich kurz aufmerksam betrachtet hat.

»Wenn das mal so einfach wäre.«

»Sie haben Luke an Ihrer Seite.« Als Maggy seinen Namen erwähnt zucke ich unbewusst zusammen.

Ja, ich habe ihn an meiner Seite. Zumindest hoffe ich, dass es noch so ist, wenn ich ihn auf die Worte seiner Ex-Frau angesprochen habe.

»Wir werden morgen zusammen kommen«, füge ich noch hinzu, als mir die Worte von Luke heute Morgen in den Kopf kommen.

»Da werden sich die Jungs mit Sicherheit freuen. Aber auch Anna wird glücklich darüber sein. Obwohl die Rabauken ihn fest in Beschlag haben, hat er es irgendwie geschafft, eine Vaterrolle bei ihr einzunehmen.«

Ich atme tief durch, während ich fieberhaft nach den passenden Worten suche, die ich erwidern kann. Doch so wirklich schaffe ich es nicht, weswegen ich schnell das Thema wechseln will.

»Ich habe über unsere Unterhaltung nachgedacht«, kommt es mir schließlich über die Lippen.

Maggy sieht mich aufmerksam an und hört mir zu, während ich spreche.

»Wenn Sie wollen, dann kann ich Ihnen morgen ein paar Unterlagen mitgeben. Es ist zwar wirklich nicht einfach, ein Kind zu adoptieren, aber auch für Sie alleine wäre es nicht unmöglich. In den letzten Jahren hat sich sowieso so viel verändert, dass es mittlerweile schon fast egal ist, ob man einen Partner hat oder nicht. Das Einzige was zählt ist das Wohl des Kindes. Und auch wenn man Single ist, kann man das erfüllen. Sonst müsste man alle Scheidungskinder ja schließlich zu uns bringen.«

Mir ist klar, dass ich es auch ohne Luke versuchen würde, aber ich muss zugeben, dass ich ihn gerne dabei an meiner Seite hätte. Ohne dass ich es will, kommt mir wieder das gestrige Bild vor Augen.

Wir könnten eine Familie sein, fährt es mir durch den Kopf.

»Das wäre super«, entgegne ich und lächle sie dabei an.

Eigentlich sollte mir dieser Schritt Angst machen, aber dem ist nicht so. Es fühlt sich richtig an.

Ein zufriedener Ausdruck macht sich auf ihrem Gesicht breit.

»Ich werde dann schon einmal alles vorbereiten. Bis Morgen«, verabschiedet sie sich von mir.

»Bis Morgen«, erwidere ich und lächle sie dankbar für die Unterstützung an.

Mit langsamen Schritten gehe ich auf meinen Wagen zu. Bis Luke Feierabend hat, dauert es noch ein wenig, und ich habe keine Ahnung, was ich bis dahin machen soll. Irgendwie habe ich es mir anders vorgestellt, ein paar Tage Urlaub zu haben.

Ich habe noch nicht einmal die Tür hinter mir geschlossen, als mein Handy klingelt. Schnell ziehe ich es aus meiner Hosentasche und überprüfe es.

Luke.

Mehr brauche ich nicht zu wissen, damit mein Herz schneller schlägt. Selbst wenn er nicht vor mir steht, übt er eine Anziehungskraft auf mich aus, der ich mich nicht entziehen kann. Es reicht einfach seine Stimme zu hören, um meine Welt auf den Kopf zu stellen.

»Hi«, begrüße ich ihn, nachdem ich das Gespräch angenommen habe.

»Hi, meine Hübsche. Wo bist du?« Seine tiefe Stimme sorgt dafür, dass sich eine Gänsehaut auf meinem Körper bildet.

»Ich sitze im Auto«, antworte ich.

Einen Moment ist es ruhig. Doch dann spricht er weiter.

»Im Auto?«, fragt er nach und hört sich dabei an, als wäre er sich nicht sicher, ob er richtig gehört hat oder nicht. Seine Reaktion entlockt mir ein leises Lachen.

»Keine Sorge, ich fahre nicht. Ich war gerade bei Anna.«

»Okay. Wie geht es ihr?«

»Das Kinderheim ist nichts für sie«, erkläre ich ihm, wobei ich den traurigen Unterton nicht aus meiner Stimme halten kann.

Luke sagt nichts dazu. Stattdessen höre ich seinen schweren Atem.

»Treffen wir uns gleich zu Hause?«, frage ich ihn, da ich noch immer mit ihm über seine Ex-Frau sprechen muss.

»Deswegen rufe ich dich auch an. Kannst du auf dem Polizeirevier vorbeikommen?«

»Wieso?«, hake ich neugierig nach. Bis auf das eine Mal hat er mich noch nie darum gebeten, dass ich ihn von der Arbeit abhole. Aber auch die Tonlage seiner Stimme lässt mich hellhörig werden.

»Das ist eine Überraschung.«

»Eine Überraschung?« Ich kann nicht verhindern, dass meine Ohren sich ein wenig spitzen.

»Ja, du wirst also herkommen müssen, wenn du es wissen willst.«

Was für eine Überraschung kann er für mich haben?

»Ich bin gleich bei dir«, erkläre ich mit heller Stimme.

»Und Brooke?«

»Ja?«

»Ich liebe dich.«

Als seine Worte in meinem Kopf ankommen, macht sich ein warmes Gefühl in mir breit. Ihn diese drei kleinen Worte sagen zu hören, gehört für mich zu den schönsten Dingen, die man sich nur vorstellen kann.

»Ich liebe dich auch.«

Mehr sage ich nicht, sondern lege einfach auf. Würde ich es nicht machen, würde ich wahrscheinlich noch in einer Stunde hier stehen und mit ihm telefonieren.

Als ich ein wenig später vor dem Polizeirevier ankomme, suchen meine Augen von alleine die Umgebung ab. Ich habe die Befürchtung, dass mir auch hier wieder Victoria über den Weg laufen wird. Doch ich kann sie weit und breit nicht entdecken, was mich ein wenig ruhiger werden lässt.

In dem Moment, in dem ich aussteige sehe ich, dass Luke aus dem Gebäude tritt und auf mich zukommt. Dabei hat sich ein glückliches Lächeln auf seine Gesichtszüge gelegt.

Er sagt nichts, als er sich mir nähert, mich in seine Arme schließt und mich dabei leidenschaftlich küsst.

Es kommt mir wie eine Ewigkeit vor, bis er sich ein wenig von mir löst und mich aufmerksam betrachtet.

»Ist alles in Ordnung?«, fragt er mich und lässt mich dabei keine Sekunde aus den Augen.

»Ja«, erwidere ich. Dabei versuche ich so gut gelaunt wie möglich zu klingen.

In Wahrheit sieht es gerade in mir drin ganz anders aus.

Ermittlungsverfahren.

Dieses eine Wort will mir einfach nicht aus dem Kopf gehen. Ich weiß, dass ich Luke darauf ansprechen muss, habe aber keine Ahnung, wie ich es am besten machen soll. Nur in dem Punkt, dass ich es mit Sicherheit nicht hier machen werde, bin ich mir sicher.

»Komm«, fordert er mich auf und zieht mich dabei in das Gebäude.

Überall stehen Polizeibeamte, von denen manche kurz in unsere Richtung schauen, während andere sich unterhalten. Und mitten drin befindet sich ein großer Empfangstresen. Dahinter kann ich zwei ältere Beamte erkennen, die auf die Monitore schauen, auf denen man den Haupteingang und die einzelnen Etagen sehen kann.

Während Luke weitergeht, inspiziere ich die Halle. Alles ist in freundlichen Farben gehalten, so dass es ein wenig gute Laune verbreitet.

Ich muss zugeben, dass ich noch nie hier drin war und ich deswegen nicht weiß, was ich erwarten soll. Aber ehrlich gesagt habe ich es mir schon ein wenig anders vorgestellt.

Ohne stehen zu bleiben geht Luke weiter, bis wir einen engen Flur erreicht haben.

»Wo gehen wir hin?«, frage ich ihn und versuche dabei mit ihm Schritt zu halten. Da seine Beine aber ein ganzes Stück länger sind als meine, ist das gar nicht so einfach.

Luke hat mir noch nicht geantwortet, als er schließlich eine Tür öffnet und mich auf einen Hof führt. Hier stehen überall Polizeiautos herum, und auch seinen Wagen kann ich in einer Ecke erkennen.

Allerdings ist er bei dieser Größe nicht sehr schwer zu übersehen ist.

Luke geht in die entgegengesetzte Richtung und hält dabei

auf einen Mann zu, der ungefähr seine Größe hat, und auch die Statur der beiden Männer ähnelt sich.

Er steht neben einem Geländewagen und lächelt uns freundlich an.

»Babe, das ist Kyle«, stellt Luke mich ihm vor.

Da ich nicht weiß, was wir hier machen, begrüße ich ihn kurz und schaue dann wieder zu meinem Freund. Dabei ziehe ich meine Augenbrauen nach oben, um ihm verständlich zu machen, dass ich keine Ahnung habe, worauf das hier hinauslaufen soll.

Erst jetzt fällt mir auf, dass er ein wenig unsicher aussieht. Sein Kiefer ist angespannt und seine Augen beobachten mich genau. Es kommt mir beinahe so vor, als würde er meine Bewegungen im Voraus erahnen wollen, damit er dementsprechend reagieren kann.

»Kyle ist ein Kollege von mir. Er gehört zwar zu einer anderen Einheit, aber wir arbeiten regelmäßig zusammen«, erklärt Luke mir. Allerdings habe ich noch immer keine Ahnung, was er von mir will.

»Der Wagen gehörte seiner Schwester«, fügt nun Luke hinzu und zeigt dabei auf das schwarze Auto, neben dem wir stehen.

»Gehörte?«

15

»Nun gehört er dir.«

Nur sehr langsam kann mein Gehirn die Worte verarbeiten. Doch als mir klar wird, was er da gerade gesagt hat, starre ich ihn mit großen Augen an.

»Was?«, frage ich, da ich das Gefühl habe, als hätte ich mich verhört.

»Du brauchst einen neuen Wagen. Das hast du selber zugegeben. Und der hier ist perfekt. Er ist in einem super Zustand und alle Wartungen wurden durchgeführt.«

Seine Stimme klingt zwar sicher und fest, aber die Art und Weise wie er mich ansieht macht mir klar, dass er mich gerade nicht genau einschätzen kann.

Aber das kann ich selber nicht. In meinem Kopf überschlagen sich die Gedanken.

»Luke, das musst du nicht tun«, sage ich und versuche ihn dabei von seiner Idee abzubringen.

Der Wagen ist doch viel zu teuer. Ich bin mir sicher, dass wir auch einen günstigeren finden, der in einem guten Zustand ist.

»Doch«, entgegnet er fest.

Sein aufmerksamer Blick ruht auf mir. Eine Weile ist es ruhig zwischen uns. Ich starre auf den Wagen, so dass ich gar nicht merke, wie er vor mich tritt und dabei meine Hände in seine nimmt. Erst als er mich anspricht, drehe ich mich wieder zu ihm.

»Brooke, was ist los? Und jetzt sag nicht, dass alles in Ordnung ist. Du weißt genauso gut wie ich, dass es gelogen ist.«

Erschrocken zucke ich beim Klang seiner Stimme zusammen.

Er ist mir so nah, dass seine Brust bei jedem Atemzug meine berührt. Äußerlich scheint er total ruhig zu sein, aber ob er es auch innerlich ist, kann ich nicht sagen.

Bevor ich ihm antworte, schaue ich mich nach seinem Kollegen um, aber dieser ist verschwunden.

Jetzt oder nie, denke ich und atme dabei einmal tief durch. Aber es bringt nichts.

Mein Herz rast so schnell, als würde es mir jeden Augenblick aus der Brust springen, da ich Angst vor seiner Reaktion habe.

»Sag es mir.« Seine sanfte Stimme sorgt dafür, dass ich mich ein wenig entspanne.

»Als ich heute zu meinen Schwestern fahren wollte, wurde ich vor dem Haus abgefangen«, erkläre ich ihm.

Nun ist Luke es, der mich fragend ansieht.

»Es war Victoria.«

Nur den Namen seiner Ex-Frau zu sagen reicht aus, damit er sich anspannt. »Was wollte sie?«, fragt er schließlich mit leiser Stimme. Fast erscheint es mir so, als wäre er sich nicht sicher, ob er die Antwort darauf überhaupt wissen will.

»Sie hat irgendetwas von einem Ermittlungsverfahren gesagt und das du es mir besser selber sagen sollst.« Während ich spreche weiche ich seinem Blick aus.

Aber das ändert nichts daran, dass ich spüre, wie er sich ein paar Schritte von mir entfernt. Obwohl ich versuche ihn festzuhalten entwindet er sich meinem Griff und bringt immer mehr Abstand zwischen uns.

Panik macht sich in mir breit, während ich ihn dabei beobachte, wie er um den Wagen herumgeht.

Schließlich bleibt er auf der Fahrerseite stehen und lehnt sich an die Tür.

Ohne darüber nachzudenken, ob er mich gerade überhaupt in seiner Nähe haben will, gehe ich zu ihm und stelle mich vor ihn. Meine Hände legen sich auf seine Brust, so dass ich seinen Herzschlag spüren kann.

»Brooke«, beginnt er, doch ich bringe ihn zum Schweigen, indem ich den Kopf schüttle.

»Ich bin einfach nur neugierig, was damals passiert ist. Und dass ich es von ihr erfahren habe, gefällt mir auch nicht wirklich, das gebe ich zu. Aber an meinen Gefühlen für dich wird es nichts ändern«, verspreche ich ihm.

Stumm greift er mit den Händen nach meinen Hüften und hält mich fest. Oder vielleicht hält er auch sich selber fest, in diesem Punkt bin ich mir gerade nicht so sicher.

»Ich war noch nicht lange bei der Polizei«, beginnt er schließlich. »Wir wurden zu einem Einsatz gerufen. Erst vor Ort habe ich erfahren, dass ein Mann Geiseln in einem Wohnhaus festhielt.«

Ich verziehe keine Miene, da ich weiß, dass es ihm schwerfällt darüber zu sprechen. Mir würde es wahrscheinlich nicht anders gehen, aber wenn das hier zwischen uns wirklich klappen soll, dann will ich alles wissen. Ich will nicht, dass wir Geheimnisse voreinander haben.

Und er soll wissen, dass er mir vertrauen kann.

»Während wir alles absicherten, haben wir erfahren, dass er insgesamt drei Kinder festhält. Seine eigenen drei Kinder.«

Scharf ziehe ich die Luft ein.

»Er hat sie als Geiseln gehalten?«, frage ich ungläubig nach.

Luke gibt mir mit einem Nicken zu verstehen, dass ich ihn richtig verstanden habe.

»Wir hatten all unsere Waffen auf das Haus gerichtet, damit wir jederzeit einschreiten konnten. Ich habe gesehen, wie er vor dem Wohnzimmerfenster stand, mit einer Waffe in der Hand. Vor ihm befand sich sein ältester Sohn. Er hatte sie auf ihn gerichtet. Er hatte seine Waffe wirklich auf sein eigenes Fleisch und Blut gerichtet.«

Luke sieht mich an, als würde er wollen, dass ich irgendetwas tue, um etwas an dieser Situation zu ändern. Aber das kann ich nicht. Ich weiß nicht einmal was ich sagen soll. Stattdessen streiche ich beruhigend über seine Brust.

»Was ist dann passiert?« Schüchtern lächle ich ihn an und fordere ihn so auf weiterzusprechen. Ich bin mir zwar nicht sicher, ob ich auch den Rest wirklich wissen will, aber ich habe das Gefühl, als müsse er es aussprechen.

»Er hat sich mit ihm gestritten. Durch das Fenster konnten wir beobachten, wie sein Sohn ihn angeschrien hat. Der Mann hat dabei wild mit der Waffe herumgefuchtelt. Nach unserer Ankunft haben wir von unserem Einsatzleiter die klare Anweisung bekommen, dass wir schießen sollen, wenn wir die Chance dazu haben. Und genau das habe ich getan.«

Luke legt eine Pause ein, um das Zittern, was seinen Körper fest im Griff hat, zu unterdrücken.

Ich bin immer noch dabei zu verarbeiten, dass er geschossen hat. Obwohl es als Polizist seine Pflicht war.

»Als die Kugel, die aus meiner Waffe stammte, ihn getroffen hatte, hat er einen Schuss auf seinen Sohn abgegeben. Dieser hatte ihn tödlich verletzt. Er war schon nicht mehr am Leben, als er auf dem Boden aufgekommen ist.«

Lukes Stimme bricht. Ich schlinge meine Arme um ihn und lege meinen Kopf an seine Brust. Immer wieder streicht er über meinen Rücken und hält mich dabei fest an sich gedrückt.

Ich spüre, dass er meine Nähe gerade braucht.

»Du kannst nichts dafür«, flüstere ich in die Stille hinein. Obwohl wir uns am helllichten Tag auf dem Parkplatz befinden, fühlt es sich an, als wären wir ganz alleine. Um uns herum ist alles still.

»Ehrlich gesagt, weiß ich es nicht«, murmelt er.

»Luke, es war wirklich nicht deine Schuld. Du hast das getan, was du tun musstest und nichts anderes. Du hast das Leben der anderen beiden Kinder gerettet.«

»Ja, nur leider war mein ehemaliger Vorgesetzter davon erst nicht so überzeugt. Er hat eine Ermittlung gegen mich angeordnet. Diese dauerte zwar nur wenige Tage, bis der Einsatzleiter bestätigt hatte, dass er den ausdrücklichen Befehl zum Schießen erteilt hatte. Trotzdem habe ich mir Vorwürfe gemacht, weil genau das eingetreten war, was ich verhindern wollte.«

Seine Stimme klingt traurig. Aus einem Reflex heraus stelle ich mich auf die Zehenspitzen und küsse ihn. Ich will ihm einfach nur zeigen, dass ich bei ihm bin und ihn deswegen nicht verurteile.

Wie könnte ich auch?

»Was passierte noch?«, frage ich Luke, nachdem ich mich von ihm gelöst habe. Irgendwie habe ich das Gefühl, dass er noch nicht mit seiner Geschichte am Ende ist.

Einen Moment sieht Luke mich an. Er scheint darüber nachzudenken, ob er es wirklich sagen soll. Und schlagartig wird mir klar, dass es bei diesem Teil der Geschichte um Victoria geht.

»Sie hat in diesen wenigen Tagen keine Gelegenheit verstreichen lassen, um mir zu sagen, was für ein Idiot ich doch bin. Das sind genau die Worte, die man sich von seiner Frau wünscht, wenn es einem eh schon scheiße deswegen geht. Immer wieder hat sie betont, dass sie einen Versager geheiratet hat. Als sie auch am nächsten Tag keine Ruhe gegeben hat, bin ich erstmal in ein Hotel gegangen. Doch Victoria hat mir immer wieder Nachrichten geschickt.«

Bei seinen Worten bekomme ich große Augen. »Das hat sie wirklich gesagt?«, frage ich ihn, da ich das Gefühl habe zu träumen.

»Ja, das hat das Fass zum Überlaufen gebracht. An diesem Punkt wusste ich mit Sicherheit, was ich in den Monaten zuvor schon gemerkt hatte.«

»Und das wäre?«

»Dass die Ehe mit ihr von Anfang an ein Fehler gewesen war.«

Ich schlucke schwer bei seinen Worten. Es ist merkwürdig ihn so reden zu hören. Irgendwie macht sich die Befürchtung in mir breit, dass er es irgendwie auch auf uns bezieht, obwohl ich es nicht hoffe.

Ich liebe ihn und würde ihn mit Sicherheit nicht dafür verurteilen, nur weil er in seinem Job auf seinen Instinkt hört. Ich selber weiß, dass manche Entscheidungen richtig und manche falsch sind. Und deswegen sollte man sich vor allem von seinem Partner Rückendeckung erhoffen können.

»Es tut mir leid, dass ich dich danach gefragt habe. Ich war einfach nur neugierig, nachdem sie plötzlich vor meiner Haustür aufgetaucht ist. Schließlich hatte ich von ihr auch nur durch Zufall erfahren«, murmle ich.

»Ich hätte dir von Anfang an von ihr und auch dieser Geschichte erzählen sollen«, beginnt er und umgreift mein Kinn. Sanft zwingt er mich dazu, ihn anzusehen.

In meinem Kopf gehen viel zu viele Gedanken herum, so dass ich nicht in der Lage bin, auch nur einen einzigen davon auszusprechen.

»Als ich dich getroffen habe, hatte ich die Hoffnung auf einen Neuanfang. Ich dachte, dass ich alles hinter mir lassen kann. Als ich dich besser kennengelernt habe, habe ich gemerkt, dass du das komplette Gegenteil von Victoria bist. Ich liebe dich, Brooke. Aber wenn du nun nicht mehr mit mir zusammen sein willst, dann kann ich das verstehen.«

»Ich will mit dir zusammen sein. Nur nachdem sie vor der Tür stand und mir irgendetwas von einem Ermittlungsverfahren erzählt hat, wusste ich nicht mehr, wie ich reagieren soll. Hätte ich auch nur geahnt, dass so etwas vorgefallen war, hätte ich dich nie danach gefragt«, versuche ich ihm zu erklären. »Ich liebe dich, Luke.« Mit diesen Worten stelle ich mich auf die Zehenspitzen, schlinge meine Arme um seinen Hals und küsse ihn.

Ich bin glücklich darüber, dass er nichts mehr wegen Victoria sagt, obwohl ich das Gefühl habe, dass dieses Thema noch lange nicht vorbei sein wird. Aber vor allem bin ich glücklich darüber, dass wir noch immer eine Chance haben.

»Was sagst du jetzt zu dem Wagen?«, fragt er mich leise, ohne sich dabei von meinen Lippen zu trennen.

Ich lehne mich ein Stück nach hinten und schaue ihn nachdenklich an.

»Luke, du musst das wirklich nicht tun. Der Wagen ist viel zu teuer und meiner fährt doch. Und solange er sich noch von der Stelle bewegt, habe ich auch kein Problem damit, ihn zu fahren.«

Kaum habe ich ausgesprochen beiße ich mir auf die Lippen. Luke gibt mir stumm zu verstehen, dass ich definitiv das Falsche gesagt habe.

»Glaubst du wirklich, dass ich dich und unsere Tochter mit dem Schrotthaufen fahren lasse, den du Auto nennst? Ich bin Polizist und deswegen ist es meine Aufgabe dafür zu sorgen, dass ihr sicher von A nach B kommt. Ich habe schon mehr als genug Unfälle gesehen, so dass ich dir sagen kann, Unfälle, die mit älteren Autos passieren, sind nicht schön anzusehen.«

Völlig perplex stehe ich vor ihm und schaue ihn an.

»Unsere Tochter? Ich wusste gar nicht, dass wir eine haben.«

Ich kann den überraschten Ton nicht für mich behalten und ich bin mir sicher, dass Luke das genau bemerkt.

»Ich rede von Anna. Wir werden sie gemeinsam adoptieren. Natürlich nur, wenn du das willst.«

Für einen kurzen Moment vergesse ich zu atmen. Ich spüre, wie mir die Tränen ins Gesicht schießen und sie mir wenig später ungehindert über das Gesicht laufen. Schnell schlage ich mir die Hände vors Gesicht, damit Luke es nicht sieht. Aber sein leises Lachen verrät mir, dass er es genau bemerkt hat.

»Du wirst deinen Job kündigen und solange, bis du etwas gefunden hast, was dir Spaß macht, bei ihr bleiben. Und das steht nicht zur Verhandlung, denn ich will, dass meine beiden Frauen glücklich sind. Und irgendwann wird sie natürlich auch noch Geschwister bekommen.«

Als ich meine Hände vor dem Gesicht wegnehme schaue ich direkt in seine leuchtenden Augen.

In diesem Moment weiß ich, dass wir eine Familie sein werden und sich nichts und niemand zwischen uns stellen kann. Auch nicht Victoria.

Wir lieben uns und wir lieben Anna, und zusammen werden wir alles dafür in Bewegung setzen, um sie zu uns zu holen. An den Platz, an den sie gehört.

Epilog: 1 Jahr später

Stolz sitze ich zwischen all den anderen Eltern und schaue dabei zu, wie meine Tochter mit ihrer Schultasche auf dem Rücken zu den Kindern läuft. Ich kann nicht verhindern, dass mir die Tränen in den Augen stehen, bin aber froh darüber, dass sie sich nicht einen Weg in die Freiheit suchen.

Es gibt Tage, an denen kann ich es noch immer nicht glauben, dass Anna nun unsere Tochter ist. Obwohl wir nicht verheiratet waren, haben wir alle Unterlagen eingereicht, die zur Bearbeitung der Adoption notwendig waren. Dank der Heimleiterin ging die Adoption auch etwas schneller. Sie hat darauf aufmerksam gemacht, dass wir bereits eine besondere Beziehung zu Anna haben.

So konnten wir sie nach vier Monaten mit nach Hause nehmen und ihr eine Familie geben. Auch unsere Eltern haben sich über diese Entscheidung gefreut. Von Anfang an standen unsere Familien hinter uns, was vieles erleichtert hat.

Seitdem hatte sich ihr Zustand immer weiter gebessert, so dass der Kinderarzt zum Schluss der Meinung war, dass wir sie beruhigt in die Schule gehen lassen können. Aber das schönste Geschenk war, dass Luke mir an unserem ersten gemeinsamen Abend zu dritt einen Heiratsantrag gemacht hat. Er hat vor mir gekniet, während Anna alles gefilmt hat. In diesem Moment war die gesamte Anspannung der letzten Wochen von mir gewichen.

Zwei Monate später haben wir bereits geheiratet, wobei auch Anna dabei war. Nun sitzt Luke neben mir und drückt aufmunternd meine Hand, während ich den Blick überhaupt nicht von unserem kleinen Mädchen abwenden kann. Glücklich lächelnd steht sie zwischen den anderen Kindern und wartet darauf, dass sie endlich in ihre Klasse gehen kann.

»Du brauchst nicht weinen«, flüstert er so leise in mein Ohr, dass die anderen Eltern ihn nicht hören können.

»Ich bin nur einfach so glücklich«, erwidere ich und lasse meinen Kopf auf seine Schulter sinken.

»Das bin ich auch. Ich habe zwei wunderschöne Frauen in meinem Leben, zu denen ich immer nach Feierabend nach Hause kommen kann. Und bald wird noch ein kleiner Wurm dabei sein, der uns auf Trab hält. Etwas Besseres kann ich mir gar nicht vorstellen.« Nachdem er geendet hat spüre ich, wie er mir einen Kuss auf die Haare drückt.

Ja, ich bin schwanger. Wir haben es selber erst vor wenigen Tagen erfahren und wollen es heute nach der Einschulung Anna sagen. Ich glaube, dass sie sich freuen wird, schließlich hat sie in den letzten Monaten immer wieder gesagt, wie gerne sie Geschwister hätte.

Aber auch Luke und ich waren dem nie abgeneigt. Ich möchte, dass meine Kinder so aufwachsen wie meine Schwestern und ich. Sie sollen einander haben und sich auf den anderen verlassen können.

»Ich liebe dich«, flüstere ich nun und hebe meinen Kopf dabei ein Stück, um ihm in seine Augen schauen zu können.

»Ich liebe dich auch. Du kannst dir gar nicht vorstellen, wie froh ich bin, dass Scott mir von dir erzählt hat.«

Genauso froh, wie ich darüber bin, dass meine Schwestern mich für den Kurs angemeldet haben. Denn sonst hätte ich nicht das, was ich nun habe.

Ende